木瓜 黄 著

逐夏。

九州出版社
JIUZHOU PRESS

图书在版编目（CIP）数据

逐夏 / 木瓜黄著. -- 北京 ：九州出版社，2024.4（2025.6重印）
ISBN 978-7-5225-2697-3

Ⅰ．①逐… Ⅱ．①木… Ⅲ．①长篇小说－中国－当代 Ⅳ．①I247.5

中国国家版本馆CIP数据核字(2024)第055891号

逐夏

作　　者	木瓜黄 著
责任编辑	周红斌
出版发行	九州出版社
地　　址	北京市西城区阜外大街甲35号（100037）
发行电话	（010）68992190/2/3/5/6
网　　址	www.jiuzhoupress.com
电子邮箱	jiuzhou@jiuzhoupress.com
印　　刷	河北鹏润印刷有限公司
开　　本	880毫米×1230毫米　32开
印　　张	11.375
字　　数	366千字
版　　次	2024年4月第1版
印　　次	2025年6月第7次印刷
书　　号	ISBN 978-7-5225-2697-3
定　　价	49.80元

★版权所有　侵权必究★

最后雨过天晴，小兔子看见了彩虹。
晚安，胆小鬼。

南巷街

Chapter 01
柠檬汽水
001

Chapter 02
你大哥的名字
055

Chapter 03
小兔子夏夏
111

Contents 目录

Chapter 04
胆小鬼
165

Chapter 05
幸运牌娃娃机
217

Chapter 06
幸运符
267

Chapter 07
下次不会再哭了
315

CHASING SUMMER

林折夏对这年夏天的记忆,

是远瞒家的空调冷气,是桌上的"滋溢"冒泡的柠檬汽水,

还有那查写查写查逐渐变薄的作业。

蓝底白字的"南巷街"路标数年如一日竖在街道路口。
但是林折夏这次经过路口的时候，却说不上来，
感觉好像有什么悄悄地变了。

第一章
柠檬汽水

1

　　八月盛夏，骄阳似火，蝉鸣不止。

　　林折夏缩在沙发上，手边搁着一袋薯片，屋子里没开灯，只剩下面前的投影仪闪着微弱的荧光。电影正播到激烈处，荧光大亮，猛鬼忽然龇牙咧嘴地冲出来——

　　屋内陡然间亮起来，能从投影光中窥见部分陈设。

　　整间屋子整洁得过分。

　　桌上摆着几本《竞赛拟练》，一个黑色闹钟，三两支黑色水笔。

　　除此之外没有任何多余的东西。

　　看起来不太整洁，并和这里格格不入的，只有那一堆被摆得东零西落的零食。

　　林折夏看会儿电影，就捧着手机对着某个聊天框发几句消息。

　　——诈骗。

　　——绝对是诈骗。

　　——年度最恐怖电影一点也不恐怖，是可以向反诈中心举报的程度。

　　隔十分钟。

　　——嗷。

　　——不过这鬼的叫声挺特别的。

　　——嗷嗷嗷。

　　又隔十分钟。

——半小时了。
——你还没回我。
——你是不是在外面鬼混？

林折夏低着头，一个字一个字，格外认真地打下后半句：然后玩得太开心，忘了我这个爹。

这句话发出去没过几秒，对面终于有了动静。
备注为"吃药"的聊天框最顶上出现一行字：正在输入中……

片刻后，几行透过网络都能看出嚣张意味的字出现在聊天界面。

——在鬼混，很忙。
——至于没回你是因为……
——懒得跟搞不清楚辈分的人聊天。

她还没来得及回复，对面又发过来一句话：你在哪儿看的电影。

林折夏环顾了一下这间屋子，这里和她自己的房间风格完全不同，一看就是男生的屋子，客厅装了投影仪，这也是她今天会拎着零食出现在这里的主要原因。

但她有点不好意思直说，回了三个字：电影院。
——？
想到电影院根本没有在映的恐怖电影，林折夏改口：……私人影院。
——哦。
林折夏心知这人没那么好糊弄，果然，"哦"的下一句就是：拍张照看看，我这辈子还没去过私人影院，让我见见世面。
……
她上哪儿拍去。
瞒是瞒不过了，于是她只能诚实地回答：你家。你不是新买了个投影仪嘛，结果你刚买完就出远门了，我替你试试看好不好用。

对面好像早就猜到了这个回答。

隔几秒，又踉里踉气地甩过来一句话：
——所以，谁是爹。
——……
——你。
林折夏手指在屏幕上点着，连挣扎都省略了，从善如流地滑跪：
——是我没有搞清楚辈分。
——爸爸。

话题聊到这里，被一通电话打断。
电话里是林荷那熟悉的声音："夏夏，等会儿吃饭了，你什么时候回来？"
"我忘了看时间，"林折夏手忙脚乱地把电影暂停，"马上就回来。"

林折夏回来的速度很快。
林荷打完电话，刚把饭菜端上桌，林折夏已经到门口了："妈妈——我回来了。"
林荷看了她一眼："从迟曜家过来的吧。"
林折夏没想到她一猜就中："你要不改行算命吧。"
"还用算吗？"林荷能按照时间估算女儿的行动路径，"回来得那么快，你总不能是在小区里散步。不过迟曜那孩子假期不是不在家嘛，说是……亲戚家有点事，去探亲了？人不在家，你上人家家里去干什么？"

迟曜。
她发小。
也就是刚才聊天框里说话踉里踉气的那位。
两个人很小就认识。
迟家就住在她家对面那栋楼，来回时间不超过三分钟。
她从卧室窗户往外头看，都能看到他家拉着的窗帘。

林折夏慢吞吞地往嘴里塞着饭，着实不太好意思说自己单方面去给迟曜试试他新买的投影仪质量怎么样，而且放假在家，总是很容易挨林荷各种数落，于是给自己找了一个理由："他……他说出门的时候太急，不记

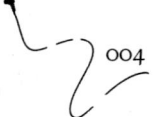

得窗户关没关了,让我去看看。"

林荷没起疑。

作为一名"准高一生",林折夏这个假期过得很潇洒。

她中考成绩考得不错,毕了业,假期自然也没作业。

林荷显然看不得自己女儿过得那么潇洒:"我给你买了几本高中教材,从暑假就先学起来,免得升学后跟不上。"

"……"林折夏把饭咽下去,"高中……教材?"

"笨鸟先飞,这道理你应该懂。"

林折夏为自己辩驳:"我都考上区亶点了,和迟曜一个学校,也不算笨鸟吧。"

成绩早就出了,各校分数线也随之公布。

林折夏之前模拟考的成绩一直在上下起伏,遇到练过的题、合适的卷子,成绩就如坐火箭般上升,遇到没练过的题、不合适的卷子就成绩平平,导致不到最后一刻谁都不知道她会考出什么分数来。

好在最后考卷对她来说挺合适的。

林荷总结道:"你那是超常发挥,属于偶然事件。

"而且你怎么好意思提自己和迟曜一个学校的?"

林荷说话慢悠悠的,语气里带着点不可思议:"你们虽然是一个学校,但你卡着分数线进去,人家超了录取分数线90多分。"

"……"

林折夏觉得嘴里的饭吃着有点噎。

"不过说来也奇怪,"林荷话锋一转,"他那么高的分数,可以报一中,怎么会留在这里?"

一中是涟云市重点高中。

林折夏没往市里的学校报,一来考不上,二买离家太远。

主要还是因为考不上。

她坚定地报了二中,虽然两个学校只差一笔,分数线却差了一截。

她和迟曜虽然是发小,但只有小学同校,因为她那会儿总混在男孩里,林荷觉得她性格不太像女孩子,小学毕业后就把她扔去一所女校。

现在女校生活结束,才久违地又和这人同校。

林折夏想了想:"可能是因为离家近吧。"

说完,她试着转移话题,见饭桌上只有她和林荷两个人,问道:"魏叔叔呢?"

林家是重组家庭,林父在她很小的时候就离开了,林荷一个人辛苦拉扯着她,在她七岁那年,遇到了魏叔。也正是因为家庭重组,林折夏才在七岁那年搬家来了这里。

"你魏叔公司有点事,"林荷给她夹菜,"估计会晚点回来。"

林荷夹完菜又把话题绕了回去:"三本教材会不会不够?听说高中难度确实提升了很多,很多人都在请家教呢。"

"三本已经……很够了。"

"你假期又没事干,闲着也是闲着。"

林折夏捧着饭碗,这饭实在是噎得吃不下去了。

接下来的日子,林折夏过得水深火热。

躲在迟曜家里借用投影仪的日子一去不复返。

摆在她面前的是三册教材,分别是:《精选:暑期提高训练》《提前步入高中》和《思维训练一百题》。

每天二十页。

每、天。

——555。

——生活在向我施压。

——我好苦。

林折夏写题间隙,把手机压在教材下面,对着手机屏幕一个字一个字地戳:

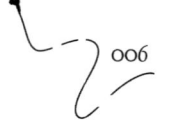

——我快被压、垮、了。

对面这位用他持续性跩里跩气的态度做出了回应。
——清明给你烧纸。

林折夏:"……"
她深呼吸后从聊天界面退出去,点开联系人名片,把迟曜谐音的备注"吃药",改成了"迟狗"。
"迟狗"两个字也不是很解气。
但以她贫乏的词汇量,以及良好的个人素养,暂时想不出其他更具侮辱性的词。

她不打算和迟曜聊天了。
她在联系人列表里点了几下,点开另一个聊天框。
然后"啪嗒啪嗒"一通输出。
——迟曜。
——你不是人。
——你是狗。
——等你回来,我一定要揍你。

备注为"大壮"的联系人回过来一长串省略号。
大壮:你俩又闹啥矛盾了?
大壮:不是,你骂他,倒是别对着我啊。
林折夏回复:这不是怕打不过吗。
大壮:学到了。
小区同龄人很多,大壮也是他们从小一起长大那一拨里的一员,大壮名字叫何阳,小时候比较胖,故而人送外号"大壮"。

何阳问了一下前因后果之后,安慰她:知足吧,我给他发消息他都不回的,偶尔回两个字,还是"已阅"。你这有,我数数啊,六个字呢。相比之下,我曜哥给你的回复多么热情,我都忍不住心生忌妒,你偷着乐吧。

这回轮到林折夏沉默了。

——我谢谢你。

林折夏放下手机，又写了几道题，时间过晚上十一点，她正准备休息的时候，忽然间想到自己之前落在迟曜家的那一大堆零食。

"本来还想留给你吃的，也算没白借用你的投影仪，"林折夏用笔尖轻轻戳着书页，喃喃自语道，"但是没想到你不做人。"

林折夏想到这里，打定了主意。

她扔下笔，想把自己的零食拿回来。

她匆忙出门的时候，并没有注意到对面楼里，某扇原本漆黑一片的窗户忽然亮了起来。

晚上十一点多。

小区里一片漆黑，只剩下路灯还亮着。

林折夏拿着钥匙，熟门熟路地跑进对面楼栋。

她会有迟曜家钥匙，主要原因还是她从小总往他家跑。频率过高，迟曜觉得烦，就把备用钥匙甩给她，让她自己开门进来。

这串钥匙就这样在她手里待了很多年。

迟曜父母工作很忙，平时都在外面跑生意，家里基本上就迟曜一个人，所以林折夏把钥匙插进门锁里的时候，完全没注意门里是不是有声音。

她开了门，发现里头的灯居然亮着。

然后她在客厅扫了一眼，看到一个黑色拉杆箱。

上次她过来，没见到这箱子。

她甚至都来不及去想是谁回来了。

下一秒。

浴室门被拉开。

出来的人身上套了件黑色T恤，头发没擦干，略长的碎发垂在额前。

他个子很高，处在少年期，骨骼似乎还没完全长开，所以给人的第一感觉居然是腰细腿长。被黑色衣服衬着，皮肤白得过分，甚至看着有些病恹恹。

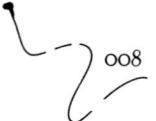

少年轮廓分明，眉眼似乎被加重勾勒过，不羁且散漫。

他此刻正垂着眼，眼尾狭长，双眼皮是很深的两道。与浓墨重彩的眉眼不同的是，他的瞳孔颜色意外地很淡，带着些许锋芒。

迟曜扫了眼开门进来的林折夏，半晌，不冷不热地扯出一句："是不是挺意外的？"

"？"

像是没看见林折夏迷惑的表情。

他又扔下一句：

"你爹回来了。"

2

林折夏知道他不擅长做人，但没想到能不做人到这个程度。

她一时间不知道怎么回击，只能先憋出一句礼貌问候语："你什么时候回来的？"

刚洗过澡，迟曜说话带着点懒倦，仍挡不住少年音色："半小时前。"

"那你觉得，我们俩这么长时间没见，你一回来就这样跟我说话，合适吗？"

"哪儿不合适？"

林折夏控诉："那是人话吗？"

"我不说人话，"迟曜抬起眼皮，漫不经心地表达出几分惊讶，"你都能听懂。"

"……"

"看来你挺有语言天赋，下回楼下那只金毛再乱叫的时候，过来帮我听听它想说什么。"

"……"

这话到这儿，聊不下去了。

如果继续下去，就会变成她也不是人。

好在林折夏的适应能力很强，毕竟跟这人认识也不是一天两天了。

她慢吞吞地说："我问你个问题，你要如实回答我。"

说话间，迟曜已经掠过她，打开冰箱从里面拎出一罐汽水。

汽水不断冒着凉气。

他单手拎着那罐汽水，三根骨节分明的手指握住易拉罐，然后屈起食指，食指顺势扣进拉环间隙，与易拉罐被单手拉开的"啪"声几乎同时响起的，是他从嘴里吐出的一个字："问。"

"如果我现在打你，我有几成胜算？"

"一成。"

"说来听听，"林折夏竖起耳朵，"展开讲讲。"

迟曜一只手拎着易拉罐，另一只手搭在她肩上，看似是在揽着她，实则把她一路往门外推。林折夏很快被他推出去，然后她眼睁睁看着这狗东西把她挡在门口，低垂着眼看着她说："现在立刻掉头回家，关灯上床，然后争取晚上梦到我。"

末了，他甚至勾起嘴角补上一句："晚安。"

林折夏回到家，洗过澡，躺在床上翻来覆去半天。

她还是气不过，点开和"迟狗"的聊天框。

发了一套动态的"暴打"表情包泄愤。

——[打你]

——[捶你脑壳]

——[手提10米大刀一路狂砍]

——[啊哒]

……

最后她也学着迟曜，自以为冷冰冰地来了一句：晚安。

发完后她很快睡了过去。

她是个很少会带着情绪过夜的人，不然也不会和迟曜这种人维持那么多年的友谊。

等一觉睡醒，她又跟没事儿了一样。

早上在"南巷小分队"发群消息问大家去不去迟曜家一块儿看电影的时候，她咬着油条回了个"好"。

他们住的这里叫"南巷"。

"南巷"是小区门口那条街的街名。

群里人不多。

叫"南巷小分队"的主要原因是林折夏当初提议用小区名字就很像普通居民群,显示不出气势,而用街名听起来就很有街头霸主的感觉。

林折夏小学时的幼稚提议在当时被全票通过,并且群再没换过名字,一直延续到了现在。

"妈,我等会儿去迟曜家一趟,"林折夏说,"我们今天组织活动。"

林荷和魏叔叔坐在对面吃早餐。

林荷知道他们这几个孩子走得近,没有多说什么,只问:"迟曜回来了?"

三个人坐在一块儿,林折夏说话显得比平时沉稳些:"嗯,他昨晚回来的。"

魏平也很客气地说:"正好,我昨天刚买了西瓜,你到时候拎过去吧,大家一起分着吃了。"

林折夏喝了口豆浆,吃得差不多了,准备去收拾东西:"谢谢魏叔叔。"

不料走之前,林荷不忘塞给她比西瓜更沉重的东西。

"你的假期作业,"林荷急匆匆把林折夏房间里的作业整理好,"带过去抽空写,免得玩太晚,把今天的作业都给忘了。"

林折夏看向那沓折磨了她好几天的作业。

她磨磨蹭蹭地说:"这不好吧。"

"有什么不好?"

"我带着作业过去,"林折夏都能想到迟曜会怎么嘲笑她,"会很没面子。"

林折夏试图说服林荷:"你想想,这就像出去玩带家长一样,挺不合适的。"

最后回应她的是林荷"砰"的一声,干脆利落关上的门。

这场临时组织的小聚会,林折夏是第一个到的。

她和迟曜离得最近。

几分钟后。

迟曜给她开门,他看起来像是刚睡醒。头发有点乱,但乱得好像故意用手抓过。

空调开得很低,寒气随之扑面而来。

他垂下眼扫了两眼她手里拿着的东西,把西瓜从她手里接过去之后,还没开口,林折夏就先发制人:"看到我这沓作业了吗?我这个人,就是这么热爱学习。"

"我哪怕出来玩,也不忘记学习。"

"……"迟曜"哦"了一声。

"我今天就要一边玩一边写二十页,"林折夏拎着那沓作业,尽可能让自己看起来十分泰然自若,"这是我的学习态度。"

"挺好的。"

林折夏听见这句,直觉没这么简单。

果然,迟曜下一句就是:"毕竟擦线进的二中,是该拿出点态度。"

你以为……

你高出分数线90多分。

你很牛吗?

林折夏咬牙切齿地想。

当然这几句话她说不出口。

……因为高出90多分,确实是很牛的。

"你牛,那么厉害,"林折夏跟着他进屋,自己低声碎碎念,吐槽说,"……你报什么二中啊?"

人很快到齐。

这次聚会总共来了五个人,一下把正中央的大沙发坐满了。

大壮第一个进来,他人其实长得并不壮,相反地,还挺瘦。单眼皮,很意气少年的样子。

大家平时都以兄弟相称,大壮进门喊完"曜哥",又转头来了一句

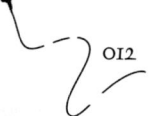

"夏哥"。

"写作业呢夏哥，这不是你的风格啊。"

"我看这堆零食比较像你的风格。"

"……"

什么叫像。这堆零食就是她留下忘记拿走的。

林折夏不跟他们挤，独自缩在边上偌大的懒人沙发里，作业摊在腿上，眼皮一抬："话这么多，是不是想替朕分忧？"

就这一句话，所有人集体噤声，不敢再调侃她的作业。

几人凑在一块儿，开始选电影。

选来选去最后选中一部枪战片："这个好，热血，就这个吧。我夏哥应该也没什么意见，她一定也是个热血的人。"

说完，有人起身关了灯。

电影前奏响起。

林折夏匆匆算完手头上那道题，抬眼就看到迟曜拎着几罐冰镇汽水走过来。

他往客厅走的时候，投影映出来的蓝色荧光正好打在他身上。

这人眉眼本来就好看得太有攻击性，此刻冷色调的光无意间镀在他身上，显得整个人看起来有种不可一世的倨傲感。

迟曜把汽水扔给他们之后，走到林折夏边上。

随后，她边上的沙发陷了下去。

林折夏不想跟他挤，虽然这个位子其实很宽敞："你就不能坐其他地方……"

迟曜凉凉地问："这你家？"

"……"

末了，他又拎着手里的汽水问："喝不喝？"

"喝的。"

林折夏正要下意识说"谢谢"，结果"谢"字还没说出口，那只拎着汽水的手忽然转了个弯，又收了回去，随后那种清透但总带着倦意的声音再度响起："……我该坐哪儿？"

林折夏咬了咬牙，心说这人还是一如既往地小气。

她直接投降，配合道："你想坐哪里坐哪里，现在坐在这里，就……挺合适。"

得到答案，迟曜手一松，把汽水给她。

林折夏暂时不打算喝。

她手上那道题还差最后一个步骤，题目条件已经记下，于是摸着黑，低头在本子上继续演算。

电影开场后，第一段剧情就是主角被困山洞，光线变暗很多。

音效一惊一乍的，听上去非常刺激。

不想耽误开篇剧情，她草草算完，勾了个"C"选项。

她对看什么电影没要求，很博爱，枪战片也看得津津有味，还在迟曜边上当起"人形弹幕"，胡乱瞎猜剧情："这人立 flag 了，他十分钟后必死。

"果然死了。我，林某，预言家。

"我看这位施主印堂发黑，他估计也离死不远。"

又过十几分钟。

林折夏接着叨叨："……我等好久了，他怎么还活着啊。"

迟曜看电影的时候不怎么说话，给人冷淡专注的感觉。

他本来也不是话多的人，就算平时撑她，也都撑得非常居高临下。

此刻他整个人都半隐在这片黑暗里，依稀能看见一点身形轮廓。还是穿着昨晚那件黑色 T 恤，但他腿太长，跟没地方放似的微屈着，他穿了条黑色破洞裤，屈起腿后手臂顺势搭在上面。

不过林折夏也不需要他回应，毕竟，"弹幕"有没有人回复并不重要。

她可以单方面输出。

所以她默认了迟曜在专心看电影，并不想分散精力给她这件事。

到中途，她才觉得口渴。

正好那罐汽水放了半天，也没那么凉了。

她拿起汽水的瞬间，不知怎的，忽然想到昨天晚上迟曜开易拉罐的那

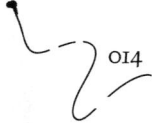

一幕。

单手开易拉罐。

好像……

是挺帅的。

……

她没准也行？

林折夏模仿昨晚迟曜的动作，试图单手拉开易拉罐，然而她力气小，也不清楚具体动作，根本不得要领。

……

她……似乎……不行。

后知后觉地，她觉得这行为多少有点丢人。

好在大家都在看电影，没人注意她这边的动静。

然而就在她准备放弃，安安静静当作无事发生的时候，一只手忽然从边上横着伸了过来。那只手按在她正要松开的手上，三根手指扣着易拉罐，然后食指压着她的，引导她的食指知进正确的位置。

那根骨节明显比她凸出很多的手指句下用力，借了点力给她。

"啪。"拉环卡在她食指指节上，她或功把易拉罐拉环拉开了。

汽水冒出细微的"滋滋"气泡声，一股很淡的柠檬味儿跟着钻了出来。

"你这智商，"迟曜收回手的时候说，"三本作业可能不够。"

3

林折夏一时间有点蒙。

易拉罐拉环还孤零零地套在她手指上。

主要是迟曜这一下，让人毫无防备，跟突然袭击似的。

明明刚才还一副不想搭理她的样子。

于是等她反应过来，已经错过了最佳回击时机。

她只能回一句："就你聪明，我又没练过，不会开也很正常。"

林折夏继续慢吞吞地说："而且谁知道，你是不是为了这个耍帅，私底下偷偷练了很久。"

"……"

说话间。

迟曜已经把手收回去了，仍搭在膝盖上，继续看电影，收回刚才施舍般扫过她的眼神。

只扔下一句："我看起来很闲？"

电影后半段就是很常规的剧情，主角一行人找到了幕后反派，然后在殊死关头和反派决斗，伴着"突突突"的音效，几个人都看得移不开眼。

林折夏喝了一口手里的柠檬汽水，也跟着继续看。

看完电影，何阳他们提议想玩桌游。

对于这群放暑假的学生来说，最不缺的就是时间。

何阳自带桌游卡牌，从兜里掏出来一沓黑色卡牌："我给大家发，要玩的聚过来，我讲一下游戏规则。"

"曜哥，"何阳发到他们这边的时候把剩下那沓牌递了过去，"抽一张？"

迟曜看了眼他手里的牌，没接："有点困，我睡会儿。"

何阳转向林折夏："行，夏哥你抽。"

林折夏跟复制粘贴似的，套了迟曜的模板："你们玩，我写作业。"

"……"何阳把牌收了回去，习以为常，"你俩每次都搞特殊。"

他们"南巷小分队"里的人虽然都一块儿长大，但关系总有远近，群里所有人都默认一个事实：林折夏和迟曜，这两个嘴上不对付的人，实际上是他们所有人里关系最近的一对。

迟曜说"有点困"，还真睡了一会儿。

林折夏猜想他昨天晚上赶回来，应该是折腾了一路。

只不过他没回房间睡觉，可能是没打算睡太久，直接就在林折夏边上睡了。

懒人沙发本就搁在地毯上，可以直接把头枕在上面睡地毯，但某个人腿太长，就是睡地毯都睡得有点挤。

林折夏低头看了眼自己的腿，比了一下长度，然后默默翻开刚才没写完的作业。

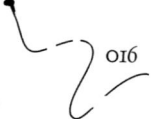

她作业写到一半，迟曜睡醒了。

林折夏正徜徉在学习的海洋里，浑然不知。

直到她听见一句：

"这题错了。"

过半分钟，又是一句："这题也不对。"

"……"

"你能擦线进二中，"迟曜最后点评，"不容易。"

林折夏笔尖在纸上顿了顿，回敬他道："谢谢你的肯定，运气确实是实力的一部分。"

最后事情就发展成了何阳他们在边上玩桌游，一群人叽叽喳喳地闹得不行，迟曜就在这片嘈杂声里给她讲题。

他刚睡醒。

一只手撑在地毯上，坐起来靠近她。另一只手指间夹着笔，三两下在她书页空白处写着解题步骤。

"这题是有点难的，"林折夏给自己找补，"综合题，本来失分点就比较多。"

迟曜的字和他的人很像。

笔锋洒脱，字很好看，只是写得太快，稍显凌乱。

"难？"他钩着笔写下最后一个字，"这题我都懒得解。"

"……"

冷静。

冷静一点。

抛开现象，看本质。

怎么说这人现在也是在给她讲题。

而且也不是头一回了。

认识那么多年，他讲题一向就是这风格。

成大事者不拘小节。

所以，千万要、冷、静。

林折夏在心里给自己疏导，很快调整好情绪："真是辛苦你了，你居然愿意动一动你高贵的手指头,在我的作业本上留下你价值连城的字迹,我非常非常感动。"

迟曜扔下笔,压根不吃她这套。

林折夏照着他给的步骤去对刚才的题。

迟曜其实经常给她讲题。

经常到林折夏习以为常的程度。

她一边擦改原先的答案,一边和迟曜聊起他前段时间去邻市探亲的话题:"对了,你前几天去哪儿探的亲?"

"邻市。"

迟曜说:"一个亲戚家的小孩,办周岁宴。"

林折夏一边改一边说:"那有没有抓周什么的?我小时候抓的……"

她话还没说完。

迟曜就把她的话接上了:"你抓了桌布。"

"我之前说过吗?"林折夏没什么印象了,毕竟她和迟曜两个人每天说那么多话,什么说过什么没说过,很难记住,"你记性真好。"

迟曜说话语气带了点嘲讽:"哦,这跟记忆力没关系,但凡一个人把她做过的蠢事对着你重复三遍以上,你也会记住。"

"……"

林折夏适时转移话题:"你小时候抓的什么?应该没抓东西吧。"

迟曜确实是没抓。

"没办。"他说。

"没办?"

"周岁宴,"迟曜不怎么在意地说,"那年家里生意太忙。"

林折夏想起来迟曜他妈那张有些冷淡的、气场很强的脸,很早之前就听林荷说过迟曜他妈当年刚生完孩子就复工了,像她这样的女强人,没办周岁宴一点也不令人意外。

半晌,林折夏说:"所以你果然没抓东西。"

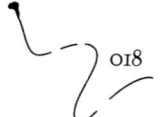

"……"

她又一字一句地接着往下说:"难怪现在、那么、不是个东西。"

迟曜回来之后,林折夏的作业就有着落了。
从迟曜回来的第二天开始。
林折夏就总带着作业往迟曜家跑。
"妈,"林折夏这天跑出去的时候风风火火地说,"我去迟曜家,中午可能不回来吃了,不用等我。"
有时候林荷也会有点意见:"你现在是大姑娘了,别总跟小时候似的,整天往人家家里跑。"
林折夏:"没事,在迟曜眼里,我不算女的,能勉强算个灵长目人科人属动物就已经很不错了。"
只是除了林荷,还有一个人对她也有点意见。
林折夏带着作业敲开迟曜家的门,迟曜看见她就想关门。

林折夏抱着作业,腾出一只手,手按在门板上,试图从门缝里挤进去:"我来写作业。"
迟曜用"你有病"的语气跟她说话:"你得了离开我家半步就写不了作业的病?"
林折夏说:"题有点难……"
迟曜:"换地方估计没用,可能得换个脑子。"
林折夏继续挤:"你就当日行一善。"
一直在被反复推拉的门在她说完这句话之后忽然静止不动了。
迟曜手搭在门把手上,没有继续使劲。
于是那扇半开的门就像卡住了一样。

透过那道缝,刚好能看到迟曜的半张脸。
林折夏看见他垂在眼前的碎发、削瘦的下颌,以及忽然扯出的一抹笑。
他整个人给人感觉都太有距离感,哪怕笑起来,那股冷淡的嚣张气焰也依旧挥之不去。
"抱歉。"
"我从不行善,"迟曜皮笑肉不笑地说,"因为我,不是个东西。"

林折夏:"……"
林折夏怀疑他根本就是在借机报复。
她那天不就!随口!说了一句吗!
至于嘛!

几秒钟后。
她眼睁睁看着迟曜家的门在自己眼前关上。
林折夏带着作业蹲在迟曜家门口赖着不走。
一边蹲一边掏手机给迟曜发消息。

——放我进去吧,滑跪。
——外面的风好大!
——我好冷!

半分钟后。
迟曜回复了,并提醒她。
——你在楼道里。

——我是说我的心,漏风了。
——……

门里。
迟曜后背抵在门上,只跟她隔着一扇门,看到这句,低声骂了句"傻子"。
然后他手指在屏幕上顿了顿,打下几个字:自己开门进来。
他还没按下"发送",就听见门外有了新动静。
是隔壁邻居开门的声音。
对门住了一对老人家,老人家应该是正好出门扔垃圾,大家在这儿居住多年,彼此都很熟络,一看是林折夏,老爷子冲她打了个招呼:"小林啊,又来找迟曜?怎么在门口蹲着?"
"王爷爷。"
林折夏说话声音变大了不少,故意说给门里那位听:"我是来请教题

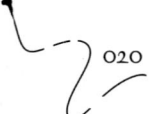

目的，这个暑假，我一刻不敢松懈，每天都坚持写练习题，一心只有学习。我会蹲在门口是因为——迟曜他这个人太小气了，他担心我变得比他聪明，在成绩上超越他，所以不肯教我，把我拒之——"门外。

但"门外"这两个字没能说出口。

"咔"的一声。

门开了。

林折夏感觉到身后有一股力量，那股力量拽着她的衣服后领，直接将她向后拽了进去。

迟曜一边拽她一边说："带着你的作业，滚进来。"

这年八月的蝉鸣从月初一路热烈地延续到月末。

林折夏对这年夏天的记忆，是迟曜家的空调冷气，是桌上的"滋滋"冒泡的柠檬汽水，还有那沓写着写着逐渐变薄的作业。

迟曜会在她写作业的时候，在她边上欠揍似的打游戏。

这人打游戏的时候一如既往地不上心，手指随意地在界面上点着，林折夏有时候往他那儿瞥一眼，经常能瞥见一句醒目的"五杀"提示。

迟曜家的书桌很宽敞。

更多时候，他会在书桌一头睡觉。

手垂在桌沿处，一只手搭在颈后，活像课堂上坐在教室后排不听课的学生。

假期就这样过去大半，转眼到了快开学的日子。

这天饭桌上。

林荷提起开学的事情："这马上要开学了，收收心，调整一下状态，高中是很重要的阶段，知道吗？"

林折夏听着，一边戳碗里的米饭一边点头。

"对了，你魏叔还给你买了点新的笔记本。"

林折夏忙道："谢谢魏叔叔。"

林荷补充："还有新书包，吃完饭你看看喜不喜欢。新学年，新气象。"

饭后，林折夏坐在沙发上拆礼物。

魏平也坐了过来。

林荷不在的时候，她和魏平两个人相处，多少有几分尴尬。

林折夏打破沉默："谢谢叔叔，书包很好看，我很喜欢，您要……喝点水吗？我去给您倒水。"

魏平戴着副眼镜，看起来老实且文雅："啊，不用，谢谢。那个，你喜欢就好。"

魏平又说："你要吃点水果吗？我去给你切个橙子。"

林折夏刚吃完饭，拒绝道："我也不用，谢谢叔叔，不用麻烦了。"

一番寒暄后，话题很快告终。

林折夏低头玩起了手机，她习惯性点开和迟曜的聊天框。

百无聊赖发过去几句：

——你在干吗？

——马上开学了。

——我们这次一个学校！可以！一起去上学了哎！

——我们俩会不会被分在一个班啊？

迟曜没回。

她等了会儿，便退了出去。

边上，魏平轻咳了一声，好不容易找了个话题："马上开学了，要去新学校，紧不紧张？"

林折夏想了想，回答他："还好，不怎么紧张。"

她真不怎么紧张。

如果非要说紧张的话，紧张的不是去新学校这件事，而是她的成绩确实有点尴尬。

虽然考进了二中，但再怎么说，也是超常发挥擦着分数线才进去的。

林折夏一直是个很有自知之明的人。

虽然感情上她不想完成林荷额外布置的任务，但理智上，她很清楚自己确实需要这些作业。

她知道自己成绩不行，是该更努力些，所以她每天都保质保量地完成

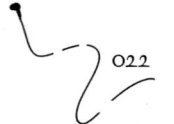

这二十页作业。

而这段时间因为有迟曜在……虽然这个人讲题的风格不太友善,时常伴随冷嘲热讽和人身攻击,但是也的的确确,因为他,她提前掌握了高一的很多知识内容。

这些天在迟曜的"补习"下,她渐渐发现,开学所带来的那一丁点紧张感,已经消失不见了。

她说完,手机屏幕亮了一下。

您收到两条新消息。

迟狗:从分数上来说……
迟狗:不太可能。

隔了一会儿,屏幕又亮了下。
——还有。
——能和我一个学校已经是你的荣幸。
——别要求太多。

"……"林折夏对着这几条消息,不禁反思,她是不是晚上吃饭吃太饱了。

不然怎么,吃饱没事干,给这个人发消息。

4

开学当天。

林折夏早早吃完早饭,拿上没喝完的牛奶背起包往迟曜家楼下跑:"妈,魏叔叔,我去上学了。"

小区出门走一段路就有公交车站,公交车坐八站路就能到二中,加之她和迟曜一块儿上学,林荷他们没什么不放心的:"嗯,去吧,到学校好好听课。"

她提前两天收到了课本和新校服。

二中校服式样简单,整体是白色的,只有领口和袖子用了红黑拼色。

——这个颜色的比她之前学校那件粉白色校服成熟得多,且酷。

林折夏穿上新校服,觉得自己都跟着成熟了。

这个年纪的女孩子对"长大"这个词异常向往。

当她跑到迟曜家门口,迟曜也刚好推开单元门出来,她三两下越过台阶跳到他跟前,笑着说:"你看我。"

迟曜反手关上单元门。

他没被突然凑到面前的林折夏吓到。

没被吓到的主要原因是——就算林折夏猛地凑上来,但由于身高上的差距也并不会真凑到他面前,只能堪堪够到他下巴。

眼前的女孩子简单扎了个马尾辫,头发细软。

再往下是没什么攻击性的,还没完全长开的一张脸。林折夏并不是很张扬的那种长相,她算是那种典型的南方姑娘,白净且清纯,下巴尖尖的,眼睛是略显冷清的内双,但是笑起来像只小狐狸。

"看什么,"迟曜低下头说,"看矮子?"

"……"

林折夏一天的好心情被"矮子"这两个字击碎,她咬牙说:"看我的新校服。开学第一天,我还想当个好学生,你别逼我动手。"

"那你得往后退点,"迟曜拖长尾音,"你这样我看不见。"

林折夏憋着气说:"那你真可怜,年纪轻轻就瞎了。"

虽然有点生气,但这是林折夏久违地和这人一起上下学,初中那会儿虽然两人假期时间也总凑一起,但一到上学时间,她就只能孤零零地自己去女校,想到这一点,她立刻就不气了。

远处。

何阳他们也准备去车站,远远看到他们,向两人招手:"曜哥,夏哥——你们俩等等我——"

林折夏跟在迟曜边上走过去,打招呼道:"你也去车站?坐几路车?"

何阳无语道:"你们俩能不能多关心关心我,我跟你们顺路,都坐三路。"

迟曜也对此表达出几分惊讶,具体表达方式为,他屈尊纡贵般地抬起

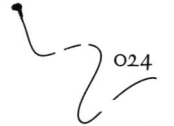

眼，扫了何阳一眼。

"……"

根据多年相处经验，何阳敏锐捕捉到了迟曜这一瞥："不是吧？你们没一个人知道我考上的就是二中……边上，相距三站路的实验附中吗？"

迟曜收回那一眼："现在知道了。"

何阳："……"

林折夏跟着说："现在我也知道了。"

"原来你考上的是实验附中。"迟曜扔下那句话之后就不再说话了，林折夏考虑到何阳的心情，她拍着何阳的肩膀多说了几句，"……虽然离二中还有一段不小的差距，但我相信只要你刻苦学习，还是有机会追上我们的，加油，大壮。"

何阳心情更为复杂："夏哥，不会说话，可以少说点。"

何阳心情没复杂多久，又开始喋喋不休："说起来，你们这次居然一个学校，真羡慕。"

林折夏："不用羡慕，你勉强也能算我们的精神校友。"

何阳没懂她这个哏。

倒是迟曜听后笑了一声。

林折夏解释道："因为你就在二中……边上，相距三站路的实验附中，算半个精神校友。"

何阳："……谢谢。"

几人像从前那样边聊天边走出小区大门，蓝底白字的"南巷街"路标数年如一日竖在街道路口。

但是林折夏这次经过路口的时候，却说不上来，感觉好像有什么悄悄地变了。

也许是因为身上的新校服。

也许是因为"高中生"三个字。

也许，是因为十六岁。

这感觉就像一个平时一直闷头生活的人，忽然间抬了头。

然后发现自己不知不觉，已经站在了人生下一个阶段的路口。

从公交车下去,学校门口人来人往。
门口宣传栏里贴着分班表。
所有人都围着宣传栏,在找自己的名字。

二中全称"城安二中",坐落在涟云市城安区区中心。
也就是林折夏现在住的地方。
二中口碑还算不错,管得相对没有那么严,并不强制学生住校。而与她"失之交臂"的涟云一中就管得非常严格,军事化管理,连手机都不让带。
林折夏一边拉着迟曜挤进去,一边忽然没头没脑地想:迟曜不去一中,可能不光贪图离家近,而是因为他有一颗自由的心。
林折夏热切地说:"快看看在哪个班。"
被她拽着的人显然没有她这种热情。
迟曜有点不耐烦:"你不嫌挤?"
林折夏:"那你出去,我自己看。"
她没注意到的是,尽管这人嘴上这样说,还是跟在她身后任由她拽着,一只手虚虚抓着她的手臂,以免她被边上的人挤走。

林折夏一眼就在一班里找到了迟曜的名字。
她激动地用力扯扯他的衣角,告诉他:"迟曜迟曜,你在一班。"

与此同时。
几乎在同一时间。
迟曜也说了一句:"七班。"

林折夏没反应过来:"什么七班?"
迟曜:"你。"
两人有时候会很默契地干这种事。
比如就像现在,跟找碴似的,第一时间找对方的名字。

林折夏往后看,果然在最后一排看到了自己的名字:"……七班,这

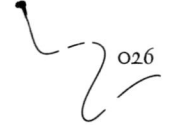

么远。"

她怕自己这句话有歧义，听起来像是不舍，于是又解释："我的意思是，跟你隔那么远，我就放心了。"

回应她的是一声很轻的嗤笑。

被迟曜猜中，二中果然是按成绩分的班。

因为入学分数，两个人不仅不在同一个班，还被分在一头一尾，隔了最远的距离。

按照二中的教学方式，这个一班应该是小班，其他班都是普通班。

林折夏也说不上来自己是希望和他一个班，还是不希望和他一个班。

她和迟曜的关系。

属于凑在一块儿相看两厌。

但真分开，也有点不习惯。

入校后的小广场上布置了几座名人雕塑，穿过这片广场，走上台阶，往里就是教学楼。

她跟迟曜不同班，进高一教学楼后就不太顺路。

在楼梯口分开的时候，林折夏本来都已经跑上去了，半途又"噔噔噔"地折回来，她叫住迟曜，一脸认真地说："我有句话要跟你说。"

迟曜直觉不是什么好话。

果然，林折夏一脸认真地说："刚开学，人生地不熟的，你要有什么事，就来七班找大哥，大哥罩你。"

"……"

"说完了？"半晌，迟曜问。

林折夏想了想："大哥要说的就那么多，暂时没有了。"

迟曜倚着楼梯口转角处那面墙，微微抬了抬下巴，忽然说："其实我在学校有不少仇家。"

"？"

"也不多，十几个吧。"

迟曜想了想："你要愿意的话，我等会儿拉个群，让他们放学后在小树林等你，今天就打一架，保护一下我。"

027

说到这里,他语气微顿,尾音拉长了问:"你看怎么样——大哥?"

"……"

林折夏二话不说,立马溜了。

尽管林折夏敢在一个远比她看上去更像大哥的人面前大放厥词,但其实她并不是很外向的性格。

摸进高一(七)班之后,她在贴了自己名字的座位上默默坐下,主动跟边上那位叫陈琳的同桌简单打过招呼,就从书包里拿了本书摊在桌上缓解由陌生带来的尴尬。

倒是她边上这位新同桌,不到三分钟就自来熟地跟她分享小道消息:"听说我们今天不上课,直接开学摸底考,而且考的还不全是以前学过的,有一些高一没学的内容。"

林折夏惊讶于她的情报能力:"你怎么知道?"

陈琳脸上有些小雀斑,人很开朗热情的样子,她晃晃藏在课本下的手机。

"学校论坛,"陈琳解释说,"有高二高三的学长学姐发的帖子,在上面,什么情报都能找到。"

林折夏不像陈琳那么热衷网络冲浪,她连追星都没怎么追过,平时用手机最多也就是搜东西看视频,外加和迟曜聊天。

陈琳见她没什么反应,又说:"你好淡定哦。"

林折夏"嗯"了一声:"我这个人,遇到什么事,都比较波澜不惊。"

陈琳本以为林折夏特别安静,冷不防听到她这种不太常规的回答,倒是有点受惊。

片刻后。

老师进班,果然,在简单的自我介绍后,这位留着"羊毛卷"、戴眼镜的徐姓班主任就开始下发试卷:"每人一张,学号就填你们的座位号,考试时间一百二十分钟,考完交上来我当场批改。"

话音刚落,教室里有人忍不住哀号。

徐老师警告:"考试的时候不要交头接耳,我很理解你们想认识新同学的迫切心情,下午会专门抽一节班会课,留时间让你们做自我介绍。"

试卷从第一排往后传。

林折夏捏着黑色水笔，拿到卷子，先从头到尾扫了一遍题目。

她这个习惯和迟曜如出一辙。

这还是从小被迟曜带出来的，虽然她成绩没他那么逆天，在写题习惯上，却很相近。

她看完题目发现，卷子上很多题……假期的时候她都做过。

里面甚至还有那道迟曜"懒得解"的题，几乎原封不动，就改了几个数值。

"那什么，"林折夏在左上角写名字的时候，默默嘀咕，"那我就勉强原谅你早上骂我矮子。"

考完后，试卷交上去当场批阅。

大多数人刚刚够到及格线，分数惨不忍睹。

满分120，陈琳考了81分，拿到试卷后心态有点崩："这应该不需要拿回去给家长看吧。"

她刚说完，徐老师念了林折夏的名字。

"林折夏，"徐老师推了推眼镜，在念到名字的学生站起来之后多看了几眼，"110，咱班唯一一个三位数，很不错，继续努力。"

台下同学在听了一圈两位数的分数后，听到"110"，忍不住哄闹起来："我去，110。"

"这魔鬼卷子，居然真有人能考三位数。"

"我以为刚才那个99会是全班最高分。"

"……"林折夏没想到开学第一天因为摸底考分数，在班里被行注目礼。

被行注目礼还不是最尴尬的。

最尴尬的是，徐老师也对她的分数颇为满意，让她发表一下感言。

徐老师："有没有什么想对新同学说的？"

林折夏站在讲台边上，拿着试卷，大脑有一瞬间空白，完全不知道说什么。

在众目睽睽之下，她不知道怎么想的，最后来了一句："我也没什么好说的，非要说的话，我只能说，大家可以向我学习。"

台下静默一瞬。

然后有人带头鼓起了掌:"牛!"

等她下了台,陈琳也忍不住说:"你好厉害。"

林折夏已经想穿越回去掐死几分钟前的自己:"我刚刚脑子可能被什么东西夹了。"

陈琳:"不会啊,刚刚说话的样子很酷,你果然很波澜不惊。"

"……"林折夏无法回忆,"你就当没见过我吧。"

她现在……

就很想……

点开和迟曜的聊天框。

然后对着聊天框打一串"啊"。

但不行,上课不能玩手机。

她和陈琳倒是意外因为这件糗事,熟络了起来。

课后,陈琳没吃透课上讲过的错题。

林折夏给她讲了一遍。

陈琳拿回试卷说:"谢谢,你假期是补习了吗?请家教的那种?"

林折夏想到迟曜那张看起来压根请不起的脸:"算是吧……"

陈琳:"那你家教老师教得还挺认真的,这些题居然都教过。"

"也没那么好,"反正迟曜也不在这儿,林折夏张口就说,"他这个人,长得丑,脾气差。"

陈琳:"啊?"

"还特爱装。"

林折夏最后说:"……反正就是不怎么样,主要还是因为我天资聪颖。"

谁也不知道的是,她在课间悄悄拿出了手机。

点开和某个人的聊天框。

认认真真地发过去一个"小人下跪"表情包,并敲下几行字。

——超级无敌大帅哥迟曜。

——你真棒!
——有你真好。
——你、就、是、我、爹！！！

而对面那位超级无敌大帅哥很高冷地回过来五个字。
——再发疯拉黑。

5

高中生活和林折夏想象的有点不同。

看似好像没有显著的变化，依旧是上课和考试。

但实际让她感到更多变化的是周围的同学，大家似乎开始注重一些绯闻和八卦，比如说"谁和谁在谈恋爱""谁和谁以前是一个学校的，关系不简单"。

她前排那名女生，课后会偷偷去洗手间补口红，尽管口红颜色很淡，涂了跟没涂其实没有太大差别。

还有身边的陈琳。

紧跟学校热点，课间跟她聊天，从"我们年级有个第一天就在论坛大杀四方的帅哥"，一路跟她分享到"下周我们应该会安排为期五天的军训"。

林折夏埋头写作业，陈琳话题转太快，她只能记住最后一句，随口应道："下周要军训？"

陈琳："是啊，本来还以为能躲过去，这么热的天，还得出去暴晒五天。"

话题很快过去。

林折夏写完作业，偷偷在桌肚里打开手机，给迟曜发过去一句：在不在在不在在不在？

下课时间，对面回得很快。

迟狗：？

林折夏立刻告状：你这个人怎么这样，上学居然玩手机，警告一次。

迟狗：有病。

林折夏进入正题：给我看看你们班课表。

031

她紧接着又发一句：想看看你们班跟我们班有没有重叠的课，比如体育课，一般都是几个班一起上的。

迟曜这回倒是没继续撑她，拍了张照发过来。

林折夏一语成谶。

一班和七班的体育课还真在一起。

今天刚好撞上，都在最后一节。

体育课前，陈琳拉着她去学校小卖部买吃的："……好饿。"

林折夏收拾东西："走吧，我正好也过去看看。"

陈琳兴致勃勃："听说小卖部里的寿司卷特别好吃。"

小卖部就在食堂边上。

陈琳拿起寿司卷，正要结账，一摸口袋："我忘带钱了。"

林折夏掏了掏口袋，只摸出来两个钢镚："我……也没带。"

"那算了，"陈琳把东西放回去，惆怅地说，"就让我忍饥挨饿一节课吧。"

林折夏想了想，忽然说："你信不信，我能用两块钱让你吃上这个寿司卷。"

陈琳看着她："小卖部老板是你亲戚？"

林折夏："……不是。"

陈琳表情开始复杂起来："你打算赊账？"

林折夏："也不是。"

陈琳表情更复杂了："吃霸王餐，不好吧。"

林折夏用她从兜里掏出来的两个钢镚，从冰柜拿了瓶矿泉水，还是最便宜的那种，她把两个钢镚递给小卖部老板，对陈琳说："你等着，我出去打劫。"

"……"

林折夏："等我打劫回来就能养你了。"

林折夏拎着那瓶矿泉水往操场跑，一路找寻一班人的身影。

但是现在还没正式上课，人都是散的，没有固定位置，找起来并不好找。

也就是她对迟曜过于了解，就算只看背影，甚至只看后脑勺，她都能一眼辨认出是不是他。

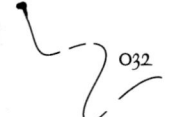

032

她没跑几步就在篮球场上一眼看到了迟曜。

"迟曜!"

迟曜身边其实围着很多人,男孩子们挤在一起,远处还有一群女生,似乎也在看向这边。

但林折夏完全没注意,她跟平常一样,站在迟曜面前笑吟吟地看他:"迟曜,你渴不渴,累不累?打篮球一定很辛苦吧,我刚才远远地就看到你打球的英姿了,简直就是流川枫。"

因为要打球,迟曜换了一件自己的衣服,灰色 T 恤松松垮垮地挂在他身上。

还没上课,他屈着腿蹲坐在球场边缘的花坛上。

听到林折夏的话后,他"哦"了一声,下巴微扬:"继续。"

"你的球技,出神入化,"林折夏继续说,"叹为观止,惊为天人。"

迟曜:"成语用得不错。"

林折夏:"过奖了,我林某人是略有一点文化底蕴在身的。"

马屁拍到这里,林折夏觉得氛围烘托得差不多了,把手里的水递过去:"你要不要喝口水,我特意给你买的。"

迟曜却没接她的水。

他搭在膝盖上那只手动了动,伸出一根手指指向球场上某个方向:"看见那颗球没有?"

林折夏顺着他指的方向看过去:"看见了。"

迟曜:"我刚来两分钟,还没碰过它。"

迟曜收回那根手指,看向她:"不知道你看到的是哪位流川枫,我还挺好奇的,你要不给我引见一下。"

林折夏:"……"

她根本什么都没看到。

而且这人在球场上,光坐着,不打球。

合适吗?

林折夏决定不在这个问题上继续纠结:"反正!我给你买了水!"

相识多年,迟曜根本不信她会这么好心:"不收费?"

033

林折夏:"收的。"

迟曜接过水:"多少。"

林折夏:"两块。"

等迟曜拧开那瓶水的瓶盖后,她紧接着说:"……再加上八块钱的跑腿费,所以加起来是十块钱。"

"……"

林折夏伸出手,准备接钱:"如果你大发善心,想多给点小费,我也不介意。"

几分钟后,小卖部门口。

陈琳拿着寿司卷,备受震撼。

林折夏:"放心吃吧,我这属于合法打劫。"

但陈琳震撼的原因并不是"打劫"这个行为本身,而是她这位同桌"打劫"的对象。

半晌,她才找回自己的声音:"刚才那个,迟曜?你们认识?"

林折夏简单介绍:"我发小,出生入死的好兄弟,不过你怎么知道他叫什么?"

陈琳一字一顿地说:"因为他、很、出、名、啊。"

林折夏:"?"

陈琳话说到这儿,被体育老师的口哨声打断,所有人往操场方向集合。

她赶忙拉着林折夏去排队:"集合了,等放学我发链接给你,你自己看了就知道了。"

由于最后一节就是体育课,很多人直接背着书包来操场上课。

下课铃一响,这些人就背上书包往校外跑。

林折夏还得回教室收拾东西,然后就去一班找迟曜会合。

放学回去的公交车上空位不像来时那么多,满车都是二中学生,林折夏和迟曜一块儿坐车回家,她跟在迟曜身后投币上车,环顾四周,发现空位只剩下一个。

空位靠着后车门。

林折夏有点不好意思,她伸手拽了拽迟曜垂着的书包带:"你就没有

什么话要对我说吗？"

"比如说，把这个座位让给我什么的，"林折夏接着说，"不然我不好意思坐。"

迟曜已经换回校服，他打完球似乎冲洗了头发，碎发微湿。

他说话时看了林折夏一眼："怎么办，我脸皮厚。你不好意思，我好意思。"

林折夏："……做人要尊老爱幼。"

迟曜："老和幼，你算哪个？"

林折夏很识时务，她老老实实地说："我算那个幼。"说完，她又补了一句，"爸爸。"

"……"迟曜没话说了。

他把肩上的书包卸下来，扔进林折夏怀里："坐着帮我拿包。"

很快，司机按下关门键，车缓缓起步。

车里喧闹声不绝于耳。

林折夏坐在座位上，迟曜站在她边上，一只手抬高，拉着正上方的拉环，她只要一抬头就能看到他。

由于有迟曜在她边上挡着，尽管后面上车的人越来越多，也没人往她这边挤。

——像一道天然屏障。

坐车途中，她拿出手机，想看看林荷有没有给她发消息。

结果林荷的消息没看到，看到了刚添加没多久的新好友信息。

陈琳发来一条链接。

陈琳：就是这个。

陈琳：他就是那个开学第一天在论坛大杀四方的，一天内，论坛首页全是他，讨论度最高的一栋楼现在已经有了十多页。

陈琳：我今天跟你说过，就知道你顾着写作业，压根没听。

林折夏在颠簸的车上点开那条网址链接，片刻后，一张有点模糊的抓拍照片突然映入眼帘。

照片应该是下午拍的。

照片上，阳光正热烈，肆意张扬地从窗户照进来。

这张很潦草的抓拍其实拍进去了很多人，但在这一群人中，有个让人无法忽视的存在。

坐在后排的少年身上穿着二中校服，校服衣领微敞，隐约窥见嶙峋锁骨，他坐在一群人中间，被其他男生簇拥着，看似人缘极好，但整个人却透着股很强的距离感。

同样的校服，穿在他身上总觉得哪里不一样，那对浅色瞳孔被阳光点亮，锋芒盛得灼眼。

但这些都不是最重要的。

最重要的是——照片上这个人，和此刻站在她边上的人，是同一个人。

是那个就算化成灰她都能认出来的……

迟曜。

"……"林折夏的表情，从迷茫，变成了欲言又止。

然后从欲言又止，变成了无语。

最后俨然变成一副"地铁老人看手机"的表情。

这张照片下面，满满当当的全是回复。

2L：这人，谁，我们学校的？

3L：是谁心跳得那么大声？哦，是我。

4L：十分钟内，我要这个人的全部信息。

隔了会儿，有人真开始报信息。

133L：点进来前我还在想是谁引起那么大轰动，点进来后……迟曜啊，那没事了。

好不容易抓到个知情人士，其他楼都让133L别走。

于是133L留下来多说了几句：

高一（一）班，迟曜。

是我以前学校同学，他以前在学校就很出名。
但是劝你们别靠近，因为，会被拒绝得很惨。

林折夏越往下看表情越复杂。
她之前和迟曜不同校，并不知道这人在学校里居然这么招摇。
她感觉自己好像看见了……
一个……
不认识的人。
这个人，和迟曜同名同姓，共用一张脸。
且这个迟曜在学校里，好像还很出名的样子。

林折夏对着那张照片看了一会儿，然后又抬起头，去看站在她身边的那个迟曜。
比起照片里那个看起来有些遥不可及的"迟曜"，现在的迟曜显然更贴近生活，落日余晖照在他身上，整个人被车内的喧嚣声所笼罩。
他个子高，在车厢那么多人里依旧出挑，这会儿垂着眼也在刷手机。
似乎察觉到她的目光，他视线偏移几分，俯视着看向她："我这张脸收费，看一眼五十。"
林折夏瞠目结舌。
她正想说："你敲诈啊——"
紧接着，就听到迟曜又说了句：
"毕竟有人跑腿费能收八块，我的价格应该还算公道。"

6

林折夏被这人厚颜无耻的程度噎得说不出话。

但偏偏她还不能反驳。
因为她确实，在体育课前坑了他。

林折夏:"我今天就是忘带钱了,大不了回去还你。"
她说着,关上手机页面。
"而且谁想看你啊,"她说,"你长得也就还行吧。"

话音刚落。
车也正好行驶到下一站,刹车时剧烈颠簸了一下。
与此同时,原本站边上俯视着她的迟曜忽然弯下腰,拉近两人之间的距离,将脸凑到她面前。
他扯着唇角,近距离看着她,冷笑似的说:"我,长得也就还行?"
"……"
林折夏维持着仰头的姿势,认真地又看了他一眼,然后坦言:"你靠再近也没用,再怎么看,也还是觉得很一般。"

迟曜扯了扯嘴角:"所以那个课间给我发消息,夸我是大帅哥的人是谁?"
林折夏:"你也说了,我那是在发疯。"
迟曜只弯腰靠近了她那么一下,很快又直起腰,一副懒得跟她争辩的样子:"明天请个假,我带你去医院。"
林折夏:"去医院干什么?"
迟曜凉凉地说:"眼睛用不着,去捐给需要的人。"
林折夏看着他,忍不住摇了摇头,发自内心感慨:"长得一般也就算了,心眼还小。"

回去后,林荷已经在家里做好饭等她了。
林折夏把今天考的那张卷子拿给林荷看,林荷对这个分数表示满意:"我就说,'笨鸟先飞',这句话是有道理的。"
林折夏埋头吃饭,懒得纠正自己不是笨鸟了。
林荷放下试卷:"虽然开学这次考得不错,但也不能骄傲,接下来的学习很重要……对了,你这次考得不错,还得多亏了人迟曜。"

林折夏忍不住反驳:"我觉得,最主要还是因为我比较聪明吧。"
林荷:"你聪明?你自己数数,这上面的题,有几道迟曜没教过你。"

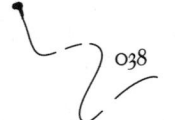

林折夏："……"

"但那什么，"林折夏又说，"有句话是这么说的嘛，'巧妇难为无米之炊'。"

林荷："我懒得跟你说，你吃完饭，把果篮给迟曜送过去。"

林折夏只得应下。

这天晚上，她还没见到迟曜，先在送果篮的路上撞上了何阳。

何阳手里拎着游戏机卡带："去曜哥家？一起啊？"

林折夏本来就不是很想去，刚好逮到个跑腿的，于是把果篮往何阳手里塞："你去吧，帮我把这个带给他。"

何阳拎着果篮："你不去？"

"行，那我走了。"

何阳说完，还没走出去几步，又被林折夏叫住。

"等会儿。"

林折夏说："我有点事要问你。"

天已经暗下去了，蚊虫不断。

两个人蹲在绿化带边上，一边聊天一边拍蚊子。

何阳不解："夏哥，赶紧问吧，我腿上已经起好几个包了。"

林折夏想起那几条论坛回复，也不知道自己为什么鬼使神差地把人叫住，她组织了一下语言，问："你以前和迟曜一个学校，他之前在学校里……就是，也有很多瞎了眼觉得他很卯的人吗？"

何阳表情有些略微复杂。

虽然他不知道为什么林折夏忽然逮住他问这个，但他还是如实说："按你这个标准来算的话，那以前在学校里，可能就没有几个视力正常的人了。"

何阳又说："不过你问这个干什么？"

林折夏还想问那句"会被拒绝得很惨"有什么故事。

但想了想，觉得这个问题问出来很奇怪，于是作罢："没什么，就是忽然发现这个世界上，瞎了眼的人还挺多。"

"嘀"的一声。
何阳打开迟曜家的门。
刚进去，撞上从浴室出来的迟曜。

迟曜本来在调整身上那件衣服，衣服领口太大，看起来不太正经。
见来的人是何阳之后，他懒得整理了。

"你手里拎的什么？"迟曜说，"别往我这儿放。"

何阳："果篮，林折夏刚才给我的，说是要我带给你。"

林折夏不会没事给他送果篮。
很明显是林荷让她送来的，迟曜便没再多说。

倒是何阳的问题比较多："她怎么不自己过来，你俩又吵架了？"
迟曜眼皮微抬："她说我跟她吵架？"
何阳："那倒没有，但是她确实说了点很奇怪的话。"
迟曜示意他往下说。
何阳："她问我咱们以前学校里的瞎子多不多，我跟她说，挺多的。"
迟曜："……"
虽然听起来像脑子有病。
但的确像她会问出口的问题。

迟曜顶着一头湿漉漉的头发坐进沙发里，衣领一路敞到锁骨下方，他拿起遥控器打开电视屏幕，侧过头扫了一眼何阳手里的游戏卡带，问："打不打？"

何阳差点被眼前的"男色"迷了眼。

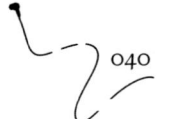

可能是因为刚才林折夏那个奇怪的问题，挑动了某根神经，他忽然想到以前和这位爷一块儿上学时的一些画面。

迟曜在以前学校很出名是没错。
但那种出名，并不大张旗鼓，更像某种心照不宣。
所有人心照不宣的，一个远距离的，难以靠近且遥不可及的人。

迟曜成绩好，但他上课很随意。
有时候也会在课上偷摸打游戏，被老师叫出去在走廊罚站。
少年倚在阴暗处，背靠着墙，身高腿长，一身校服。
——引来很多偷偷张望的眼神。

半响，何阳回过神说："打。"
"但你能不能先把衣服穿好？"何阳又说，"虽然我也是男的，但是我很直。"
迟曜钩着衣领往后拽，骂了他一句："有病。"

片刻后，两人坐在沙发里，一人一个游戏手柄。
何阳操纵手里的游戏角色："不过你作业写完了？二中这么轻松的吗，都没什么作业？"
迟曜："一些预习作业，用不着做。"
"你都会啊？"
"拜某个人所赐，"迟曜手指搭在手柄上，漫不经心地说，"为了教她，假期就学过了。"

林折夏发现自己学新学期的内容学得异常快。
连着几天的课，不管是课上内容，还是老师课后留的难题，她都掌握得不错。

这天很快又到体育课。
林折夏想到上次坑迟曜的八块钱，琢磨着买点吃的送还给他。

她和陈琳去了趟小卖部,陈琳提议买三明治,林折夏拒绝道:"他不喜欢吃面包。

"快餐也不怎么吃。

"零食也不行。"

"……"

"好麻烦啊,"林折夏看了一圈,发现迟曜喜欢吃的,小卖部都不卖,她最后又去看冰柜,"还是送水吧,比较实用。"

陈琳:"水怎么买够八块?"

林折夏:"这回买贵点就行了,比如这瓶十二块钱的进口矿泉水,比八块钱还多四块,体现了我的阔气。"

陈琳:"……"

陈琳想起来昨天给林折夏发完链接后,她这位同桌只给她回了一个"无语"表情包。

于是她又忍不住问:"你之前不知道吗?他很出名啊。"

林折夏结完账说:"我初中和他不是一个学校,所以不太清楚。"

陈琳还是惊讶于自己刷论坛刷到的轰动全校的大帅哥,居然是她同桌的发小这件事。

"我,问一嘴,"陈琳说,"你从小到大对着这样一张脸,是什么感觉?"

她刚想说"如果是我,我做梦都会笑醒"。

然而,林折夏想了想,认认真真地回答她:"……手痒。"

陈琳:"?"

林折夏:"就是很多时候,都很想揍他一顿,但又打不过的那种感觉。"

"……"

这节课集合之后是自由活动时间,林折夏拎着阔气的进口矿泉水去篮球场找迟曜,还没走近,远远就看到球场外面有很多围观的人。

迟曜已经上场了,他带着球越过几人,下一秒,球正中篮筐,周遭立刻响起一片呼声。

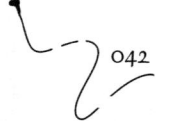

虽然他们表现得不明显，但还是不难分辨出，这群人围观的具体对象是谁。

在这片呼声和周围过多的注视下，林折夏犹豫了。

上次她跑出来的时候是课前，而且对迟曜在学校里的人气程度一无所知。

但这次不一样。

她看了眼人群，心想人这么多，挤过去会显得很尴尬吧。

她又不是过来看迟曜打球的。

而且——

她还要在众目睽睽之下给迟曜送水。

这瓶水就算再怎么阔气。

多少也有点……

送不出手。

"要不放学再给他，"林折夏站在几名女生边上，默默念叨，"好像也有其他人打算给他送水，边上这几个就挺跃跃欲试的，他既然不缺水，要不我自己喝了。"

就在林折夏准备独自品尝这瓶阔气矿泉水的时候，随着口哨声响起，上半场结束，中场休息。

迟曜从场上退下来。

他似乎早就看到了她，径直往她这个方向走。

迟曜走到她面前，很自然地朝她伸手。

见她愣住，他提醒："水。"

毕竟是来还人情的，林折夏也顾不上周围那样人了，伺候大爷似的把手里的水递给他："您请。"

迟曜拧开瓶盖前，犹豫了一秒。

O43

林折夏忙说："我今天做慈善，不收跑腿费，您放心喝。"

"而且这水，"林折夏强调它的价格，"十二块。
"放心，也不收您差价——毕竟我就是这样一个豪爽阔气的人，跟某个张口漫天要价看一眼收五十的人不一样。"
林折夏说完，见水送出去了，就打算撤。
然而迟曜当大爷当得很熟练，他喝完水后，把瓶盖拧回去，又塞回她手里。
林折夏："你自己不能拿吗？"
迟曜上场前说："像我这种脾气差，还喜欢漫天要价的人，不喜欢自己拿水。"
"……"
林折夏忍着想用水瓶砸爆迟曜脑袋的想法，在球场外面一圈空地上找了个位子坐下，帮迟曜拿着水，远远地看他打球。

灼人的烈日下，整个球场都被丰足的阳光罩住，也包括球场上的人。
迟曜这会儿又拿到了球，左右换手运球，被两个人盯防。
场上的少年做完假动作后，起跳时，风从衣摆下面吹进去，把衣摆吹得掀起来了些，整个人像腾空凌飞似的——
"砰。"
球从篮筐正中央急速下坠。
林折夏盯着球，脑海里忽然浮现陈琳上回说的那句——"他很出名啊。"

临近下课，下半场结束。
迟曜下场后估计是来找她拿水，还是往她这个方向走。
然而这次走到一半，被人拦了下来。

林折夏注意到拦他的女生就是刚才站在她边上的那两个，其中一名女生手里也拿着水，她似乎是鼓足了勇气，耳朵泛红，小声和迟曜说了一句什么。
具体说的话，她没听清。

但迟曜的回复她听清了。

少年语调散漫。
礼貌,但透着分明的距离感。

他说的是:"谢谢,但是我对陌生人送的水过敏。"

7

林折夏怀疑自己耳朵是不是出了什么毛病。
不然怎么能听见这么一句……
一句不像人话的话。

对陌生人、送的水、过敏。

那两名女生显然也愣住了。
然后两人站在原地,没再往前走。

这时,刚才和他一块儿打球的男生也拎了水过来,冲他喊:"曜哥,喝我的不?我这儿买多了。"
那男生戴着副眼镜,看样子两人关系还算不错。
他语气亲近地说:"喝我的喝我的。"
迟曜也没接:"滚,我对你的水也过敏。"
"……"
林折夏毫不怀疑,在之后的日子里,都不会再有人敢给迟曜送水了。

她也隐约能感知到了论坛那句"会被拒绝得很惨"到底是什么意思。

迟曜谁的水也没接,径直往林折夏这边走。
然后接过她手里的水,拧开了瓶盖。

放学回去的路上。

林折夏强调自己体育课的辛苦付出:"太阳那么大,我坐在太阳底下,给你拿了一节课的水。"

迟曜:"你不会找个没太阳的地方?"

林折夏差点噎住:"……你要是不会聊天,也可以不和我聊。"

去车站的路上行人很多,大部分都是学生。

城安二中校外有一条巷弄,长长一条,两边都被打造成了商铺。

林折夏从走出校门那一刻,眼睛就落在对面巷子里的奶茶店上,眼看着两人离奶茶店距离越来越近,她这才说出最终目的:"反正如果某个人要是能请我喝杯奶茶的话,我就不跟他计较晒了一节课的事,奶茶要半糖……"

说话间,两人正好走到奶茶店店门口。

她话没来得及说完,迟曜已经对着店员,替她把后半句话说完了:

"半糖,去冰,多加珍珠。"

店员按照他说的下了单,抬头问:"就一杯吗? 打包还是现在喝?"

林折夏站在迟曜身后,她个儿矮,踮着脚努力从他身后冒头,脆生生地喊:"就一杯,他不喝。打包,谢谢姐姐。"

女店员其实并不年轻。

冷不防被人喊姐姐,她忍不住笑了:"行,我免费给你多加点珍珠,不用多付了。"

林折夏脾气去得快。

有奶茶喝,她就不再继续计较。

一路上开开心心捧着奶茶和迟曜聊天。

林折夏:"对了,你猜我开学第一天考试考了多少分,往高点猜,大胆猜。"

迟曜:"两位数。"

林折夏感到被冒犯:"瞧不起谁,你才考两位数。"

迟曜:"我考的满分。"

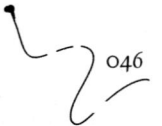

"……"

林折夏心说聊天就此结束吧,她不想再和迟曜多说一个字了。

然而等两人走到车站后,在等车的间隙,她又没忍住:"我刚才课上就有个问题想问你,你怎么不对我的水过敏?"

迟曜站在候车亭边上,听见这话,他微微侧过头看了她一眼:"你的水?"

"如果我没记错,那瓶水我付过钱。"

"……"

聊天还是就此结束吧。

林折夏默默地吸了口奶茶,很快好了伤疤忘了疼,想接着问迟曜"作业写完了吗",话到嘴边想起来明天开始不上课,得军训。

"不想军训,"林折夏抱怨说,"军训好累,而且教官都很凶。"

她说完,停顿了下。

接着说出她最看重的一点:"最重要的是,军训基地的饭太难吃了,能不能不参加啊。"

迟曜忽然说:"有个办法。"

林折夏看向他:"?"

"请假去医院,捐眼睛。"

林折夏差点把嘴里的吸管咬断。

她上次就说了一句"长得一般"。

这人记到现在。

这个人、怎么、这么小气。

说话间,车正好来了,上车前林折夏咬牙切齿地说:"我也给你个建议,你回去多买点防晒霜吧,本来就不怎么好看,免得晒黑了更丑。"

军训有专门的军训基地,离学校二十几公里。

出发前,林荷给她准备了一些生活用品,东西装满了整个书包和一个手拎包:"五天,这些东西应该够了,换洗的衣服,还有小瓶的洗漱用品都在手拎包里。"

"要不再带几本作业过去?"林荷问。

"不用了,"林折夏急忙拎上东西走人,"我要专心军训,做一件事就要专心致志,学习的事情回来再说。"

到校后,学校外停着几辆大巴。

大巴载着高一新生往军训基地驶去,在车上班长给他们各自分了寝室,六个人住一间,林折夏和陈琳,还有其他四个同组但互相之间还不太熟悉的女生分在一间寝室。

军训第一天安排的内容不多。

徐老师在大巴上拿着喇叭讲解:"等会儿下了车,先领军训服,领完去寝室放东西,换好衣服参加入营仪式。下午听教官指示,应该会教你们叠被子。"

军训基地像个小学校,只不过几栋楼中间围着一个特别大的操场。

门口拉着"欢迎入营"的横幅。

教官站成一排,认领各自的班级队伍。

林折夏领了军训服之后就和陈琳一起去被分配到的寝室。

女生寝室楼在男寝楼边上。

六人间的寝室,不带卫生间。

她们去的时候,寝室里其他四名女生正在换衣服。

其中一名女生性格活泼,她笑着打招呼说:"你们带腰带了吧,这裤子腰围挺大的,没腰带的话我可以借你们。"

那女生叫唐书萱,床位在她对面。

林折夏跟她不熟,说了句"不用,谢谢"。

倒是陈琳这个社交达人回应得很热情:"带了,你们还带了什么别的没有,我包里偷偷藏了点零食。"

唐书萱没继续接陈琳的话,反倒是对林折夏特别热情,见她穿戴好后,要调节帽子的大小,主动说:"我帮你吧。"

这回林折夏没来得及拒绝,唐书萱已经走到她身后,帮她把帽子往前

扣了一格。

上午的活动很枯燥，站在大太阳底下听校领导和军训基地的总教官发言。
"……咱们这次这个军训，为的就是锻炼培养学生吃苦耐劳的精神，我们城安二中，向来不只看成绩，必须得德智体美劳全面发展。"

林折夏站第一排。
她听得无聊，偷摸往遥远的另一头张望了一眼。
然而这一眼根本望不到一班。
正当她打算收回眼神的时候，隐约看到从另一头走出来一个人。
人影很熟悉。
那个高瘦的人影突兀地独自一人从连队里走出来，并离他们这里越来越近。

台上。
二中校长说完结束语，又说："接下来由我们高一新生代表进行发言——"
随着这句话话音落下，远处那个身影走近到眼前，站在了台上。
少年穿着一身迷彩服，高挑得不像话，军帽微微往下压，碎发遮住他浓墨似的眉眼。
他接过话筒，声音清晰地传出来："大家好，我是高一（一）班迟曜。"

林折夏有点意外。
但想到以迟曜这个完全可以去一中的入学分数，会被选中当新生代表也不奇怪。

台上的人换成迟曜后，她就有精神多了。
这种精神源自一种熟人在台上，她在台下看戏的心态。
陈琳在她身后小声地说："新生代表是迟曜哎，他好厉害。"
林折夏也小声说："他看起来心情不太好，可能不想上台，是被老师强行安排的。"

陈琳从迟曤那张脸上，除了"好看"两个字，什么都看不见："你怎么能看出他心情不好？"

"……"林折夏也很难回答这个问题，"就……一下看出来了。"

陈琳刚想说"不会吧"，但很快，她看到台上的人简单调整了一下麦克风后，说出了一番很没耐心的开场白："我随便说几句，不浪费大家时间，尽量在三分钟内讲完。"

听了那么多冗长的发言，三分钟的讲话对他们来说简直像希望忽然降临在人间。

掌声都比之前热烈不少。

当然掌声那么热烈，最大的因素是，这个人是迟曤。

是刚开学就在论坛上被人偷偷讨论过的那个迟曤。

林折夏本来想看戏，但在这短暂的三分钟里，她隐隐听见周围传来的私语声。

"迟曤哎。"

"我之前都只是偷偷看他。"

"第一次能这样正大光明地看三分钟。"

"虽然很热，但其实我也不介意多站会儿。"

"如果演讲人是他，讲个三十分钟也没什么问题。"

"……"

林折夏看戏的心情顿时变得有些复杂。

下午的军训内容相对简单，教官在各个寝室里奔走，叠了一下午的被子。

等到了晚上，寝室六人拎着东西去澡堂洗漱完之后就躺在床上准备睡觉。

军训理论上来说是不允许带手机的，但基本上大家都偷偷藏在包里带了进来。

林折夏打开手机后，先给林荷报平安，然后点开和迟曤的聊天框。

——你睡了没有？

——[探头]

对面很快回复。
——没。

林折夏缩在被窝里，打字：那你在干吗？
——和某个站第一排的矮子聊天。
——你、说、谁、矮、子！
——要我报你身份证号？
林折夏毫不犹豫，把新收藏的一套"暴打小朋友"表情包发了过去。

在她和迟曜聊天的时候，陈琳她们也在聊天。
寝室六个人大部分都是走读生，对合住这件事感到新鲜。
于是晚上熄了灯后，唐书萱先起了头："我们聊聊天吧。"

起初聊天内容还围绕白天的军训内容，然后唐书萱提到演讲，顺着演讲提到了新生代表。
"林折夏，"唐书萱喊她的名字，"听说你跟迟曜认识。"

不知道为什么，她感觉唐书萱从早上就对她展现出一种刻意的亲近感。
可能是因为好几次明明陈琳在和她对话，她却总把话题从陈琳身上移开，转到并不熟悉的林折夏身上。
林折夏没打算多说，只"嗯"了一声。

唐书萱："你们认识多久了呀？"
林折夏想了想："大概……九年吧。"

唐书萱："这么久，那你们很小的时候就认识了。"

熄灯后的寝室漆黑一片，说话声被放大。
林折夏没有继续这个话题。
唐书萱倒是又开了口："那个……
"可能说这话有点冒昧，你能不能给我他的联系方式啊？"

她话语里透着点不好意思:"我在论坛上没有找到,一班的人也说他不加好友。"

林折夏找到她刻意亲近自己的原因了。

但是她也不能自作主张地把迟曜的联系方式给对方。

于是她说:"那我问问他。"

这样要联系方式已经很尴尬了,还要寻求本人的意见,唐书萱下意识阻拦:"能不能不要问他,我们加个好友,你直接在微信上推给我吧。"

唐书萱说完后,其他几人都跟着起哄。

林折夏不好拒绝只能直接给她推了名片。

唐书萱连连道谢,片刻后,她搜索到联系人,忍不住说:"他头像好可爱。"

陈琳也好奇起来:"什么头像?"

唐书萱:"猫猫。"

陈琳忍不住想起迟曜那张脸:"这就是传说中的反差吗……"

正在和迟曜聊天的林折夏也看了眼他的头像。

迟曜的头像是一只躲在纸箱里的猫。

这个头像还是她给他换的。

那已经是两三年前的事了,换头像的原因其实很幼稚,只是她嫌迟曜的头像不够可爱。

由于她总找迟曜聊天,所以希望他能换个可爱点的头像,并在网上精心搜罗了一堆可爱头像供他挑选。

她还记得迟曜当时不屑地问:"我为什么要换?"

她回答:"有助于我的身心发展。"

……

林折夏想到这里,发现推送完迟曜联系方式后,自己有点不太开心。

她很难形容自己此刻的感觉,因为她根本没有理由不开心。

她躺在床上想了很久。

最后觉得这感觉有点类似一直陪伴在自己身边的那个人,自己的好

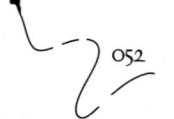

朋友……

要被别人认识了。

有一种私人领地被侵犯的奇怪感觉。

……

最后她点了点手机屏幕，暗暗告诉自己别那么小气。

做完心理建设。

她没话找话似的，在和迟曜的聊天框里打下几句：

——迟曜。

——你买防晒霜了吗？

——可千万别晒黑，作为你的好朋友，我真心希望你能把颜值维持在一般的水平。

迟狗：我也希望你能早日复明。

与此同时，唐书萱也给她发了消息。

唐书萱：我应该听论坛里那些人的劝诫。

唐书萱：我不该要联系方式的。

唐书萱又发了一个"崩溃"的表情：你刚刚、应该、阻拦我……

林折夏：？

寝室里其他人聊着聊着，都没声了，估计有人睡了。

她和唐书萱只能通过手机聊天。

唐书萱没有多说，发过来一张聊天截图。

截图上，唐书萱通过好友验证后很友好地发过去了一个"嗨"。

迟曜回：你谁。

唐书萱：迟同学你好，我是高一（七）班的唐书萱，我们可以认识一下吗？

那个"可爱"的猫猫头回了四个字：不想认识。

第二章

你大哥的名字

1

男生寝室一间房八个人，上下铺。
待遇比女生那边差，多了两张床位，挤得很。
同样漆黑一片的寝室里，男生这边就显得更加吵闹。

迟曜睡上铺，半坐着，刚洗完澡，身上穿了件自己的衣服。
这帮男生为了组队打游戏，也互相加起了好友："我玩上路，曜哥，加个好友呗。"
迟曜在上铺报了一串数字。
那男生："好嘞。"
他输入搜索后，看到弹出来的联系人头像也是一愣："你这头像……挺可爱的哈。"

迟曜没说话。
他正在删好友，把莫名其妙加他的那个人删掉后，这才说："某个人挑的。"
"你妹妹吗？"这种可爱头像，那男生第一反应就是迟曜家里估计不止一个孩子，"女孩子确实喜欢这种头像，不过如果是我，我可能顶不了太久，会找机会换掉。"
"换不了。"
迟曜没承认也没否认，只说："她不怎么讲道理，不仅会闹，还容易哭。"

另一边。

唐书萱看着那句"你还不是对方好友",以及突然冒出来的红色感叹号,她沉默了:……

唐书萱:很好。

唐书萱:他把我删了。

林折夏不知道要怎么安慰她,只能打字说:他这个人,是这样的,你知道我给他的备注是什么吗?

唐书萱:什么?

林折夏:迟狗。

唐书萱:非常贴切。

唐书萱:我来之前,论坛里就有人劝过我了。

唐书萱:是个给迟曜送过水的女生,她说,"建议大家不要去给迟曜送水,让他渴死算了"。

不知道为什么,明明是迟曜拒绝的人,林折夏却有种莫名的负罪感,她过了会儿又发过去一句:你别难过。

唐书萱倒是意外地坚强,很快缓了过来:我不难过,世界男人千千万,干吗非得啃硬骨头,高二有个学长也挺帅,改天我去试试。

林折夏:……

军训后几天强度加大,每天光是军姿就要站一小时。

不知道是不是因为怕什么来什么,林折夏他们班的教官特别凶,要求苛刻,有不满意的地方就让他们全体罚站。

这天他们班走方队不齐,中午别的班都去吃饭,就他们班被教官留了下来。

正午的太阳,晒得军训帽都在发烫。

唐书萱偷偷跟林折夏念叨:"虽然我总嫌弃食堂的饭菜不好吃,但有得吃总比没得吃好。"

经过上次要联系方式的事,她和唐书萱关系意外拉近,成了朋友。

林折夏:"我快饿死了。"

唐书萱："我肚子刚才叫了一声，应该没人听见吧。"

隔了会儿。

陈琳在后排说："我听见了。"

林折夏安慰自己，也顺便安慰她们："我觉得他不至于真让我们吃不上饭……"

教官听到她们这边有声音，眼神一扫，厉声质问："谁在说话，站出来。"

"……"

没人动弹。

林折夏大着胆子往前走了一步："我。"

教官："议论什么呢？说出来听听。"

林折夏："发表了一些小意见。"

教官："你说。"

反正站都站出来了，林折夏干脆硬着头皮说："身体是革命的本钱，所以吃饭是很重要的。"

然而她低估了教官心狠手辣的程度，她这句话并没有起什么作用，他们班还是错过了饭点。

饿着肚子挨到晚上，晚上吃过饭，没多久又觉得饿。

这个饿不仅仅是因为今天中午没饭吃，它像是某个爆发点，毕竟连着几天没吃好，这种"没吃饱"的感觉在这个晚上来得格外强烈。

这天晚上寝室夜聊的内容成了报菜名。

"想吃火锅，想吃烤肉……"

"其实咱们现在这个情况，最合适的还是泡面，走廊外面就有接热水的地方，你们谁带泡面了吗。"

"……"

一片寂静。

"好的，还是睡觉吧，梦里什么都有。"

嘴上说着"睡觉"，实际谁都睡不着。

越是睡不着，就越饿。

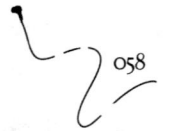

058

临近晚上十点，林折夏在被子里，点开聊天框"拍了拍"迟曜的头像。

聊天界面立刻显示一条"拍一拍"提示。

她以为这个点迟曜肯定已经睡了，没想到对面回了一个"？"，而且还回得很快。

——你居然没睡觉，你半夜不睡觉，在干吗！

对面秒回。

——打游戏。

林折夏：噢，那你打吧。

迟狗：你不睡？

林折夏：我睡不着。

林折夏有气无力地打字：饿得睡不着。

说完这句，她忍不住吐槽教官：他简直是个变态，中午不让我们吃饭，我跟他说"身体是革命的本钱"，说完他就更生气了。

迟曜没再回复。

林折夏琢磨着，他游戏开局了吧，于是不再打扰他。

与此同时，男生寝室楼内。

"你大招放慢了！"

"对面交闪现了，追。"

"曜哥，救命啊，"有男生喊，"你怎么在野区不动了？网卡了？"

迟曜："回消息。"

"你居然还能切出去回消息，这就是强者的自信吗？"游戏进行到一半，正是关键时刻，那男生说，"这种时侯，就算是有人提着刀过来砍我，我都能立在原地，等把这次输出打完，我再跑。"

另一个男生说："不至于，人还是要有点理智才行，我的话，会边跑边打完这次输出。"

"……"

这两人说完，下一秒，收到了"好友退出游戏"的提示。

上铺传来一点动静。

迟曜反手撑着床铺，没踩边上的爬梯，他腿长，直接就能从上铺下来："我出去一趟。"

"？"

"这个点，你要出去？"

"你干吗去？而且军训基地门是关的，不让外出吧。"

迟曜推开寝室门，直接走了出去。

林折夏寝室里安静了近二十分钟。

大家都试图用睡觉来抵抗饥饿，然而二十分钟后，寂静的寝室内忽然突兀地响起一声肠鸣。

陈琳睁开眼："我肚子叫了。"

唐书萱也睁开眼："根本睡不着。"

不知是谁带头，几人因为这声肠鸣笑作了一团，彻底没了睡觉的心思。

林折夏也笑了半天。

这时，原本放在枕头边上的手机屏幕忽然亮起来。

有一条新消息提示。

她滑开手机，看见迟曜只发过来两个字。

——下楼。

下楼？

下什么楼。

她第一反应是觉得莫名。

军训基地有严格规定，寝室熄灯后不允许外出。

而且都这个点了……

下楼干什么。

以她对迟曜的了解，虽然他经常不做人，但他不可能随便给她发这种消息耍她玩。

于是林折夏出声问其他人："我们楼，楼下门锁了吗？"

陈琳："没锁吧，好像到晚上十二点才会锁，怎么了？"

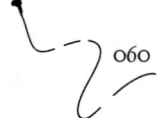

林折夏："……我可能得下去一趟。"

说完，她起身换了件衣服，然后拿上手机，跟做贼似的很轻很轻地推开寝室门走了出去，关门前留下一句话："同志们，如果我不幸没能回来，你们要记得，凶手就是高一（一）班迟曜。"

这个点，不管是楼栋楼道还是楼下大堂都没开灯，只有外头几盏路灯亮着，微弱的灯光点亮楼栋四周。

林折夏身上穿着宽大的睡衣，下身搭了一条蓝蓝绿绿的大裤衩。

这套穿搭，毫不见外，非常不讲究。

她出去之后环顾四周，连个人影都看不到。

寝室楼面前的橡胶走道上空荡荡的，边上男寝也熄了灯，根本没人。

——你最好……

——不是在耍我！

林折夏蹲着，一个字一个字地狠戳手机屏幕。

——我会让你见不到明天的太阳！

她还不敢离有光源的地方太近，怕被巡逻的老师看见，只能蹲在楼栋侧面。

周围黑乎乎的，到处都是蚊虫。

在她蹲着拍死两只蚊子后，迟曜回了消息。

这次依然还是简短的两个字：

——回头。

寝室楼后面是一堵围墙，围墙把整个军训基地围了起来。

林折夏看着这句"回头"，愣了下，一个有些不可思议的猜想冒了出来。

她回过头，在这片漆黑中，看到了一个并不清晰的人影，那个人影正从围墙外面翻进来，人影踩着墙头，下一秒，凭借身高优势轻松落地。

等那人走近了。

她才看清，那人手里还拎着一个塑料袋子。

"……迟曜？"

"你怎么翻墙进来？"林折夏完全没想过迟曜会以这种方式出现在她面前，她维持着蹲姿，震惊地仰头看他，"你偷偷出去……跟人厮、混、了？"

夜晚的风不同于白天的，透着股略微的凉意。

迟曜"嗯"了一声："我出去打架。

"心情不好，手痒，就想找个人套麻袋揍一顿。"

林折夏张着嘴："那你打了几个？"

迟曜风轻云淡："三四个吧。"

林折夏："打赢了？"

迟曜："没打赢我现在应该在医院。"

"打赢也不该在这里，"林折夏震惊之余，还有残存的理智，"应该进局子。"

迟曜没继续和她说这个话题，他近乎施舍般地把手里拎着的塑料袋扔给她。

林折夏差点用脸去接，被满满当当的塑料袋砸了满怀。

天太黑，加上迟曜出场的方式太特别，她一直没注意到这个袋子，更看不清袋子里都装了些什么。

这下她抱着袋子，倒是看清了。

里面都是吃的，有她爱吃的牛奶味饼干、牛乳面包，两袋糖，当然这其中，最醒目的还是几桶大概率只能出现在她梦里的红烧牛肉面。

林折夏抱着这堆吃的，问："你不是去打架吗？"

"打到一半有人哭着求我放过他们，"迟曜说，"买了堆没用的东西贿赂我。"

林折夏再迟钝也反应过来迟曜说的"打架"是骗她的了。

她有种幸福来得太突然的眩晕感。

看向迟曜的时候，都觉得这个人今天，格外顺眼。

林折夏没有吝啬自己的赞美："我为我前几天说的话道歉，其实你长得貌若潘安，英俊的脸庞，使天地为之变色，可以说是惊天地，泣鬼神，我之前只是因为太忌妒你了，所以才说你长得一般。

"我发疯夸你大帅哥那天，其实是忍不住说出了自己的心声，又不好意思承认。"

她说着，冲迟曜竖起一根大拇指。

"忌妒，是我对你最高的赞美。"

迟曜："继续。"

林折夏现在心情非常好，别说是一段彩虹屁了，就是让她吹一晚上都行。

"我也可以切换成英语的。"

路灯把两人挨着的倒影拉得很长。

林折夏费劲且磕巴地开始说英文："I'm sorry about……呃，I say you ugly。"

迟曜："语法错了。"

林折夏："噢，我英语不太好，要不就算……"了。

她想说，既然你不想听，那英文版就到此为止吧。

然而迟曜却没有轻易放过她："既然你这么克制不住对我的赞美之情——"

"回去之后，写一篇不少于三百字的英文版发给我。"

林折夏："……"

怎么会有人，对吹嘘自己外貌的小作文……

接受得……

这么坦然？？？

2

跟迟曜分开前，林折夏抱着那袋零食再次郑重感谢："以后有什么事，就跟小弟说，只要不违法，赴汤蹈火，在所不辞。"

迟曜垂着眼："还有呢？"
林折夏忍着内心的无语："还有小作文，我会写的，不过三百字，小意思，我都怕三百字表达不出你的帅气。"

迟曜走后，林折夏蹑手蹑脚回到寝室。
她站在门口，清了清嗓子："同志们，我回来了，看我带回来了什么！"
陈琳听见她的声音，从上铺坐起身。
她探头，看到林折夏跟鬼一样，一只手开着手机闪光灯给自己打着光，另一只手高高举起一桶泡面："……"

林折夏摆好姿势，等了半天，陈琳都没反应。
没有她意料中的欣喜，陈琳镇定地又躺了回去："我在做梦。"
唐书萱也被她俩的动静闹醒，睁开眼，两秒后，又把眼睛合上了："真不容易，我总算睡着了，居然还梦见了泡面。"
林折夏："……"
"这不是做梦，"林折夏揪了揪唐书萱的耳朵，"起来——我们有东西吃了。"

几分钟后。
六个人围着寝室里仅有的一张书桌，书桌上摆着几桶泡面。
她们一边吃饼干一边闻着泡面逐渐散发出来的香气。
陈琳："我活过来了。"
唐书萱："我这辈子，吃过的最好吃的东西，就是今晚的泡面。"
说完，她又问："迟曜给你的？"
林折夏拆了一片牛乳面包，细细嚼着："嗯，他翻墙出去买的。"
"没想到他有时候还算是个人，"唐书萱说，"我单方面和迟曜和解了。"

泡面到了时间，唐书萱掀开盖子："不过他对你很好哎，翻墙出去给你买吃的，你俩感情真深厚。"
"还可以吧。"
林折夏倒是没有想过这个。

她和迟曜相处，不管是吵架，还是迟曜时不时对她的这种"施舍"，都很习以为常。

而且，也不是没有代价的。
代价是一篇不少于三百字的英语作文。

很快又有人说："毕竟认识那么多年，都跟家人差不多了，也正常。"

等几人吃饱喝足，收拾好桌面上的残局，至此，这个夜晚才真正平静下来。
其他人都睡下了，林折夏躲在被子里绞尽脑汁写作文。
前五十字，她还能勉强写一写，到后面实在忍不住困意，以及她的英语词汇库里没那么充足的词汇，于是她点开了百度翻译。
翻译：你实在是太帅了，我从未见过像你这样帅的人。
翻译：你的帅气，耀眼夺目、闪闪发光、咄咄逼人。
……

勉强凑够字数后，林折夏就准备睡觉，然而她睡前忽然想到那句"跟家人差不多"。
她忽然发觉，其实她跟迟曜，似乎比家人更亲近。

一些没办法对林荷说的话，她可以很轻易对迟曜说出口。
一些没办法对朋友说的倾诉，迟曜却是一个很合适的对象。
包括一些没来由的情绪。

不开心了，她可以骂迟曜。
开心了，迟曜虽然会泼她冷水，但她还是可以和他一起开心。

林折夏想到这里，良心发现般地，在作文后面加了句"晚安"，以及一个土得掉渣的表情包，一朵花盛开在屏幕中央，花间一行变换的大字"我的朋友"。

为期五天的军训,很快进入倒计时。

林折夏他们还在练昨天没练好的走方队,男女生分成两队,来来回回地走,要求走成一条直线。

休息期间,女生们去树荫底下喝水。

陈琳看了眼操场:"我们教官怎么走了?"

唐书萱:"不知道哎,其他班的教官也不在,好像去开会了。"

林折夏没在意:"可能要组织新活动吧,听说最后一天不是有教官表演吗。"

陈琳点点头:"应该是。"

所有人都以为可能是要组织新活动。

然而没想到的是,下午训练前,他们没像以往那样各自训练,而是被召集到了一起。

所有班级就像第一天入营式一样,再次被各班教官领到讲台下。

天气闷热,连风都似乎静止了。

或许是天气太闷的缘故,林折夏右眼皮控制不住跳了起来。

总教官站在讲台上,表情很是严厉,他拿着话筒,先是缓缓扫了台下人一眼,然后开口道:"昨天晚上值班老师查监控的时候查到——有人翻墙外出。

"夜里十点半左右,黑衣服,个儿挺高,身手不错的那位,我希望你能自己站出来,主动承认还好谈,等我逮你,就没那么好商量了。"

原本安静的台下,一下轰动起来。

军训基地管得很严,谁都没想过,居然还能翻墙出去。

更没想过,真有人翻墙出去。

林折夏听到这两句,心脏都跟着眼皮的节奏跳了起来。

陈琳小声问:"说的不会是迟曜吧?"

林折夏希望不是他。

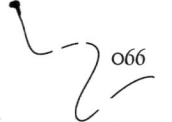

可是，除了他，好像也找不到第二个符合特征的人了。

"既然没有立刻找到是谁，估计监控拍得不清晰，"林折夏用气音轻声说，"而且监控应该没有拍到寝室楼附近，不然他们要找的就不是一个人，而是两个。我还挺好锁定的，昨天穿的那条花裤子，很醒目。"

林折夏心说既然监控不清晰，没准这事就能这样过去。

然而在总教官维持台下秩序，说完"安静"，台下瞬间安静下来之后，一个有些熟悉的声音自人群中响起："是我翻的。"

少年从队伍里走出来的瞬间，所有人梦回军训第一天。

只不过那会儿他还是新生代表，现在却成了"那个翻墙的"。

总教官也是一愣："你翻墙出去干什么？"

迟曜走到台下，说："透气。"

"……"

总教官看着他："看不出来，你身手挺利索啊。"

"还行，"迟曜说，"墙也不是很高。"

新生代表和翻墙的人居然是同一个人，这个现实让总教官受到了冲击，以至于训诫的时候都没能发挥出自己原有的实力。

总教官："不能私自外出，这规矩你知不知道？有什么气非得出去透，你下午的训练暂停一下，绕操场跑二十圈，晚上再写篇检讨交给我。好了，大家都散了吧。"

"林折夏，"七班教官领着班里人回去训练，扭头看到队伍里有个走神的，"发什么愣，走啊。"

林折夏只能慢慢吞吞跟上。

她满脑子都是刚才那句"二十圈"。

二十圈。

这种天气，跑二十圈。

她忽然觉得昨天晚上那顿泡面，一点都不好吃了。

067

下午各班都在训练的时候，只有迟曜脱了军训服外套，在操场上跑圈。

林折夏之前让他记得买防晒霜，不然会被晒黑，其实只是句玩笑话。哪怕晒了好几天，操场上的少年皮肤依旧白得晃眼，他应该是觉得热，边跑边抬手把身上的军训外套和帽子随手脱下来。

然后在经过他们班的时候，扔给了一个男生。

是上次在球场给他送水的那个。

每个班都固定待在自己班那块狭小的活动区域内，先是站军姿，然后练习正步走。

林折夏一直以来都走得不错，但是这回因为忍不住去瞟操场上跑圈的那个人，经常同手同脚，或是出现一些其他差错。

周遭有人悄悄议论："还在跑啊。"

"这都几圈了？"

"四五圈吧，还有十几圈呢。"

"……"

训练很快结束，中途休息的时候陈琳也负罪感满满地说："我感觉，挺不好意思的。"

唐书萱："我也是。"

陈琳："不过他为什么要承认啊？监控也拍得不是很清楚。"

一直没有说话的林折夏却想明白了迟曜承认的原因，开口道："因为不想连累大家跟着一起被训话，他一直都是做了事情就会承认的人。而且，没找到人的话，教官可能还会去查其他角度的监控。"

唐书萱："其他角度的监控……那你不是……"

林折夏没再聊下去。

她看了操场一眼，然后忽然起身。

总教官不需要亲自带队，工作内容是站在边上监察。

他正来回踱步，远远看到一个扎马尾的小姑娘朝他跑了过来。

小姑娘白净的脸上闷出了点汗，喘着气说："教、教官。"

总教官问："有什么事？"

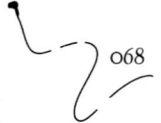

林折夏其实有点忐忑。

但想到二十圈，还是鼓起勇气开口："报告教官，我想主动承认错误，其实昨天晚上翻墙的人……"

总教官："怎么了？"

林折夏："是我。"

总教官沉默了。

他沉默了许久。

久到林折夏以为，总教官是不是在想要怎么惩罚她。

或者，会质问她为什么现在才站出来承认错误。

然而——

"你从身高上就不太可能，"总教官沉默后说，"怎么翻？你现在不用梯子翻一个我看看。"

林折夏："……"

她确实，翻不了。

总教官："而且你本来打算，怎么解释'为什么翻墙出去'这一点？"

既然谎言刚开始就被拆穿了，她只能老老实实地说："我来得匆忙，这个理由，暂时，还没来得及编。"

接着，她又试图把零食交代出来："但确实翻墙跟我也有关系，都是因为我才——"

总教官觉得好笑，打断她："行了，不用再说了。"

林折夏："真的是我，我昨天晚上……"

总教官："我知道。"

林折夏话没说完，不懂总教官知道什么。

"？"

"青春期，你们女孩子那点心思我懂。"

林折夏一脸惊愕："不是的……"

总教官："但是就算喜欢一个人，也不能这样。"

林折夏："真不是……"

"你这个年纪,应该以学习为重,"教官最后说,"今天的话我就当没听过,你归队吧。"

林折夏百口莫辩。

不仅没能帮迟曜解释,分担责罚,还被定上了"迟曜无脑狂热追求者"的身份。

她回到班级,继续站军姿。

然后在下一次休息的时候,跑去给迟曜送水。

她在迟曜边上,跟着他一起跑了一段:"你还跑得动吗,要不要喝点水?"

迟曜接过她手里的水,灌了几口,再递还给她。

他额前的汗打湿了碎发,说话时有点喘:"二十圈而已,没那么累。"

林折夏:"那你别喘。"

迟曜:"你干脆让我别呼吸。"

说话间,两人跑出去了小半圈。

林折夏有点自责:"都怪我。"

迟曜毫不客气,没有推脱:"你知道就好。"

他的这种毫不客气的态度反而消解了林折夏对他的那份愧疚。

林折夏心里一下好受多了,回到正常的聊天模式:"但我觉得你自己也有一部分责任,你这个人就不太适合做好事,昨天就应该让我饿死在寝室里。"

"你说得对,"迟曜扯出一抹笑,说,"再有下次,我肯定饿死你。"

林折夏又说:"其实我刚才主动去找教官了,我说墙是我翻的,本来想帮你分担几圈,但他不相信我。"

迟曜:"你长高二十厘米再去,可能会有点希望。"

"……"

林折夏拎着水,努力告诉自己,就凭这二十圈,他就算喊她二十句"矮子",她都不可以生气。

好在教练没有那么变态,迟曜跑完第六圈的时候,总教练就把他喊了过去,让他剩下的晚点再分批次跑。

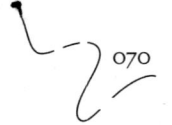

然而等到了傍晚——

操场上却不见那个跑步的人影。

林折夏忍着尴尬又去找了一次总教官:"教官,请问迟曜已经跑完了吗?"

总教官又用一种"自己很懂"的眼神看她:"他在医务室。"

林折夏却在一瞬间慌了,她这次没有工夫去理会教官的揶揄,再说话时声音都有点发抖:"医务室?"

总教官"嗯"了一声,正要继续和她说点什么。

但他面前的女孩子却像丢了魂一样,他还没来得及把接下来的话说完,下一刻,女孩子直接往医务室的方向跑去。

他摇摇头,又以为自己懂了:"现在的学生真是……"

医务室在食堂边上。

短短几百米路,林折夏却觉得这条路好长。

她其实从听到二十圈的时候就开始隐隐担心,所以才鼓起勇气想问教官能不能帮他跑几圈。

……

因为,只有她知道,迟曜以前的身体状况其实并不好。

这个"以前",指的是九年前。

她一路跑,一路穿过盛夏燥热的风。

仿佛穿过这阵风,跑进了另一个夏天。

九年前的夏天,酷暑难耐,耳边也充斥着热烈的蝉鸣。

七岁的林折夏跟着林荷从车上下来,车停在巷口,巷口铺满了石砖,青灰色石砖在烈日下被晒得发烫。

魏平忙着从车上搬东西下来。

"夏夏,"比现在年轻许多的林荷笑着摸了摸她的头,蹲下身说,"这里就是我们以后要一起生活的地方。"

林折夏手里抓着一个旧娃娃,没有说话。

071

那个时候的她，也和现在很不一样。

七岁的林折夏个子在同龄人里算高的，很瘦，脸上没什么表情，大大的眼睛里满是防备。

——整个人像一只年幼的刺猬。

魏平把行李箱搬下来，也冲她笑笑。

她抓紧娃娃，扭过头去。

她注意到路边竖着的路标，于是费劲地仰起头。

南巷街。

这个地方对她来说很陌生。

这个姓魏的叔叔也很陌生，一切都很陌生。

林荷对她说：“家里太乱了，后面还有一辆搬家车要过来，工人要卸货，东西还得搬进搬出，你先在边上坐着好吗？等搬完再进去。”

"哦。"林折夏应了一声。

于是她抱着手里的旧娃娃，坐在对面楼栋门口的台阶上看他们搬东西。

太阳很刺眼。

她看了一会儿。

身后忽然传来单元门门锁被打开的"咔嗒"声。

她回头看，逆着光，看到一个身高跟她差不多高的男孩，皮肤白得看起来不太健康，唇色也淡，在同龄人脸上还有婴儿肥的时候，他五官已经出落得很立体了。

下巴削瘦，眉眼好看但病恹恹。

3

现在想来，年幼时的林折夏也曾短暂地被这张脸迷惑过。

但受迷惑的时间不超过十秒。

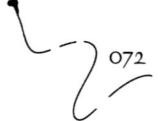

因为十秒后，这个人以一种想打架的语气开了口。

"你，"他垂着眼说，"挡道了。"

"……"

"让开。"

林折夏瞬间觉得这张脸，其实长得也没那么好看。

她那会儿和现在性格很不一样，整个人异常尖锐。

如果这个人能好好说话，她会觉得坐在这儿挡了别人的道，是一件很不好意思的事情。

但是，很显然眼前这个人就差没有说出"滚"这个字了。

林折夏也没给他好脸色："你是不是不会好好说话。"

那男孩："人话，你听不懂？"

"人话我是听得懂，"林折夏板着脸，"但是刚才那阵狗叫我听不懂。"

由于林折夏也是一副"你很欠揍"的态度，两人就这样在楼栋口陷入僵持。

"我再说一遍，让开。"

"我不让，有本事你跨过去。"

"神经病。"

"那你小心点，我发疯的时候会咬人。"

……

她和迟曜的第一次见面，并不愉快。

两个人很幼稚地对峙了十几分钟，林荷注意到这边的情况，扬声问："夏夏，怎么了？过来吧，可以进屋了。"

林折夏应了一声。

她应完，觉得这事不能就这么算了，于是走之前冷冷地说："打一架吧。"

"明天中午十二点，我在这里等你，"林折夏很冷酷地用稚嫩的声音学电视里的人下战帖，"不来的是小狗。"

这天后半天,天气突变,台风过境。
好在这阵强风来得快去得也快,第二天一早外头又放了晴。

林折夏十分郑重地,等到第二天中午。
她赴约前,甚至还多吃了半碗饭。
"胃口不错啊,"魏平笑笑说,"叔叔本来还担心你不习惯。"
林折夏把饭碗一推,说:"我吃饱了,出去一趟。"

"出去干什么?"林荷问。
"……晒太阳。"

林折夏坐在自家楼栋门口,守着对面楼。
中午十二点。
对面楼栋没人出入。
中午十二点半。
还是没人。
下午一点。
门开了,走出来一位老爷爷。
她等到晚上,都没等到那个男孩赴约。

林折夏没想过,他还真不想当人。
他就是、一条、小狗!

晚上老爷爷又出门扔了趟垃圾,很快又走回来,林折夏抓住机会上去问:"爷爷,你们楼有个跟我差不多高的、皮肤很白的男孩子,请问他今天在不在家?"

那时候的王爷爷身子骨还很健朗,对着个小女孩,有问必答:"是不是长挺帅的那小男孩。"

为了找人,林折夏强迫自己点点头:"是还算可以。"

"那就是小曜了,他就住我对门,"王爷爷说,"现在在医院呢。"

林折夏:"啊?"

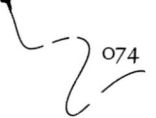

她还没打呢，人怎么就住院了。

王爷爷紧接着解释："昨天不是刮台风吗，好像是着凉了。"

"……"

林折夏实在很难想象那个画面。

昨天还在她面前跩得不行，仿佛可以一个打五个的男孩子，出门被风吹了一下，一夜过去，就病倒了。

这是哪儿来的病秧子啊。

林折夏正想在心里偷偷嘲笑他。

就见王爷爷摇摇头，有些心疼地说："那孩子也是挺可怜的，这么小的年纪，父母就经常不在家，一个人住。

"身体还不好，隔三岔五就往医院跑，也不知父母怎么想的，居然放心得下……工作再重要也没孩子重要啊……"

林折夏听到这里，忽然，想放过他了。

她第二次遇到迟曜，是一周后，她跟着林荷从超市回来。

一周时间，她仍不是很适应新家的生活。

她拎着零食袋，远远看到一个有点眼熟的身影。

男孩子背影很单薄，尽管现在是夏天，他仍穿了件黑色防风外套，正在开单元门。

林荷先进屋，林折夏想了想，往对面楼栋跑去。

她叫住他："喂。"

那男孩开单元门的手顿了顿，手背上有清晰的针眼痕迹。

林折夏从自己零食袋里掏出一袋自己最喜欢吃的牛奶味饼干，塞进他手里："给你。"

对面很显然想说"拿走"。

林折夏板着脸说："听说你生病了，你快点恢复身体，不然我不好堂堂正正地打败你。"

对面没想到她能找出这种理由，愣了愣，以至于没能第一时间把饼干还给她。

075

搬进南巷街一个月后。

林折夏跟人打了一架。

这架打得非常轰动，直接让她名扬小区，并被林荷劈头盖脸训了一顿，然而，她打架的对象并不是迟曜，是何阳。

那天她在小区里晃悠。

林荷在附近找了份新工作，一大早出门上班，魏平这天休息。

她不想和魏平待着，吃完饭就说："魏叔叔，我出去转转。"

魏平也很无措，他没有过孩子，并不知道要怎么和小孩打交道，也不知道要怎么取得林折夏的好感："那你……注意安全，不要出小区，外面很危险的。"

林折夏点点头："嗯，知道了。"

小区里有个简易球场，年龄大的人往往都在傍晚才过来打球，傍晚下了班或者孩子放了学聚在一起。

下午这个点，球场上更多是和她同龄的小孩子。

那时候的何阳是个小胖墩，性格蛮横，自诩是"这个小区的老大"。

也许是因为足够中二幼稚，身后还真跟着群认他当老大的小屁孩。

"老大，你的球打得真高。"

"老大，你投得真准。"

"老大！我们去小卖部买冰棍吧！"

"……"

林折夏坐在一旁的秋千上，觉得这帮人很幼稚。

她坐了会儿，日头太晒，准备回家，听到有人终于脱离"老大"句式，说了一句："看——那是不是迟曜。"

她顺着看过去，看到了一张不久前才见过的脸。

肤色惨白的病秧子正拎着东西，经过球场外面那条道。

何胖墩那会儿完全就是个熊孩子,以取笑人为乐:"把他叫过来,让他跟我们一起打球。"

有人说:"他拿不动球。"

还有人说:"他总生病,没法和我们一块儿玩。"

一群人笑作一团。

何阳叉着腰,嚣张地喊:"我就想看他出丑,他肯定不会打球,我看他怎么办。把他叫过来。"

然后他们把手里的球砸了出去——

"砰"的一声,球正好砸在病秧子身上。

那会儿的迟曜看起来确实有些弱不禁风。

大夏天穿外套,眉眼病恹恹。

虽然这个人脾气似乎不太好惹,但依旧不妨碍有人因为他体质太差而想欺负他。

何阳:"那个老生病的,来打球啊,你会打球吗?"

这欺凌弱小的场面太过分。

林折夏当时一下就炸了。

她小时候没有什么性别意识,还不懂"矜持"两个字怎么写,也不知道害怕,做事全凭本能。

于是何阳放完话,迟曜还没什么行动,边上倒是走出来一个没见过的女孩子。

那个同龄女孩把迟曜挡在身后,然后捡起地上那颗球,二话不说又把球往他们这儿砸了过来。

他们人多,随便扔总能砸中一个。

——这个倒霉蛋是何阳。

何阳捂着脸,差点被砸哭。

考虑到他当老大的威严,他强忍着鼻梁处火辣辣地疼:"你谁啊,为

077

什么砸我?"

林折夏指指身后的病秧子:"我,他大哥。"

"你想打他,"林折夏冷着脸,认真地说,"先过我这关。"

何阳被这个关系整蒙了:"他什么时候有的大哥?"

林折夏:"你管不着。"

"你是女的,"何阳虽然皮,但也没皮到极致,"我妈说不能打女的,你让开。"

林折夏:"打不过就说打不过,别找借口。"

"……"

这天晚上,林折夏因为打架被林荷赶出了家门。

她站在楼栋门口饿着肚子罚站。

倒是魏平不断为她求情:"天那么热,都站一小时了,让她进来吧。"

林荷声音变得尖锐:"让她站着!谁教她的,跟人打架!"

林折夏站了一个小时,站得腿都麻了。

她等林荷的声音平息后,觉得林荷应该没在盯她,于是偷了会儿懒,在台阶上坐下。

她一边捶腿,一边感慨"大哥"难当。

正当她走神之际,忽然,一只很好看的手和一袋牛奶味饼干出现在她的视线里。

牛奶饼干是她最喜欢吃的那个牌子。

病秧子冷着脸,说话还是很跩,只不过这次他别过眼,目光错开她,故意落在别处:"还你。"

她和迟曜好像就是从这个时候慢慢熟起来的——在这个对她来说很特殊的人生节点。

由于搬家带来的陌生感,从此刻开始一点点淡了。

"林折夏,"她接过那袋饼干,报了自己名字,"你大哥的名字。"

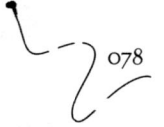

"……"

"'折'是折页的'折','夏'是夏天的'夏'。你叫什么？"

病秧子忍了忍，最后还是忍下"大哥"这个称呼，不冷不热地扔给她两个字："迟曜。"

林折夏："你有没有考虑换个名字？"

"？"

"本来身体就不好，还叫'吃药'，好像不是很吉利。"

"……"

从那天以后，她开始经常往迟曜家跑。

迟曜家没人，没有大人在耳边唠叨。

虽然迟曜这狗脾气，有时候跟他待在一起，也很让人生气。

她搬来南巷街后，转进了一所小学。

小区里的那帮孩子基本都念这所学校，因为近。

好巧不巧，她和迟曜一个班，隔壁班就是何阳的班级。

小时候她和何阳关系十分恶劣。

见何阳一次，骂他一次。

何阳带着他那群小弟，也很仇视她。

在"夏哥"这个称呼诞生前，何胖墩喊她"母老虎"。

于是她知道了迟曜有时候连学校都不怎么去，经常住院，班里人甚至不记得有这么个人。

林折夏小时候成绩稳定在中游，有次在迟曜住院期间自告奋勇给他讲题。

"我上周可是考了 80 分的，"小学三年级的林折夏仰着头说，"马上要期末考试了，怕你跟不上，勉为其难教教你吧。"

迟曜躺在病床上，输着液，然后放下了手里的书。

林折夏没看那是什么书，如果她多看一眼，就会发现那是一本她看不懂的初中教材。

她拿出自己的小本子，和那张她颇为满意的 80 分卷子。

注意到迟曜的眼神落在"80 分"上，她说："你不用羡慕我的分数，只要努力一点，你也能考 80 分。"

她的这份自信在期末出成绩后，被击碎了。

老师在台上微笑着说："这次咱班的第一名，还是迟曜同学，他每门都是满分。"

满分。

满、分。

林折夏拿着自己 78 分的、比之前还倒退两分的试卷，忽然沉默了。

她哪里来的自信，跑去医院给迟曜讲了那么多题？

她、是个、大傻瓜。

……

离医务室越来越近了。

林折夏边跑边喘气，她以为这些回忆会因为过于久远而渐渐褪色。

然而并没有。

九年前的每一桩事情、每一幅画面，她都记得很清楚。

她也记得迟曜的身体后来不知不觉好了起来，随着年龄增长，他不再往医院跑，慢慢地，他长得比同龄人都要高，开始打球了。

再之后，他的身体甚至变得比同龄人还要好。

在流感易发的季节，很多人不幸感冒倒下的时候，他都没什么事。

那个病秧子迟曜，再没出现过。

……

她和迟曜也在不知不觉间，和何阳他们打着打着成了朋友。

林折夏推开医务室的门，带着哭腔喊迟曜的名字："迟曜——"

她推开门看到迟曜在医务室那张简易床上躺着。

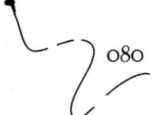

少年合着眼,已经不是小时候的模样,他身上穿着件 T 恤,衣服扎进宽松的军裤里,看着不像是病了,更像是跑医务室偷懒睡觉的不守规矩的学生。

林折夏红着眼,无措地说:"对不起,早知道我就饿死自己了,不该让你去跑圈的……"
"你千万不要有事,"林折夏手脚发凉,"现在医学那么发达,不管什么病,都可以积极治疗,你一定会没事的。"

床上的人动了动。
这个动的具体表现为,少年颇为不耐烦地抬起了一只手,盖在耳朵上。
"……"

下一秒。
林折夏听见迟曜说:"我只是崴个脚,还不至于明天就下葬。"

4

崴……脚?
只是崴了脚?
林折夏愣住了。

"跑六圈,"迟曜说,"还能怎么受伤。"
林折夏愣完,反应过来是自己情绪过激了。

这时,医生推门进来,他又叮嘱道:"没什么大问题,休息下就行,你自己感受下,下地走路没什么感觉就归队。"
林折夏听医生这样说,刚才提起来的心终于落了回去。
医生还有别的事要忙,他得盯着训练场,免得场上发生什么特殊情况。

林折夏在边上坐了会儿,正准备回去:"既然你没事,那我就先走了。"

迟曜："谁说我没事？"

说着，他把书桌上的一张纸和一支笔扔给她。

林折夏拿着纸笔，不知道他是什么意思。

迟曜："检讨。"

林折夏这才想起来，除了让他跑二十圈，总教官还让他写篇检讨交给自己。

她最怕写作文，宁愿去跑圈，于是搬出迟曜说过的话："不是我不想帮你写，是我不好意思用我那不及格的语文水平，污染你这张纸。"

迟曜嗤笑："你的字典里还有'不好意思'这个词？"

林折夏："今天刚学会。"

"算了，"迟曜伸手，示意她把纸笔还给他，"不该对文盲有什么期待。"

林折夏却把纸抓紧了："你才文盲，我作文发挥得好的时候也有过58分的。"

尽管她很怕写作文，但是，激将法是真的有用。

而且她确实吃了迟曜买的东西，帮他写份检讨好像也不过分。

下午的训练时间排得很空，她有半小时时间可以在医务室写检讨。

林折夏写下"检讨书"三个字。

迟曜："字别写那么丑。"

林折夏手里的笔一顿："为了让教官分辨不出，我才故意写得潦草点，这是战术，你不干活就闭嘴。"

迟曜安静了一会儿。

几分钟后，他又把纸上的内容念了出来："……不瞒各位教官，我其实一直都活得很压抑。"

迟曜缓慢地问："我活得压抑？"

"你能不能不要影响我创作。"林折夏抬起头。

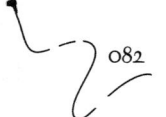

林折夏又说:"你自己说的出去透气,我总得点题吧,为什么出去透气……因为压抑。"

迟曜"哦"了一声:"所以我为什么压抑?"
林折夏:"这个还没想好。"

想了两分钟,林折夏接着写:

我会压抑,是因为向往自由,我迟曜就是这样一个不羁的人。
自由!这个从人类诞生就让人探索不止的课题,我从很小的时候就在想,到底什么是自由?
昨天晚上,我试图从墙外找寻这个答案。

答案的"案"字还缺个"木",没写完,林折夏手里那张纸就被迟曜一把抓了过去。
"门就在边上,"迟曜说,"自己出去。"
万事开头难,林折夏开了头后竟有些不舍:"我刚进入创作状态……"
迟曜:"出去。"

"……"
出去就出去。
她还不想待呢。

她刚起身,病床上的人轻咳了一声。
她正要说"你还有什么屁就快点放吧",但是迟曜却用和刚才截然不同的语气说了一句话。
这人大部分时候说话语调都很散漫,带着点不太明显的冷嘲热讽,但他说这句的时候收起了这些,声音放低,竟有些近似温柔的错觉。

"我没事,"迟曜说,"下次别哭。"

083

军训很快进入最后一天，离别之际，学生和教官之间产生了某种奇妙的化学反应。

原本觉得想赶快逃离的地方，现在却觉得不舍。

面对在心里偷偷骂过一万次的教官，发现他也不是那么面目可憎。

"你们这群方队都走不好的兔崽子，"最后一天，教官笑着说，"回学校之后好好学习。"

这会儿是休息时间，等下午结营仪式结束，他们就要坐上大巴返校。

一个班围坐在一起，和教官聊了会儿天。

唐书萱主动问："教官，我们在你带过的连队里，是不是还算表现比较好的。"

教官："不好意思，你们是我带过最差的一届。"

全班哄笑。

林折夏坐在树荫底下，七班和一班正对着，她抬眼就可以看到对面一班的队伍。

层层叠叠的人群中，迟曜坐在最后排。

少年脱了军训服外套，正躲在后排睡觉。

阳光穿过树荫间隙，洒落在他身上。

他身边那个跟他关系还不错的同学推了推他，说了句什么话，迟曜睁开眼，看嘴型说了两个字。

林折夏猜测那两个字，十有八九是"别烦"。

陈琳凑近她，说："你知道吗，迟曜现在更出名了。"

林折夏没反应过来："啊？"

陈琳："刚开学那会儿不就很多关于他的帖子吗，结果这次军训，因为被罚的事情又开了一拨帖。"

林折夏不能理解："……虽然二十圈是挺多的，也不至于开帖吹吧。"

陈琳："重点是二十圈吗？重点是翻墙。"

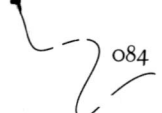

城安二中作为区重点中学，管理虽然没有一中那么严格，但几乎从来没有出现过违反纪律的事儿，在一群老老实实学习的学生里，"翻墙"这个词，多少有些超出想象。

迟曜从那个"长得很好看的一班的"，变成了，"长得好看还会半夜翻墙的"。

总而言之，带了点危险色彩。

林折夏一直不是很适应这些论坛八卦，聊了两句便把话题扯开。

正当她和陈琳聊起一部新连载的漫画，有人从身后轻轻戳了戳她的肩膀。

林折夏回过头，发现是班里同学。

那女生短发，看起来很腼腆的样子。

两个人不熟，所以她看起来更加拘谨，憋了半天才憋出一句："林折夏，你是不是认识迟曜呀。"

林折夏："……"

她感受到陈琳刚才那句"更出名"的意思了。

那女生继续憋："我……"

"……"

"我想……"

"……"

"要一下他的联……"

林折夏还不知道要怎么回应，给也不太好，不给也不太好。

她正在想对策。

那女生嘴里"联系方式"四个字还没说完，坐在前排的唐书萱忽然站了起来。

唐书萱问她："你想要迟曜联系方式？"

那女生愣愣地说："啊。"

唐书萱忽然中气十足地爆出一句："姐妹，别要。

"要什么联系方式,迟曜那个人,有什么好惦记的,不就是长得帅了点吗——"

她俨然一副受害者口吻,不顾对方震惊的眼神,苦口婆心地说:"真心劝你,迟曜的联系方式,狗都不要。"

三小时后,返校路上。

陈琳和林折夏坐一起,她想起中午的画面,还是笑得乐不可支:"别说她了,我在旁边都听傻了,受害人当场现身说法。"

林折夏劫后余生:"我当时正犯愁,她就站出来了。"

陈琳:"以后再碰到找你要联系方式的,你都可以让她们直接去找书萱。"

林折夏听着,觉得这不失为一个好主意。

聊了会儿,她拿出手机看时间。

看到两条林荷发来的消息。

林荷:大概几点到家?

林荷:我做好饭菜,叫迟曜过来一块儿吃吧。

于是林折夏去"拍了拍"迟曜的头像。

拍完她猜对面会给她回个问号。

果然。

下一秒,一个言简意赅的问号出现在聊天框内。

——?

林折夏打字回复:等会儿去我家吃饭。

——哦。

她怕迟曜多想,又接着解释:不是我邀请你的,是我妈。

迟曜回复:知道了。

林折夏把话带到后，正准备关闭聊天框。

她手指顿了顿，想到中午的场面，最后打下一句：我觉得，你以后还是，做个人吧。

这时，大巴绕过那堵围墙，往学校方向驶去，很快军训基地变得遥远而又模糊。

等迟曜到家放完东西，洗过澡之后，林折夏拉着迟曜往自己家跑。
迟曜头发还没擦干，跟在她身后："你饿死鬼投胎？"
林折夏头也不回："我是很饿，你走快点。"

她一路拽着迟曜的衣角，推开门喊："妈——我把人带来了，快开饭。"
比起迟曜那个冷冷清清的家，林家看起来有烟火气得多。
魏平坐在沙发上研究他新买的望远镜，见迟曜来了，他推了推眼镜，招呼道："迟曜，来坐这儿，给叔叔看看这个望远镜怎么弄。"

林荷在厨房忙活，把汤从锅里盛出来。
林折夏说着"妈我来帮你"，实则躲进厨房偷了个可乐鸡翅。
林荷喊："你洗手没有。"
林折夏咬着鸡翅嘟囔："系（洗）了的。"
林荷："你洗个头，快去把手洗了。"
林折夏："鸡到（知道）了。"

等菜上齐，几个人围一桌吃饭。
迟曜接过筷子："谢谢林阿姨。"
林荷笑笑："跟我客气什么，多吃点，今天做的都是你爱吃的。"

林折夏心说难怪除了那道可乐鸡翅，桌上其他菜都和平时有点不太一样。"到底谁是亲生的，我爱吃的呢？"
林荷笑着拍了一下她的脑袋，只不过这次是冷笑："你有得吃就不错了。"
"……"

迟曜其实经常在他们家吃饭。

小时候病秧子迟曜吃的东西都很清淡,每次来她家,她都要跟着吃那些没什么味道的饭菜。

等吃完饭天已经黑了。

林折夏从冰箱里拿了两根冰棍,分给迟曜一根,两个人在小区里散步消食。

她拿的时候是随手拿的,问:"你那是什么味儿的?"

迟曜:"自己看。"

不知道为什么,林折夏总觉得他手里那根比较好吃:"我跟你换吧。"

迟曜没什么反应。

林折夏想了想,又提出一个新的建议:"要不你别吃了?"

迟曜这回有反应了,他抬手,在林折夏后颈处做了一个掐的姿势。

他手里刚刚捏着冰棍,指尖带着明显凉意,他其实掐得很轻,落下的重量像羽毛,林折夏被冻得缩了缩脖子。

两人并排散着步,刚好遇到何阳。

何阳也刚军训完,整个人被晒成煤球:"我去,你们俩没去军训?"

林折夏:"去了啊,五天。"

何阳又指指迟曜:"他也去了?"

"那你们怎么都没晒黑——"何阳指指自己,"我明明擦了防晒霜,还是晒成这样,你俩怎么回事啊,为什么这么不公平。"

林折夏都不忍心告诉他迟曜甚至没擦防晒霜。

她拍拍何阳的肩,经过他的时候把迟曜手里那根碎冰冰拧断,分了他半根:"下次换个防晒霜牌子,你买的防晒霜可能不太好用。"

何阳看向迟曜:"真的吗?防晒霜的问题?你用哪款防晒霜,推荐一下。"

迟曜看了他一眼:"建议你重新投胎。"

何阳:"……"

三个人聚在一块儿后,散步去了迟曜家。
林折夏吃完冰棍,在沙发上呆坐了一会儿,忽然揍了何阳一拳。
何阳被揍得莫名其妙:"你干吗?"
林折夏:"没什么,就是忽然想起来,你小时候挺讨人厌的。"
何阳:"???"
何阳:"那都多少年前的事儿了,你怎么还记着呢。"

林折夏想说"因为迟曜进医务室了",但她没说这句,最后只说:"就是记着,我这个人就是小气,偶尔想起来我就还是想打你。"
何阳:"你有病啊!"

他们和何阳变成朋友,其实没有经历什么特别的事件。
打着打着,大家一年年长大,很多幼稚的童年往事就随着岁月无声和解了。

几人的家长互相认识,又是邻里。
何妈人很爽朗,经常让何阳送点东西过来。
起初何阳送得别别扭扭,毕竟打过架,要不是因为何妈的命令不敢违抗,他才不想来。
他经常把东西放门口然后直接跑走。
次数多了,林折夏偶尔会跟他搭几句话:"你怎么跟做贼似的。"
何胖墩红着脖子:"你才做贼!"

林折夏:"那你下次来敲个门,迟曜家的门也要敲。"
何胖墩:"……"
林折夏:"然后再跟他说句'你好,这是给你的'。"
何胖墩:"我凭什么跟他说。"
林折夏:"那你就是做贼的。"
何胖墩:"我不是!"

林折夏："那你去说！"
于是迟曜家的门，除了林折夏，多了个人敲。

何胖墩第一次和迟曜说话的时候，手里捧着一篮橘子："你……你好，我不是做贼的，这是我妈让我给你的，乡下自己种的橘子，你、你爱吃不吃吧。"
当时他以为迟曜不会给他什么好脸色。
但是那个病恹恹的男孩说了句"谢谢"。

被林折夏这一提，何阳也想起一些童年往事，包括以前的那个迟曜。
他看向沙发，这些天迟曜头发长了许多，一条腿屈着，手里很随意地拿着游戏机。
他夏哥凑在边上也想玩，但什么都不会。

林折夏："这什么游戏？"
迟曜："拳皇。"
林折夏："这个键干吗的？那个呢？要怎么出拳啊？我怎么往哪儿走他都能打到我。"
迟曜："躲开，按这个。"
迟曜按了按另一个按键。
林折夏按上去，屏幕里的人跳了起来。
林折夏："行，我会了，看我打套组合拳，三招之内他必死。"

何阳看着他俩，心说现在的迟曜除了肤色略显苍白，很难和以前那个病秧子联想到一起。
少年腰身虽细，但通过那层薄薄的衣物布料，能隐约窥见底下清浅的轮廓。
何阳想起来，迟曜甚至有腹肌。

已经记不清是哪天了，几年前，他来迟曜家打游戏，这天门不知为什么没上锁，他毫无防备地推开门进去，看见迟曜在练俯卧撑，上身没穿衣

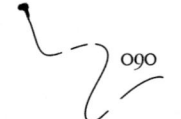

服,汗顺着下颌线汇聚在一起往下滴。

那时候迟曜还没现在高,但整个人已经很出挑了,他目光从少年清瘦的腰滑过,最后落在那个腹肌轮廓上。

迟曜见来的人是他,低声骂了句,然后说:"关门。"

何阳愣愣地把门关上。

是从哪天开始?

他总记得那天之前,似乎发生过一件什么事情。

可时间久远,他实在想不起来了。

屋内吵闹的声音很快将何阳拉回来。

他夏哥三招内显然没有打过对面,正在给自己找理由:"刚才是让了他几招,我想给他一点机会。"

迟曜:"哦。"

林折夏:"我是说真的。"

迟曜:"嗯。"

林折夏:"你不相信我,觉得我菜。"

迟曜:"你知道就好。"

何阳:"……"

这两人,倒还是老样子。

5

军训结束,回到学校之后的生活和之前没什么两样。

在忙碌的学习和考试中,一晃学期过半。

等期中考完,林折夏才觉得压在胸口上那座大山变轻了些。

期中考连着考了三天,考前她常往迟曜家跑,让迟曜给她划重点。

"你押题押得好准,"这天早上等公交的时候,林折夏捧着牛奶说,"数学最后两道大题都被你押中了。"

迟曜倚着候车厅边上的栏杆，一身校服，看起来没睡醒。

林折夏："就是题型有些变化，最后一问我还是没解出来。"

迟曜抬了眼："没事，起码你还能看出这两道题是一类题。"

林折夏："我今天心情好，不跟你计较。"

说话间，公交车缓缓驶进站。

车上，林折夏喝着牛奶，好奇迟曜在听什么歌："你听的什么，我也想听。"

迟曜缩在后排，靠窗的位子，正合着眼补觉。

闻言，他抬起一只手，把垂在一侧的耳机线拎起来递给她。

林折夏接过，听到一阵低低的电音。

她其实也听不明白这歌，和她平时听歌的风格不太一样，于是这首歌还没播完，她用手肘碰了碰迟曜："切歌，换一首。"

"不切，"迟曜说，"爱听不听。"

林折夏："最近有首歌很红来着，我想听那首。"

迟曜："我不想。"

林折夏："听听看，没准你也觉得好听。"

迟曜："耳机还我。"

林折夏："……"

大清早，两人很幼稚地就"切歌"这个话题吵了两个来回。

坐在他们前面的何阳见怪不怪地摇了摇头，继续忙里偷闲，提前在车上抄等下到学校就要交的作业。

到校后每天的生活和寻常一样，学期过半，林折夏也和班里人渐渐熟络起来，她、陈琳、唐书萱组成了一个小团体。

课间凑一块儿聊天的时候，后排两位男生也会加入话题。

她后座那名男生长得很斯文，平时话不多。

唐书萱："刚刚课上，老吴讲着讲着发现自己算错数据的样子，笑死

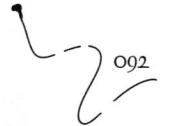

我了。"

陈琳倒是没说话，她课间总是忙着玩手机。

唐书萱："你别网上冲浪了，怎么成天玩手机。"

陈琳头也不抬，继续在论坛上冲浪发言，手速如飞，顺口和她们分享："我忙着呢，你们知道隔壁学校吗？"

林折夏："隔壁学校？"

陈琳："就是实验附中。"

这个有印象。

何阳的学校。

林折夏："那个离二中相距……三站路的？"

"对，"陈琳说，"我在跟他们学校的人吵架。"

林折夏："……"

网络真是拉近了人与人之间的距离。

聊到手机，后座那名男生忽然说："我想起来我们还没加过好友。"

一个班的同学，加个联系方式不是什么新鲜事儿。

他加了唐书萱和陈琳之后，又转向林折夏："那个，林同学，能加下好友吗？"

林折夏没理由拒绝，于是报了自己的号码。

到了中午，林折夏和陈琳去食堂打饭。

二中食堂饭菜很丰盛，伙食还算不错。林折夏端着餐盘，找座位的时候找了一圈，一眼瞥见迟曜那桌还有两个空位。

"你这儿应该没人坐吧，"林折夏端着餐盘过去，"要是没人的话，那我就给你一个跟本少一起共进午餐的机会。"

迟曜显然被她这个"本少"雷得不轻："空着，但不欢迎脑子有问题的人。"

林折夏："本少智商两百八，属于高智商人群。"

迟曜缓慢地看了她一眼："我看你像二百五。"

迟曜对面坐着那个送水的男生，听到这段对话乐得不行，他跟林折夏

093

打招呼，接戏道："林少，巧了啊，这都能碰上。"
　　林折夏对他给予肯定："还是徐同学上道，不像某个人。"
　　送水的男生叫徐庭。
　　由于林折夏经常去一班找迟曜，体育课也常常出现，他和林折夏也算认识。

　　林折夏招呼陈琳也坐下，又说："我去盛汤。"
　　陈琳也跟着起身："我……"
　　林折夏："你不用去了，我帮你盛。"

　　陈琳其实想跟她一起去。
　　因为林折夏走后，就留她独自面对边上两个人，主要是面对迟曜。
　　陈琳拿着筷子，默默吃饭。

　　她不太敢和迟曜说话。
　　虽然这个人，开学第一天她就密切关注且八卦过。
　　但这半学期以来，她发现，迟曜是一个很难相处的人。
　　起初她介绍过自己："我、我叫陈琳，是夏夏的同桌。"
　　迟曜只是"嗯"了一声。
　　然后两人就相顾无言了。
　　她看林折夏和迟曜说话的时候很自然，但没想到，轮到自己，一句话都搭不上。
　　所以在陈琳眼里，迟曜距离感强、冷淡、不好接近。
　　似乎也只有她那位姓林的同桌能和他旁若无人地聊天，甚至还能幼稚地互相吵架。

　　林折夏盛完汤回来，吃个饭也不安静。
　　她很顺手地把不喜欢吃的花菜挑到迟曜的餐盘里："你还在长身体，多吃点。"
　　迟曜："你不想我把餐盘扣你头上的话，拿走。"
　　林折夏："我林少送出去的东西，就没有拿回来的道理。"

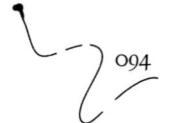

"哦，谢谢林少，"迟曜把筷子放下，偏过头说，"林少你碗里的鸡腿不错，也给我吧。"

林折夏："……这个不行。"

迟曜："没想到林少这么小气。"

林折夏："……"

吃饭吃到一半，几人忽然聊起期中考成绩的事儿。

徐庭："咱们这次期中考挺难的。"

林折夏深表赞同："确实。"

徐庭指了指对面的迟曜，接着控诉道："我让他给我划划重点，他根本不给我划——"

这个林折夏就没办法附和了。

徐庭："怎么不说话了林少，你难道不觉得他冷酷无情吗。"

"因为他给我划了，"林折夏说，"我不好意思接话。"

徐庭："……"

怎么，欺负他没有竹马是吗。

林折夏鼓励道："下午估计能出一部分成绩，别害怕，考得再差也要勇敢面对。"

林折夏猜得没错，下午果然出了部分成绩。

语、数、英三门试卷分批次往下发放。

这次期中考林折夏成绩维持得很稳定，一直维持在班级前几。

但是陈琳的成绩就不那么理想了，她每门成绩都是低空飞过及格线。

从下午开始，林折夏留意到她脸上神色不太对劲。

"以后还是少玩手机吧，"林折夏以为她是因为成绩，安慰说，"这些题没那么难，花点时间补补知识点就行。"

陈琳出神地盯着桌面，有些失魂落魄地应了声。

但是等到上课时间，陈琳也一直在走神。

最后一节课是数学，数学老师讲课的时候，好几次点她的名字："陈琳——你怎么回事？考这个成绩，上课还不好好听。"

"你站起来,"数学老师说,"我刚刚在讲哪题?"

陈琳支支吾吾说不出。

林折夏小声说"第三题",但为时已晚。

数学老师:"你站着听课。"

陈琳一直站到下课。

直到放学铃响,林折夏做完卫生,准备背着包去一班找迟曜一块儿回家的时候,她才终于绷不住,拉住林折夏说:"那个……你放学能不能,陪我一起走啊。"

林折夏感到奇怪:"可是我们俩好像不是很顺路。"

陈琳拉着她的手,声音都有些抖:"晚上可能有人会来找我麻烦,我不敢一个人走。

"我这几天不是在论坛和隔壁学校的人吵架吗,他们不知道怎么弄的,找到了我的个人信息……"

陈琳说着,给林折夏看自己的手机屏幕。

论坛上发言都是匿名的。

吵架内容其实很小儿科,陈琳喜欢的爱豆和别家爱豆闹矛盾,两方粉丝在掐架,互相捍卫自己哥哥。

论坛是校园板块,留言的基本都是市内不同学校的学生。

陈琳 ID 叫"小橙子",她私聊界面里躺着几条细思恐极的消息。

——我实验附中的,你哪儿的?有种我们见面聊。

隔了几小时。

那人又发来两条消息。

——你叫陈琳是吧?高一(七)班的。

——你给我等着。

林折夏看到这几条消息,背后也有点发凉。

毕竟谁都想不到一个匿名论坛里的个人信息,会以这么快的速度泄露。

林折夏冷静下来说:"大家都是学生,我觉得他们用技术手段查到你信息的可能性不大,而且最近大家都忙着期中考,更没这个精力,所以估计是一些在论坛上知道你身份的人泄露出去的。"

她又问:"你仔细想想,都有哪些人知道小橙子是陈琳?"

陈琳已经慌了神,没工夫思考这些问题。

林折夏见她这样,也不放心真让她自己一个人回去,叹口气说:"那我放学陪你走吧,他们就算来找你,应该也不敢对你做什么,我和迟曜说一声。"

于是林折夏一边等她整理书包,一边掏手机给迟曜发消息。

——放学不用等我了。

迟曜回了一个问号外加两个字。

——?

——理由。

林折夏没把陈琳的事情告诉他,这和私事也不方便透露,打字回复:因为我还有别的好朋友,今天放学要和陈琳一起走。

对面很快回复。

——知道了。

陈琳乘车的车站离学校比较远,得过两条街。

路上,陈琳怀揣不安地问:"他们会不会带很多人来打我啊?"

林折夏说:"不至于吧,不就是网上吵了两句吗。"

陈琳:"至于,狂热粉丝是很可怕的。"

林折夏反问:"也包括你吗?"

陈琳:"……经此一役,我已经决定退出粉圈,并打算以后的日子投入学习。"

林折夏:"你有这个觉悟就好。"

话题绕了一圈,又被陈琳绕回来:"他们会不会真的带人过来啊。"

林折夏温暾地说:"你别看我这样,其实我还挺能打架的。"

097

"……你?"

"我小时候一拳打三个。"

为了让陈琳放心,林折夏把小时候的战绩拎出来展示:"就那种这么高的小胖墩,被我揍哭好几次,他还有一群小弟,也都打不过我。"

她越说,越有那种小时候保护小弟的英勇感。

只不过她当年保护的小弟,姓迟。

她边走边留意周遭的环境。

第一条街很喧闹,街上都是人,但从岔口拐进第二条街的时候,路上人就没那么多了。

这里离学校有段距离,店铺生意不怎么好,关了一片。

街对面有条暗巷,应该是条死路,暗巷里光线很差,里头堆了些杂物。

她会留意到这条暗巷的原因,是里面似乎站了三两个人,那些人穿得流里流气,指间还夹着烟。

为首的那个染了头红发,蹲在巷口,咬着烟肆意打量往来行人。

林折夏脚步放慢了:"虽然我觉得不至于,但是……你平时经过这里的时候,对面巷子里有这些人吗?"

陈琳也看过去,摇摇头,肯定地回答她:"没有,这条路我每天放学都走,没见过有人躲在这里。"

林折夏这时候才感觉到慌。

她觉得那些人不会真来找陈琳麻烦,是认为大家都是学生,谁都不想冒着被处分的风险。

但她没想过,有时候,想找麻烦,未必需要他们亲自出面。

林折夏强行让自己镇定下来,装作没察觉任何异常,然后她从口袋里掏出手机,没有经过任何思考地点开和迟曜的聊天框。

但有些颤抖的指尖还是出卖了她此刻的心情,她按字母键打字的时候,都打错了好几个字。

——我现在在……

——在学习外面两条街外，9路车车站这里。

——有以前混混。

林折夏动作不敢太明显，正想把"学校"和"一群"这两个错词纠正，以防迟曜看不懂。

就在这时，巷子里的人立刻有了动作。

为首的那个扔下烟头，指了指她们所在的方向，其他人会意，一齐跟了上去。

林折夏立刻牵起陈琳的手，往回学校的路狂奔起来："跑！"

那帮人要过来，需要穿过中间那条马路，这给了她们一点时间，但也拖延不了多久，两人在这条路尽头，离闹区一条路之隔的地方被拦了下来。

"跑什么啊，"红毛说话时满嘴烟味，"你们俩，谁是陈琳？"

林折夏攥紧陈琳的手："你谁啊？我不认识你。"

红毛："你管我是谁，快点交代，谁是那个跟我妹在网上吵架的陈琳？不说的话，我就两个一起揍。"

红毛说到这里，视线在林折夏脸上停留了几秒。

"小姑娘长得还挺好看，"红毛说，"要是我等会儿下手没个轻重，这张脸就有点可惜了。"

林折夏想多拖延点时间，于是说："我不知道什么陈琳，你们找错人了。"

红毛见这两人说不通，笑着往地上啐了一口口水，然后正要抬手去抓林折夏的头发，想抓着头发把她拽到自己身前。就在这时，一只手从他身侧伸了出来，他这才发现身后不知道什么时候站了个人。

那人比他高，略微弯着腰，身上穿了套二中校服。

那人站在他身后伸出一条胳膊绕过他，搭在他的肩膀上，把他伸出去一半的那只手又按了回去，哥俩好似的跟他勾肩搭背。

远远看去，像是跟他们一伙的。

林折夏原先因为害怕而下意识闭上了眼，睁开眼，看到的就是这样一幕。

"哥们，"那人瞳色很浅，侧头看着红毛说，"堵人呢？"

红毛被他这一下整得有点蒙,一时间辨别不出是敌是友。

但他觉得可能是同道中人,不然不会上来就跟他勾肩搭背:"你谁啊?也是来打架的?"

迟曜脸上神色不变,下巴微微扬起,拖长了音回他:"啊,对,我二中的,城安这片我说了算。"

红毛正想说"没听过城安有这种狠角色",下一秒——

少年的手已经狠狠扣在他后脑勺上,连拽着头发往后扯,将他整个人硬生生往后拉。他动作干脆利落,手劲很大,几根手指绷紧,然后一脚踹在红毛小腿处。

"我呢,"迟曜说,"没事就喜欢在这条街上闲逛,看谁惹事就揍谁。"

6

红毛腿上被狠踹了一脚,整个人吃痛撑不住想往下跪,偏偏头还被那人按得死死的,想往下滑都滑不下去,只能强忍着。

红毛吃痛大骂:"你们几个,还愣着干什么!
"打他啊!"
红毛带来的两个人互相对视一眼,闻言一齐冲了上去。

林折夏被眼前这混乱的一幕吓得差点怔在原地。

虽然她小时候打过架,但眼前这架跟那种小屁孩打架完全不一样。场面很乱,她自认目前这个形势劝不了架,唯一能做的就是不给迟曜添乱。

林折夏拉着陈琳的手,带她往后退。
但迟曜一个人打他们几个,居然还占了上风。

少年动作凌厉,没有一个多余的动作,他把书包卸下来扔在一边,一条胳膊死死锁住红毛的脖子,将红毛禁锢得动弹不得。有人想趁机从他身后下手,但没有找到机会,反而被他用曲起的手肘狠狠向后一撞。

这一下结结实实撞在那人胸腔上，将那人撞退几步。

另一个人扑过去时，迟曜已经松开钳住红毛脖子的手，他反手把红毛往前推，让红毛直直和来人撞上，两人撞作一团。

这架结束得比她们想象中的要快，没几分钟，就只剩下迟曜还站着。

"走吧，"迟曜打完了说，"送你们去车站。"

林折夏愣愣地"哦"了一下。

然而谁都没想到红毛还想做最后的抗争，就在林折夏跟着迟曜走了两步的时候，他忽然从地上跃起。

林折夏毫无防备。

只在那瞬间感受到迟曜伸出手，那只手轻轻扣着她后脑勺，将她往他怀里按。

她鼻梁擦在他衣领上，少年衣服上有很淡的洗衣液味儿，还有被阳光晒过的干净的味道。

迟曜这一下在最短时间内拉开了红毛和林折夏之间的距离，红毛不只扑了空，还挨了一脚。

林折夏被迟曜按在怀里，听见他说话时胸腔轻微震动的声音。

少年声音冷得过分："……这么喜欢挨揍？"

红毛这回没敢再上前。

前方就是车站，公交车正好进站。

迟曜跟着林折夏上车，陪她把陈琳送到家。

三人一路无话。

等到了小区门口，陈琳才从刚才的场面里缓过神："谢谢，如果不是你们，我都不知道怎么办。"

林折夏："没事，但你明天还是和老师说一下情况吧，看看有没有什么办法能查到对面的人是谁，免得再被找麻烦。"

陈琳点点头："那我先回去了，你们路上也注意安全。"

这会儿天已经有些暗了。

送走陈琳后,就只剩下林折夏和迟曜两个人并排往回走。

林折夏试图活跃气氛:"刚才你打架的样子,很英勇。"

迟曜没说话。

林折夏继续:"一挑三跟撂白菜似的,对面根本没有还手之力。"

迟曜还是没说话。

林折夏:"而且你很聪明,我打那么多错别字你都能看懂。二中老大,你怎么不说话。"

迟曜这回直接掠过她,走到前面去了。

"……"

林折夏这才反应过来,迟曜在生气。

"我都夸你帅了,"林折夏快步走上前,试探着说,"要不然再多夸几句?"

迟曜停下脚步,转过身看她。

路灯的光逆着打在他身上,让他整个人蒙上一层阴影。

迟曜难得爆了半句脏话:"你、他……你知不知道很危险。"

林折夏一时间不知道说什么。

迟曜冷笑了一声,念出当时林折夏回复他的牵强理由:"还有别的好朋友。

"你这好朋友不错,知道有危险也拉着你去,你也挺厉害,一个敢拉一个敢去。"

"……"

"你如果没时间给我发消息,我要是没看到手机,如果没有恰好就在附近,你打算怎么办。"

"……"

"上次能跑掉,这次呢。"

"……"

林折夏:"小弟我当时没想那么多。"

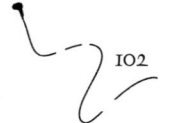

虽然知道迟曜现在是因为担心她而迁怒陈琳，她还是想解释："陈琳也没有拉着我去，是我觉得应该没什么事儿，没想到网上吵个架还能这样。"

以前迟曜生气，她哄几下也就过去了。
但这次不太一样，她说了一路，迟曜都不怎么搭理她。

"迟曜迟曜，你看，这个路灯的倒影好像星星。
"对面那条小狗好可爱，跟何阳以前养过的小白有点像。
"我发现你连头发丝都挺帅气的，我走在你身后，感觉此刻的你，帅得像一幅画。"

快到家的时候，林折夏伸手拉了一下他肩上的书包带："迟曜，你、理、理、我！"
"你别这样不说话。"林折夏说，"虽然你平时说话的时候我都很想把你毒哑。"
迟曜这回没憋住，气笑了："你还想把我毒哑。"
林折夏低声说："也就是有时候偶尔想想。"

由于送陈琳回家，导致她回家的时间比平时晚了一个多小时。
林荷把饭菜热了一下："今天怎么这么晚？"
林折夏放下书包，找了个理由："我和迟曜去书店逛了一圈，回来晚了。"
魏平："下次晚回来记得跟你妈说一声，你妈很担心你。"
林折夏低声应下。
她匆忙往嘴里扒饭，然后问林荷："妈，咱家医药箱在哪儿？"
林荷："在茶几柜下面，怎么了？你哪儿不舒服？"
"不是，"林折夏说，"是迟曜有点⋯⋯有点感冒，我去给他送个药。"

她只是又想到刚才的场景。
迟曜虽然打过了对面那几个人，但是他有没有哪里受伤？
打架的时候容易刮蹭，而且，那拳头这样挥过去，手应该很疼吧。
她顺着想到迟曜的手，不得不承认如果那双手破了，是很可惜的。

103

她吃完饭，拎着医药箱往对面楼栋跑。

按门铃之前她想了想，以迟曜的性格，他现在气还没消，可能不会给她开门。

于是她自己用钥匙开了门，推开门之前说："喀，那什么，我进来了啊。"

进屋之后屋里没人，浴室里也没声音。

她在门口观望了会儿，看到刚洗完澡的迟曜从卧室里走出来。

换下校服之后，他离那种"会在放学时候打架"的形象更近了些，很像印象里那些不好好学习，在学校里盛气凌人的反面角色。

"你有事？"

"我来看看你有没有受伤，"林折夏抱着医药箱说，"你把手伸出来给我看看。"

迟曜头发半干，倚在门边，淡淡地反问："我会受伤？对面再来三个我都不会受伤。"

林折夏："我都看到你手上的伤口了。"

"……"

"别装了吧，"她忍不住说，"这里没有外人。"

迟曜手上有一道长四五厘米的伤口，沿着指骨，洗过澡后已经成了有些泛紫的红色，他自己都后知后觉，不知道是什么时候划到的。

林折夏怕他想继续装没事，强行把他按在沙发上："我知道，这只是小伤，对您来说不足挂齿，这点小伤都入不了您的眼，但我们还是消个毒吧。"

她说话的时候，一只手抓着他的手腕。

迟曜垂下眼，看了眼两人近乎交叠的手，没有说话。

林折夏打开医药箱，翻出棉签和碘伏。

"你要是，"林折夏缓慢地说，"觉得疼的话。"

迟曜："怎么，可以揍你一顿转移注意力吗？"

林折夏："不是，那你就忍着。"

104

她还是第一次这么仔细地盯着迟曜的手看。

可能是因为紧张。

她不由自主地、小心翼翼地屏住了呼吸。

她指尖偶尔会蹭到他的,男孩子身上的温度似乎天然比女孩子更高些,她感觉迟曜手上的温度一点点传到了她手上。

气氛有点奇怪。

林折夏一边涂药,一边想,是不是太安静了。

她正准备说点什么,还没清嗓子,迟曜家的门被人一把推开。

"我的妈呀,"何阳震惊地站在门口喊,"我发誓是想敲门的,但是门没关,我一敲它就自己开了。"

他大嗓门,喊完,三个人六目相对。

他看到他曜哥坐在沙发上,他夏哥蹲着,鼻尖都快凑在人手上了,两个人挨得很近。

"……你俩在干吗呢?"

林折夏捏着棉签猛地站起来,带着几分自己都不懂的心虚:"上药,他手蹭伤了。"

"哦,"何阳没多想,他也往沙发上一坐,跟迟曜挤在一块儿,说,"我来这儿避避难,期中考出成绩了,我妈追着我打。

"我说虽然考第二十三名,但我后面还有十几个人呢,她问我'为什么总跟差的比'。

"我不跟差的比,哪儿来的自信继续学习下去?"

林折夏收拾医药箱,点点头:"倒也有几分道理。"

何阳:"是吧。"

他转头去看迟曜,希望得到迟曜的认同。

"没出过前三,"迟曜说,"不太清楚。"

何阳:"……"

何阳决定转移话题:"你这手,怎么弄的,这么长一道。"
迟曜只说:"碰到点事。"
何阳震惊:"你……打架啊?"
"还是一个打三个,"林折夏补充,"我放学碰到混混了,这事你可别说出去。"

很多不能和家长说的话,同龄人之间毫无保留。
何阳自然懂这个道理:"放心,我才不说。不过我曜哥这一打三打得——牛。"

林折夏没工夫跟他俩继续唠,她还得赶回家写作业。
林折夏走后,何阳随手把玩迟曜茶几上的游戏机。
他打了会儿和迟曜闲聊:"真一打三啊。"
迟曜:"假的。"
何阳:"你这么说,那看来是真的了。"

何阳打了会儿游戏,迟曜去冰箱拿水,顺便问他:"喝不喝?"
"喝。"
他说完,在伸手去接矿泉水瓶的瞬间,瞥见迟曜身上那件单薄的T恤,想到刚才说的打架,忽然想起一桩之前没想起来的旧事。

"打架"这两个字像根线,把之前他怎么也没想起来的那件事串了起来。
他想起来,当初他撞见迟曜锻炼前,发生的事情是什么了。

那是他们十一二岁时候。
小区附近不知怎的,出现了一群到处乱转的小年轻。
有天晚上他们结伴去小卖部买东西吃,刚出小区,就被几个人高马大的人堵在了墙角。
"小朋友们,"几个人身上烟味很重,其中一个敲了敲何阳的头,说,"零花钱给哥哥用用呗。"
对当时的他们来说,这帮人看起来简直像巨人,一拳能把他们抡到街

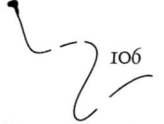

对面。

好在林折夏急中生智，冲对面不认识的阿姨喊了一声："妈妈！"
然后趁那几个人愣怔的片刻成功脱身。
也得亏小区附近人多，不然就是喊再多声"妈妈"都没什么用。
虽然没什么根据，但他总觉得，这两件事似乎，是有关联的。

林折夏回到家后开始赶作业，写着写着，她发现有件事不对劲。
迟曜生气的时候说的那句"上次能跑掉"里的"上次"，是哪次？
她想了会儿，由于和迟曜之间发生过的事情实在太多，怎么也没想起来。
算了。
她很快放弃思考。
可能有过那么一次吧。

写作业期间，林折夏收到陈琳发来的几条信息。
陈琳发了一个"哭"的颜文字：对不起啊！
陈琳：我真的很过意不去，还牵扯到你和迟曜。
陈琳：对不起对不起对不起！
陈琳：我把我论坛账号注销了，从今天起，好好学习，重新做人。
林折夏回了一个"摸摸头"表情包。

回完之后她把手机放在一边，想集中注意力写题，却仍忍不住想起迟曜打架的那一幕。
但让她感觉那一幕挥之不去的，不是"打架"本身。
很多话陆陆续续在脑海浮现。
这些话从那句"你认识迟曜"开始。

"他很出名啊。"
"还在想是谁引起那么大轰动，迟曜啊，那没事了。"
"他以前在学校就很出名。"
"……"

时间似乎不断在眼前闪烁穿梭。

有很多年前的小时候:
"身体还不好,隔三岔五就往医院跑……"
"他拿不动球。"
"他总生病,没法和我们一块儿玩。"
"……"

再然后,记忆里那个曾被她护在身后的病秧子渐渐和今天那个打架的护着她的迟曜重叠在一起。

林折夏想着,放下笔,趴在桌子上,下巴碰到衣袖的时候,她感觉傍晚仓皇间闻到的那阵干净的洗衣液味儿,似乎还萦绕在鼻尖,挥散不去。

她这才恍然发觉入学这些天以来,别人眼里看到的迟曜和她一直认识的那个迟曜是有些不同的。

这个不同来自,她和这个人太熟了,所以反而一直都没能发现他的变化。
所以她会觉得帖子里的描述令人迷惑。
所以她无法感同身受。
是因为,她少时认识的那个迟曜,和现在很不一样。
……
所以她直到现在才发现,迟曜原来,早就不是她眼里那个习以为常的病秧子了。

她直到今天才重新认识了他。
一个陌生又熟悉的、新的迟曜。

晚上睡前,她忍不住点开猫猫头头像。

——你拍了拍"迟狗"。

林折夏其实想问"你还在生气吗"。

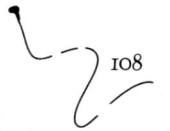

但迟曜显然是误会了这个"拍一拍"的意思。
迟狗：睡不着？
林折夏犹豫地回：……嗯。

过了会儿，对面发过来一条消息。

——你就算梦到六个混混，我都打得过。

林折夏反应过来，他这是觉得她因为白天被吓，害怕得做噩梦才睡不着。

她捧着手机，在床上翻了个身。
她打字回复：那我万一要是梦到六十个呢？

这次对面隔了会儿才回。

——那你正好体验体验……
——被人打死是什么感觉。

第三章
小兔子夏夏

1

或许是睡前和迟曜聊的那几句起了作用。

林折夏这天晚上没有做梦,安安稳稳睡到了第二天早上。

林荷给她做了三明治,她咬了几口,又找个袋子把剩下的三明治装起来,然后拎着东西匆匆往外跑:"妈,我去迟曜家给他送早餐。那个,他不是生病了嘛,我去关心一下。"

她去迟曜家的时候他还在收拾东西。

迟曜手上贴着创可贴,身上那件校服衣领还没扣好,半敞着。

林折夏恭恭敬敬把食品袋递过去:"孝敬您的。"

迟曜扫了一眼:"你爹暂时不吃,放边上。"

林折夏:"好嘞。"

她把三明治放下,坐在客厅等他,等了会儿突然胡扯说:"迟曜,我昨天晚上做梦了。

"我在梦里打了六十个,一拳一个,我好牛。

"那六十个人,每个都长得很健壮,但完全不是我林少的对手,不出三分钟,全趴下了。"

迟曜扯了扯嘴角:"你知道是在做梦就好。"

林折夏其实就是想逗他开心,说完,试探地问:"你今天心情怎么样?"

"不太好,"迟曜说,"想杀人。"

"……"

林折夏心说都过去一晚上了。"你怎么还在生气？"
　　迟曜语气平淡："我脾气不好，易怒。"
　　林折夏："……"
　　她道歉也道过了，不知道还能说些什么才能让迟曜消气。
　　想了半天，她说："我发誓，这是最后一次，以后遇到什么事情，我都第一时间告诉你。"
　　说完，她发现迟曜对这句话有一点点反应。
　　她想了想，继续补充："不对你有任何隐瞒，你要是不信的话，我们可以拉个钩。"

　　林折夏做了个拉钩的姿势。
　　迟曜没伸手，只是掠过她，说了一句："幼稚。"
　　这句"幼稚"的语调和前几句不太一样，尾音变轻，换了其他人可能听不出，但林折夏立刻就知道，他这是气消了。

　　两人走到车站的时候，何阳已经提前一步在那儿等车。
　　三个人一起刷卡上车。
　　迟曜经常在车上补觉，林折夏照例抢了他单侧耳机，蹭他的歌听，一边听一边喝牛奶，等喝完手上那瓶牛奶后，四下环顾，想找找有没有什么地方可以扔。

　　公交车上的人渐渐变多。
　　林折夏抬眼望去，垃圾桶没找到，倒是发现车上有好几个穿二中校服的学生。
　　且这些人似乎有意无意在往他们这个方向看。
　　更准确地说，是在往迟曜的方向看。

　　耳机里的音乐一曲结束，中间有片刻空白。
　　在这空白里，林折夏也顺着他们的目光往边上看了一眼。
　　迟曜坐的位子靠窗，车窗外的光线恰好打在他身上，画面和开学那会儿论坛上广为流传的那张照片很像。

在这样的注视下，林折夏忽然觉得有点说不出的别扭。

她不想自己也间接变成引人注目的对象，于是拿下耳机，抱着书包和那盒空牛奶坐到前排，和何阳凑一块儿坐。

何阳还在抄作业，莫名地问："你过来干吗？"

林折夏："……来看看你，作业抄得怎么样了。"

何阳："数学马上抄完，还剩一门英语。"

"不过作业下次还是自己写吧，"林折夏说，"你在车上抄作业的样子，挺狼狈的。"

说完，林折夏又忍不住提了句："前面那几个，好像是我们学校的。"

何阳手上没停，飞速抬头，然后说："就那几个老盯着我曜哥看的？"

林折夏"嗯"了一声。

在何阳说之前，她还以为是她看错了。

何阳却见怪不怪："这有什么——以前我和曜哥一块儿上学的时候，比这还夸张，有明明放学不坐这路车回家，还硬是坐了一整个学期的。"

林折夏："啊？"

何阳又扭头向后座瞥了眼，发现迟曜在补觉，没注意到他说的话，然后说："我们班级那会儿在走廊尽头，就接水那儿，每次接水都大排长龙，全是在外面偷看他的，我有时候接不到水，都想把他的脑袋拧下来从班里踢出去。

"我这么说会不会显得太残忍了？"

林折夏想了想那个场景："不残忍，我完全可以理解你的想法。"

她顿了顿，转而又想说点什么："不过——"

不过迟曜原来一直都挺惹眼的。

只是她在昨晚之前一直没怎么发现过。

何阳："不过什么？"

林折夏没往下说："没什么。你快到站了，赶紧收拾东西吧。"

林折夏到校后，发现自己桌肚里被塞满了零食。

满满当当的，应有尽有。

"怎么办？"这时，陈琳正好进班，林折夏有点困惑地说，"我好像被人表白了，谁给我买那么多吃的。"

陈琳面色复杂："不好意思，我买的。"

林折夏："……"

陈琳："就是想感谢你们，但我不敢给迟曜送，要不然你给他拿过去？"

有独吞的机会，林折夏才不会拿去和迟曜分享："他不需要零食，男孩子还是少吃点零食比较好。"

聊到昨天的事，陈琳又说："我早上去找老师了，老师说会跟实验附中那边沟通，跟学校汇报之后，他应该不敢再找人过来了。"

林折夏觉得这事这样处理还算妥善。

毕竟事情如果闹大，顺着红毛，能找到那个实验附中的学生，尤其两个人似乎关系匪浅，昨天红毛提到了"我妹"，也许是什么兄妹关系。

然而她不知道的是，这件事情在她看不见的地方还有一段小小的后续。

高一（一）班班内。

迟曜坐在最后排，老师在黑板上解着题。

他一只手转着笔，另一只手放在桌肚里，垂着眼去看手机里不停弹出的新消息。

何阳：被我揪出来了。

何阳：是个高二的女生，她在校外认了几个"哥哥"，其中一个"哥哥"很出名，红头发。

何阳：她还跟别人炫耀过自己认识校外的人，估计就是她，没跑了。

何阳：学校下了全校通知，但没查到具体是谁，我课间警告了她，她估计没想到会被人找到，还挺慌的，说自己知道错了。

何阳：敢欺负我们夏哥，只要她还在实验附中一天，想都别想。

贴着创可贴的手在屏幕上点了下，回过去一个句号表示他知道了。

林折夏思来想去，还是决定在午休的时候给迟曜分点小零食。

陈琳："你不是说男孩子不用吃零食吗？"

林折夏十分坦然地说："主要是有点占地方，我书都放不下了。"

陈琳："……"

一班在楼下。

午休时间，走廊里很热闹，每个班门口都聚集着不少人，唯独一班门口很是冷清。

除了一班原班级的人进出，很少有其他班的人靠近。

林折夏之前也来过一班几次，那会儿并没觉得一班门口人这么少。

她拎着东西，熟门熟路地在后窗那儿停下。

迟曜就坐在靠窗的位子，这会儿正趴着睡觉，他抢了徐庭的外套披在身上遮太阳，黑色兜帽盖住了他整个后脑勺，从她这个角度看过去只看见少年搭在桌沿上的手。

她隔着玻璃窗敲了两下，喊他："迟曜！"

话音刚落下。

那只手十分不情愿地动了动，抬起来，盖在了耳朵上。

林折夏："……"

她深吸一口气，喊得更大声了："——迟曜迟曜迟曜。"

迟曜午觉被人吵醒，脾气不太好："你有什么事？"

"给你送温暖来了，"林折夏把一袋吃的从窗户缝隙递给他，"不用谢，也不要太感动。"

迟曜看了一眼，没接："谢谢，你特意拿了一堆自己不爱吃的东西过来，我挺感动的。"

袋子里……

确实都是……

她特意挑出来的、不爱吃的东西。

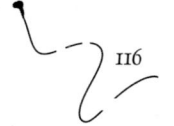

林折夏直接松手，把东西放他桌上："我爱吃的你又不爱吃，而且重要的也不是礼物本身，是我的一片心意。"
　　她说完，又问："今天你们班外面怎么都没人啊？"
　　迟曜："你不是人吗？"
　　林折夏："除了我。反正总感觉，他们都在绕着你们班走……你就靠窗坐着难道没注意吗？"
　　迟曜身上披着的外套顺势往下滑，他抬手抓了下头发，轻描淡写地说："我懒得管。"

　　可以。
　　很符合这人的作风。

　　林折夏从一班回去的路上，发觉很多人都在看她，她有点不解和尴尬，等她回到七班，才有几名不熟的班级女生欲言又止地问她："你刚刚去一班了吗？"
　　"……"
　　林折夏以为又是来问她要联系方式的。
　　她想说，你要不去找唐书萱吧。
　　但看了一圈发现唐书萱现在不在班里。她只能自己应对。

　　"啊，"她说，"不过他……"他不太爱加陌生人。
　　林折夏话还没说完，那几名女生又说："所以那件事是真的吗？他放学之后喜欢去学校后面那条街打架，昨天放学一个人打了三个混混？"

　　她不知道谣言是从哪里传出来的。
　　但能传出来，似乎也不奇怪。
　　而且……具体地说，这好像也不全算谣言，有很大一部分是事实。

　　"私底下传开了，"等林折夏回座位后，陈琳小声说，"迟曜本来关注度就高，昨天打架的事情一传，现在都以为他是暗藏什么的不良少年，以前还有人想要个联系方式，这下连靠近都不敢了。"

林折夏:"怎么会传得这么夸张,我刚刚跟她们解释了都没用。"
陈琳:"你跟迟曜关系好,你说话她们当然觉得你是在帮忙掩饰。"

迟曜的出名,从这一架之后变了味儿。
打架和翻墙性质不一样,一个会在放学时候打架的男生,大部分人都不敢靠近。
关注的人更多但敢上前的人少了。
之后林折夏几次去一班找他,总能发现其他班同学打量的眼神。迟曜有时候拎着水往外走,去办公室途中,很多人会小心翼翼避开他,但又在跟他擦肩而过之后,回过头偷偷张望。

鬼使神差地,她登录学校论坛,点进关于迟曜的讨论帖。
最近发言千篇一律都是:他、好、帅,但我现在连看都不太敢看他。

——楼上的,你不是一个人。
——虽然说这话不太好,但我还挺想看帅哥教训混混的……
——散了吧散了吧,远远看一眼得了。
……

林折夏难得注册了一个小号,匿名在楼里留下一句回复:他其实真的是见义勇为,不是你们想的那样。
但这句评论压根没人理会,很快石沉大海。

夏天过去,天气渐渐转凉。
不知道从什么时候起,蝉鸣声彻底消失,树叶泛黄,气温骤降。
很快学校里的人都越穿越厚,换上厚重的二中冬季校服,冬季校服只有一件大红色的加厚外套,裤子可以穿自己的。
在林折夏把自己裹得严严实实的时候,迟曜却跟不怕冷似的,外套里面只穿了件单薄的毛衣,整个人依旧显得清瘦,下身穿了条牛仔裤,腿又长又细。

"你不冷吗？"上学路上，林折夏忍不住问。

"你是不是故意的，"她说，"在大家都穿得那么臃肿的时候，为了耍帅，故意穿少。"

迟曜看了她一眼。

眼前的女孩子因为怕冷，大半张脸埋进米色围巾里，只露出一双清凌凌的眼睛。

"我有病？"

"……说不准，你可能确实有病呢。"

林折夏越想越觉得是这么回事："其实你已经冻得不行了，但是为了面子，你在强忍寒冷，故作姿态。"

回应她的是迟曜的一声冷笑："这天气，你还是先担心自己有没有被冻坏脑子。"

林折夏想亲手验证一下："你脑子才容易被冻坏，把手伸出来。"

迟曜觉得她无聊，但还是将一只手伸向她。

林折夏碰了碰他的手背，发现居然真的不冷。

她难以置信地又碰了一下。

这一下停留得更久一些。

足够她留意到迟曜手上留下的那道浅浅的疤痕，以及少年温热的手背温度。

这温度莫名让她想起之前给迟曜上药的片段。

"……"林折夏收回手，说话间呼出的气息打在羊绒围巾上，掀起一阵热气，热气一路蹿到耳根，"那什么，车来了。"

期末考前的时间过得很快。

学习课本，复习知识点，其间夹杂着一次月考，很快就迎来期末考。

天气太冷，林折夏打着喷嚏，感着冒，考了三天试。

她考完试领完寒假假期作业，昏昏沉沉地到家埋头就睡。

睡得迷迷糊糊，听见林荷进她房间说："夏夏，我和你魏叔叔明天要去趟邻市。"

她依稀记得有这么回事。

魏平要去邻市出差几天，林荷也请了假跟他一起去，两个人难得出去"旅游"一次。

"你自己在家里待着，我给你包了饺子，自己下着吃，还有面条什么的，冰箱里都有。

"注意安全，门窗关好，出门记得带钥匙，不然没人给你开门——千万记得。"

林荷不断说着注意事项。

林折夏应了一声。

等她一觉睡醒，家里只剩下她一个人。

她打开冰箱，对着那几排包好的饺子，沉思许久，然后掏出手机给迟曜发消息。

——嘀嘀嘀。
——你吃过晚饭了吗？

——没有的话，我们一起吃吧？
句尾又加了一个可爱的颜文字。

十分钟后。

林折夏坐在迟曜家餐桌上，拿着筷子，望着厨房。

厨房里，只穿着件毛衣的迟曜在往雾气翻腾的锅里下饺子，那只抡过三个人的手，正捏着饺子往锅里放。

他其实长着一张不太居家的脸，也不像会进厨房的样子，更像那种被人伺候的——

林折夏正想到这里，就听那张脸的主人问：

"要醋还是酱油。"

"醋！"

"辣椒油要吗？"

林折夏点点头："要的。"

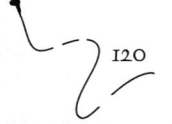

"你还敢要,"迟曜说,"嫌感冒的时间不够长,咳嗽咳得不够狠?"
"……"
那你还问。

吃饭中途,林折夏说:"要不,等会儿我洗碗吧。"
迟曜没什么反应。
林折夏提醒:"我只是客气一下,你要拒绝我。"
迟曜:"我为什么要拒绝。"
林折夏慢吞吞地说:"因为我来你家做客,就是客人,你不能真的让我洗碗。"
"不好意思,"迟曜说,"我家没有那么多规矩,不拦着客人洗碗。"
林折夏闭上嘴,不想和他继续聊下去了。

她吃东西速度很慢,等她细嚼慢咽完,抬头看眼时间,已经快晚上八点半。

两人吃饭时,客厅电视在播天气预报,只不过声音被调弱,沦为背景音:"……上述部分地区夜里可能有短时强降水,局地有雷暴大风等强对流天气,望市民出行注意安全。"

当天夜里一点半。
林折夏被一声雷响吵醒。

"轰隆——"
雷声像一把利刃,劈开浓墨似的天空。
所经之处电闪雷鸣。

她整个人裹在被子里,依稀记得刚才似乎做了个噩梦,睁开眼,在听到雷声的刹那控制不住地战栗了一下。
但这战栗并不是因为刚才的噩梦。
而是因为雷声。

林折夏想着，白天还好好的，晚上竟然打雷了。
随后她又想到现在家里只有她一个人。
……
她很少有特别害怕的东西，唯独怕打雷。

"轰隆隆——"
雷声一道接着一道，没有要停歇的迹象。
林折夏耳边似乎有好几道雷声在不断循环播放，记忆深处那几道雷声也在她脑海里劈了下来。

那也是一个雷雨天。
孩童四五岁稚嫩的声音，带着哭腔在喊：
"爸爸。
"……爸爸，不要走，爸爸。"
记忆里琐碎的声音接着一转，出现林荷故作坚强的声音。
"想走就走吧，以后你跟我们没有任何关系，不必联系，也别再出现了。
"——带着你的东西，滚！"

头很昏沉，等她反应过来的时候，这才察觉到自己在被子里发抖。

林折夏伸手想去够床头的开关，想开灯，却怎么也摸不到。
最后她垂下手，掌心压到枕边的手机。
她像是抓到救命稻草似的抓紧手机，借着屏幕荧亮的光，点开那个熟悉的猫猫头头像，整个人蜷缩在被子里，迟缓地打着字：你睡了吗？没睡的话我能不能……

能不能来你家找你。

她还没把这句话打完，一通语音电话拨了过来。
"迟狗"邀请你进行通话……

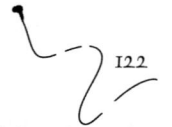

"我在门口，"电话接通后，少年熟悉的声音传到她耳朵里，盖过了窗外的雷声，"开下门。"

2

如果不是听筒里传出来的声音过于真实，林折夏几乎要以为，现在才是在做梦。

不然怎么，她上一秒想到迟曜。

下一秒，就接到了他的电话。

"林折夏，"在她愣神之际，对面念了一遍她的名字，又说，"听得见吗？"

"……"

"听得见就回一句。"

林折夏坐起身，按下灯源开关，卧室里一下亮了起来。

她掀开被子下床，对着手机说："听见了。"

林折夏拿着手机，开门就看到倚在电梯口的人。

迟曜出来得匆忙，连外套都没穿，头发凌乱地垂在额前，整个人似乎沾着寒气，手边拎着一把透明雨伞，伞尖朝下，正滴着水。

见她开了门，他指尖微动，挂断通话。

进屋后，林折夏问："你穿得好少，冷不冷啊，喝热水还是喝茶。"

"水。"

她转身去厨房，又问了一句："你怎么这么晚还没睡？"

迟曜："来看看某个胆小鬼是不是正躲在被子里发抖。"

作为被说中的胆小鬼本人，林折夏凝噎了一秒。

她把水杯递过去："虽然你说的是事实，但能不能给我点面子。"

迟曜接过："怎么给？"

林折夏："比如说找点其他理由，反正不要这样直接说出来。"

迟曜泛白的指节搭在玻璃杯上，林折夏都已经做好会被拒绝的准备，却见他微微偏过头，思考两秒："那我重新说？"

"可以。"

林折夏点点头，重新问了一遍："迟曜，你怎么这么晚还没睡？"

迟曜语调平平："我失眠，睡不着，半夜起来散步。"

林折夏："……"

迟曜："有问题吗，法律规定不能在半夜散步？"

林折夏："凌晨一点半散步，好像有点牵强。"

今天晚上的迟曜似乎格外好说话。

他沉默两秒，重新找了个理由："其实我也很胆小，被雷声吓醒了，我特别害怕。"

"这理由可以，"林折夏很自然地顺着说，"别害怕，既然你来找我，我会罩着你的。"

迟曜微微颔首："谢谢。"

林折夏："不客气。"

"既然你那么害怕，"林折夏把被子从卧室抱出来，"不如我们今天晚上就在客厅睡吧，我睡沙发，你睡地上，这条被子给你。"

迟曜倚着墙看她忙活，语气很淡地说："你家规定客人不能洗碗，却能让客人睡在地上，待客之道挺独特。"

正在往地上铺垫子的林折夏："……"

"这都要怪你，"她铺完后把枕头放上去，"我其实是很想把沙发让给你的，但是你太高了，过于优越的自身条件，导致沙发对你来说可能有点不合适。"

迟曜还没张嘴，她又把自己贬了一通，让他彻底无话可说："而我，只是个矮子。"

迟曜最后只能说出一句："没想到你这么有自知之明。"

林折夏："应该的。"

客厅开着暖气，就算不盖被子也不会觉得冷，但林折夏还是把自己裹了起来，蜷缩在沙发上准备睡觉。

迟曜暂时不睡，屈着腿坐在地毯上，背靠着沙发。

窗外依旧电闪雷鸣，雷电时不时劈下来，有一瞬间将苍穹点亮。

可能是因为屋里多了一个人，林折夏忽然觉得雷声离她远了很多。

客厅中央的灯已经关了。

只剩下一盏微弱的小灯还亮着。

林折夏睁着眼睛，透过光线，看到少年削瘦的脖颈。

"迟曜。"林折夏喊他。

迟曜"嗯"了一声表示他在听。

除了窗外的声音，只余下两人有一搭没一搭说话的声音。

"你在干吗？"

"徐庭找我，在回他消息。"

"他这么晚也不睡觉。"

"嗯，他有病。"

林折夏提醒："我们也没睡。"

迟曜说："不一样。"

林折夏："……怎么就不一样。"

迟曜："因为我双标。"

"……"

安静了会儿。

林折夏又小声问："你明天早上想吃什么？"

她补充："我有点饿了，明天早上想吃小笼包。"

"那你得先睡觉。"迟曜说。

"噢。"

林折夏闭上眼。

外面没有再继续打雷了,她闭上眼,听到的是淅淅沥沥的雨声。

她想起第一次在迟曜面前暴露自己害怕打雷,已经是很多很多年前的事。早到她都记不太清具体年份了。
似乎是搬到这儿第二年的时候,那年夜里有过一场雷雨。
那时候林折夏还是打遍小区的"母老虎",迟曜也依旧是她单方面认的"小弟"。

那天,林荷和魏平去参加同事的饭局,吃完饭又去唱了歌,往家里赶的时候已过晚上十二点,当时雨势加大,因为天气两人被堵在路上,手机也没了电。
林折夏怕打雷的毛病没有在林荷面前显露过,因为只要家里有人,她其实就没那么害怕,所以林荷只知道女儿不喜欢雷雨天,并不知道她对雷声的恐惧,想着这么晚了她应该也已经睡了。
但那天晚上林折夏没有睡着。
她捏着手机,浑身紧绷,不断给林荷打着电话。

"你所拨打的电话已关机……
"请在'嘟'声后留言……
"……"

林折夏唇色惨白,在心里想着:
为什么打不通。
哪怕只是接个电话也好。
让她听见一点声音就够了。

接踵而来的恐惧像不断上涨的潮水,几乎要将她吞没。

她最后不知道怎么想的,伞都没打,冒着雨蹲在迟曜家门口,迟曜开门的时候她浑身上下都湿透了。
"你大哥我刚才出门,"她哆嗦着找借口说,"忘记带钥匙了。"

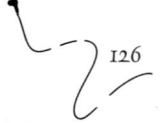

"……"

"缩小版"的迟曜站在门口看了她一会儿:"你大半夜出门?"

"不行吗,"她哆嗦着说,"我就喜欢大半夜出门。"

最后迟曜放她进屋,给了她一套没拆过的衣服和毛巾。
林折夏那会儿还是短头发,换上男生的衣服之后看着像个小男生。

起初迟曜以为她是因为淋了雨太累才会止不住发抖,可进屋半小时后,林折夏依旧缩在沙发角落里哆嗦。
迟曜似乎问了她好几句"冷不冷",佢她都没回应。
直到迟曜站在她面前,伸手试探她的体温,她才回过神来。

"小时候,"林折夏感受到贴在自己额前的那点温度,这份温度将她拽回来,她忽然压抑不住悲伤地说,"我爸爸就是这样走的。
"他在外面有别的女人,还有……别的孩子。
"雷声很大,我求了他很久,他还是走了。"

这几句话,一直藏在她心底。
她怕林荷担心,从来没说过。

这份她一直藏着、连林荷都不知道的恐惧。
从那刻开始多了一个知晓的人。

林折夏闭着眼,从回忆里抽离的同时,听见边上有窸窸窣窣的声音,是迟曜躺下了。
两个人位子挨得很近,沙发本来就不高,她垂下手,再往边上侧一点,就能碰到迟曜的头发。
她伸手把被子拉上去一点,盖过鼻尖,瓮声瓮气地说:"迟曜迟曜,你睡了吗?"

"没。"

"我睡不着。"

"……"

"你会不会讲故事啊，"林折夏又说，"可能我听故事会睡得比较快一点。"

迟曜反问："你几岁？"

林折夏："今年三岁。"

讲睡前故事只是她随口一说。

毕竟迟曜这个人，和"睡前故事"四个字，一点都不搭边。

他更适合讲黑童话。

但今天的迟曜实在太好说话了，好说话到她忍不住提一些过分的要求。

黑暗里，客厅安静了一会儿，然后传来一点轻微响动，接着林折夏看到沙发斜下方发出一点光亮，迟曜滑开手机解了锁。

"要听什么？"

"都可以，最好是那种适合女孩子听的故事。"

半晌，迟曜没什么感情地开口："很久以前，有一群野猪。"

林折夏缩在被子里，感觉自己有点窒息："你对女孩子有什么误、解、吗！"

又过了会儿。

迟曜滑半天手机，找到一篇："森林里有一群小兔子……啧，兔子总行吧。"

这个还可以。

跟兔子相关的故事，总不会有什么离奇展开。

林折夏不说话了，让他接着念。

迟曜讲故事的时候还是没什么感情，甚至字句里能隐约透出一种"这是什么弱智故事"的个人态度，但由于声音放低许多，加上夜晚的衬托，林折夏居然觉得耳边的声音甚至有点温柔。

"小兔子们出门去摘胡萝卜，小兔子兔兔，"中途，他停下来吐槽一句，"这什么名字。"

林折夏："你不要随意发挥，很破坏故事氛围。"

迟曜："已经是兔子了，有必要取个名字叫兔兔吗？"

林折夏："……你别管。"

迟曜："讲故事的人是我，我觉得拗口。"

林折夏缩在被子里，懒得和他争，随口说："那你给它换个名字吧。"

迟曜的声音停顿了会儿，然后继续不冷不热地念："小兔子夏夏带着她的篮子和心爱的荷叶雨伞出了门。"

"……"

"就算要换名字，"林折夏感觉到一股浓浓的羞耻感，"也、别、换、我、的、名、字！"

这个无聊的、摘胡萝卜的故事很长。

中间小兔子遇到黑熊又遇到狡诈的狐狸，荷叶伞被狐狸骗走，最后天气生变，还下起了雨。

林折夏听到后半段的时候已经感觉到困了，结局之前，她闭着眼困倦地问："……最后的结局呢？"

迟曜往下翻页。

在这几秒间的停顿中，他听见林折夏清浅的呼吸声。

她没等到结局就睡着了。

迟曜遮在碎发后面的眼睛被屏幕点亮，他撑着手，半坐起身去看沙发上的人。

女孩子头发很乱，乱糟糟地散着，睡姿侧着，一只手压在脸侧，另一只手垂在沙发边上，纤细的手腕差点碰到他头发。

迟曜看了一会儿。

眼前的林折夏和很多年前缩在他家沙发上的那个林折夏渐渐重叠。

只是除了小时候那场雷雨，他还想起另一段画面。

那是几年前，初中入学的前一夜。

林荷建议林折夏去读女校的初衷，完全是因为她在小区里太野了。

"你是个女孩子，"林荷气急，"整天追着何阳打，像样吗？"

那时候的林折夏梗着脖子："是他找打。"

林荷："你还敢顶嘴——"

林荷拎着扫把，想打她，但林折夏总能跑出去，于是两个人常常在小区里上演一场母女对峙的戏码。

林折夏："是他先欺负迟曜的。"

林荷："那你可以和他讲道理，为什么要动手？"

林折夏自以为冷酷地说："男人的世界，就是要用拳头解决问题。"

林荷气笑了，边追边喊："……你过来，别跑，我现在也要用拳头解决我们之间的问题，你给我站住！"

林折夏起初还不觉得去读女校有什么问题，反正都是上学，直到离开学日期越来越近，她发现小区里的其他人都上同一所学校，这就意味着他们可以一起上学、一起放学，甚至一起去小卖部买东西吃。

只有她一个人，孤零零地，在其他学校。

入学前一夜，她终于绷不住，在迟曜面前垮着脸哭了很久："我不想一个人去上学，想跟你们一起，我以后都不打何阳了，跟他讲道理，讲道理还不行吗！"

她哭着哭着甚至打了个嗝。

那天晚上，林折夏说了很多话，其中一句是："……迟曜，你能不能变成女的，然后跟我一起去上学啊？"

那也是她为数不多，在他面前流露过脆弱的一次。

和害怕打雷一样，她胆子很小，很怕人和人之间的分别，总是没什么安全感。

记忆中的画面接着一转。

转到初中时,他填完中考志愿后,老师叫他去办公室,四十多岁的年级主任说话时小心翼翼,试探着说:"一中和二中,你是不是多写了一笔?"

"没多写,"他听见那时候的自己说,"我填的就是二中。"

……

迟曜收回眼,去看手机。

发现关于小兔子摘胡萝卜的故事,结局只有轻描淡写的一行:等雨停了,它们终于摘到了胡萝卜,高兴地回了家。

"最后雨过天晴,"迟曜声音很轻,"小兔子看见了彩虹。晚安,胆小鬼。"

3

次日,林折夏被一阵强烈的阳光照醒。

窗帘只拉了一半,耀眼的光直直照进来,将整个客厅照得透亮。

如果不是外面的地面还是湿漉漉的,她几乎要以为,昨天晚上的暴雨只是一场臆想中的噩梦。

但她从沙发上坐起来,抓了抓头发,看到地毯上铺得整整齐齐的床垫和被子,记忆又一下被拉回到昨晚。

昨天晚上她耳边出现过的声音。

以及关于小兔子的睡前故事,都不是梦。

她拿出手机看了眼时间。

早上八点二十三分。

她点开联系人列表,给迟曜发过去几条消息。

——你回去了吗?

——等会儿要不要一起吃早饭?

——我请你吃小笼包,不要跟我客气,免费请你吃到饱。

迟曜估计是刚走没多久,回了个"已读"。

林荷不在，没人下厨，早饭自然得出去吃。

小区门口有一排商铺，早餐店并排着开了好几家。

吃了那么多年，小区里的这帮孩子和老板们都混了个脸熟。

林折夏拉着迟曜推开早餐店的门进去，还没点单，坐在收银台前的老板就笑着招呼："小夏，来了啊，小迟也在，你俩今天吃点什么，小笼包？"

林折夏找了个空位坐下，她穿了件很厚的白色羽绒服，一边脱外套一边说："你怎么一下就猜中，感觉我都不用点单了……"

老板是个中年女人，在计算器上算价钱，开玩笑说："你们不用点了，直接扫码，等会儿给你们上的东西但凡有一个是你俩不爱吃的，这顿我都不收你们钱。"

这里烟火气很浓，后厨在蒸包子，掀盖的瞬间香味随着热气一块儿飘出来。

林折夏问迟曜："你吃几笼？"

迟曜还没回答。

怕他真点太多，她又紧接着说："虽然我说可以请你吃到饱，不过早餐还是得均衡点，你看看豆腐脑，还有南瓜粥什么的，这些不但营养丰富，还比较便宜。"

迟曜今天穿了件黑色毛衣，头发长了些，衬得眉眼更浓，倨傲感挥散不去。

他轻嗤了一声："胆小鬼，你就是这样请客的？"

"……"林折夏缓慢地承认，"我这个人，比较喜欢出尔反尔。"

很快点的东西就上齐了。

林折夏昨晚就开始念叨小笼包，不忘初心，专心盯着小笼包吃。

两人各一笼。

林折夏把自己那笼吃完后，又盯着迟曜那笼看。

她趁迟曜低头喝粥的时候，筷子飞快地伸过去，夹起一个就往自己碗

里放。

在她以为自己这番操作神不知鬼不觉,连偷三个之后,冷不丁听见一句:"你是不是以为我没看见。"

林折夏:"……"

她抬头,对上迟曜的眼睛。

林折夏扒着碗说:"我是觉得,像你那么大方的人,应该……不会介意。"

"不好意思,"迟曜说,"我介意。"

林折夏:"我都夸你大方了,你不该直接对号入座吗。"

迟曜:"哦,我小气。"

林折夏:"那我吃都吃了,总不能……"

她话没说完,迟曜往后微靠:"你吐出来吧。"

"……"

最后那笼小笼包还是进了她的肚子。

迟曜说归说,在她的筷子再度跃跃欲试想偷的时候,他还是选择了睁只眼闭只眼。

林折夏还是像往常一样,寒假大多数时间都窝在迟曜家里。

林荷不在这几天,她跑得更勤了。

迟曜家沙发上放着一条她用来保暖的小毯子,还有她从家里拿过来看的几本漫画书,茶几上摆着她爱吃的零食,书桌上除了迟曜自己的课本,还夹杂着她的课本和作业。

偶尔何阳会因为躲何妈,跑过来待一阵儿:"夏哥,不知道的还以为这是你家。"

林折夏正和迟曜共用一张书桌,二中布置的寒假作业都是一样的,她时不时会瞥一眼迟曜的答案。

她直接认下:"你来我家干吗?"

何阳:"……你还真不客气。"

林折夏:"还成吧。"

何阳扭头去看迟曜。

他曜哥正捏着黑色水笔，漫不经心地往试卷上填答案。

填完，抬起一只手，掌心搭在林折夏头顶，把她的脑袋拧回去："自己算。"

林折夏："自己算就自己算，这题很简单，我又不是不会。"

何阳感觉自己像个外人。

这个地方，没有他的容身之地。

假期无聊。

等他俩写完作业，何阳兴致勃勃地问："打不打游戏？"

林折夏看了一眼他手机屏幕，发现是暑假那会儿迟曜一直在打的那款游戏。

她平时很少打游戏，主要是因为打得不好，以至于很难产生成就感。比起打游戏，她假期更喜欢刷刷剧，或者和同学约着出去玩。

"可以，"正好她现在也不知道做什么，便答应下来，"不过我不太会玩。"

何阳："没玩过不重要，我和曜哥带你。"

林折夏怀疑："带得动吗？"

"……"何阳说，"你就算不相信我，也要相信曜哥。"

于是林折夏就这样进入了"召唤师峡谷"。

取名字的时候，她想了想，随手取了个"扑通"。

过了会儿，其他两个人也上线了。

何阳叫"带飞全场"，迟曜的名字看着很高冷，只有一个句号。

这款游戏火很久了，林折夏大概知道游戏机制。

游戏开局后，她像一个在"峡谷"散步的，哪个技能好了就放哪个，还经常放歪。

即使是这样，她也很少被对面抓。每次被对面包围，她正要喊"求求了放过我吧"之前，原先在野区沉默打野的"句号"总能神出鬼没，出现

在她身边，干脆利落解决掉那几个人，然后再潜回野区。

所以她散步散得很自由，甚至她愿意的话，都能去对面散会儿步。

何阳十分捧场，把她的操作夸出花来："夏哥，你刚才那个放歪的大招，一定是有你独特的思考吧，我知道了，你是不屑用大招击败他，是在羞辱他，想从精神上打压他，高啊。

"夏哥，你这虚晃一枪，声东击西，给我创造了机会，我能拿下这个人头，主要功劳在你。"

"……"

"谢谢，"林折夏说，"但是下次说话之前记得打一下草稿。"

迟曜打游戏的时候话不多。

林折夏偷偷瞥了一眼，他漫不经心地操作着游戏角色。

偶尔会对她冒出几句简短的话。

"过来。

"不用跑。

"他死了。"

被带飞的感觉很奇妙。

无论何时何地，迟曜总会第一时间出现。

这感觉很像那天在巷子附近，她冷不防被他按在怀里一样。

林折夏喊着"666"，思绪却不可控制地发散了一下，她一边操纵角色散步，一边问："你是不是经常带……人上分，不然怎么，这么熟练？"

印象里打游戏很好的男生，应该，带过很多人吧。

所以他也带过很多人吗？

迟曜抬起眼皮，还没说什么，何阳逮住话题，抢先吐槽起来："他？拉倒吧，就他这脾气还带人？

"上次我跟他上分，组到个队友，是个妹子，那妹子开麦对他喊'哥哥救命'，这个人头都不回的。

"然后人妹子还问'你刚刚怎么不救我',你知道他说什么?
"他说'不是你哥,关我啥事'。
"听听,这是人话吗,怎么能这样对妹子说话?!"
林折夏:"……确实,他不被举报就不错了。"

这个话题就这样揭了过去。
她发散的思绪也在听见何阳的话之后,戛然而止。
她继续盯着手机屏幕,来不及去捕捉那一闪而过的情绪,只是感觉到手上操控的这个游戏角色,散步的步伐都更加轻快了起来。

林荷和魏平在邻市多待了几天,回来的日期比预计的晚。
两人到家的时候正好是晚上。

林折夏刚睡下,听见门口有门锁打开的声音。
她从床上爬起来,跑到门口,给几日不见的林荷一个拥抱。
林荷手里拎着不少带回来的东西:"你怎么还没睡?我以为你睡了呢。"
林折夏说:"正要睡,听见声音了。"
短暂的拥抱过后,她又看向魏平,喊了一句"魏叔叔"当作打招呼。

魏平笑笑,把手上的东西放下之后,对她说:"我给你带了礼物,你看看喜不喜欢。"
魏平出差回来总会给她带点小礼物。
但大都是她不喜欢的,魏平被固有印象洗脑,总觉得女孩子都喜欢粉色,都喜欢公主裙,都喜欢亮晶晶的水晶摆件。
她其实,不喜欢粉色。
果不其然,魏平这次拿出来的还是一个粉色的毛绒玩偶。

"这个玩偶挺可爱的,"魏平说,"我路过看到,就买了。"
林折夏接过那只毛绒玩偶说:"谢谢魏叔叔,我很喜欢。就是总让你带礼物,有点不太好意思。"
魏平:"没什么不好意思的,这几天在家里待着怎么样?吃的还习惯吧?"

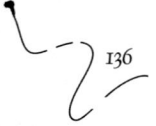

林折夏:"我和迟曜一块儿出去吃,挺习惯的。"
两个人寒暄一阵,林折夏带着礼物回房间。

她把毛绒玩偶摆在书桌边上,那里有个置物架,上面放了很多零碎的小物件,大都是魏平送给她的。
放完后,她盯着玩偶看了会儿。
等她再躺上床,发现睡意被打断后消失了。

由于白天在"峡谷"的体验太好,她翻了个身,忍不住登录游戏,跃跃欲试。
白天一直连胜,所以她有种自己也能和迟曜一样的错觉,想上去一个人打对面五个。
刚登上游戏,她扫了眼好友列表没有看到那个"句号"。

林折夏又从头翻了一遍。
这次找到了那个猫猫头头像,但头像边上显示的游戏名字已经不是句号了,而是四个字:
小猪落水。

林折夏看了一眼自己的昵称"扑通":"……"

她从游戏界面切出去,点开和迟曜的聊天框。
手指狠狠地在屏幕上敲击着,发出去一句。
——你、才、是、猪!

4

这个世界上,怎么会有,迟曜这么无聊的人?
居然无聊到特意改游戏 ID 羞辱她。

第二天中午,林折夏吃过饭去迟曜家声讨:"你把游戏名字换了,现在、立刻、马上换。"

迟曜在厨房接水，少年捏着玻璃杯，很无所谓地说了句："可以。"

正当她在想迟曜今天怎么会那么好说话的时候，就听到他又说了后半句："改名卡五块一张，付完我立刻改。"

"……"

"怎么不说话了。"

"……"

他声音淡淡的，继续追问："微信还是支付宝。"

"……"

"现金也可以，"迟曜伸出一只手，向她微微俯身说，"付钱。"

林折夏看着他的手，沉默过后说："其实，我忽然觉得，'小猪落水'这个名字不错，你就用着吧。

"猪，也挺可爱的。"

因为不肯出这五块钱，林折夏迅速将这个话题翻篇。

几分钟后，她缩在沙发上，盖着她那条毯子，低着头滑手机，一边滑一边换了个话题说："我买了样东西，地址填了你家，过几天到了你帮我收一下，千万要记得保密，这是我跟你之间的秘密。"

迟曜："求我。"

"求求你。"

"你？"

"不是，求求这位全世界最帅的帅哥。"

"我妈生日不是快到了吗，"她接着说，"给她准备的礼物，想给她一个惊喜，要是提前透露出去就不是惊喜了。"

林荷生日在下周。

每年林折夏都会给她准备点小礼物，迟曜没再多问。

由于林折夏对游戏的新鲜感还没过，之后等快递的几天里，两人偶尔还是会一起双排。

几天下来，林折夏对这款游戏更了解了些，偶尔还能打出点操作，不

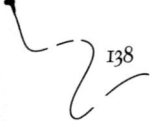

至于拖迟曜后腿了。

其间，有一个林折夏并不是太熟悉的同班女生发过来一个加入队伍的请求：你也玩这款游戏呀，下把一起开黑[①]吧！

"我有个同学想一起玩，"林折夏躺在迟曜家沙发上说，"我拉她了？"
迟曜没什么反应。
林折夏点了"同意"。

看到同学也在线，加进来一块儿玩是很正常的事情。
那位女生的声音从队伍里传出来："嗨，夏夏。"
林折夏也跟她打了声招呼。
迟曜没开麦，全程沉默得像个专门来带飞的陪玩。
同班女生："还有一个人怎么不说话？"
林折夏："不用管，他哑巴。"
"啊？"
反正迟曜不开麦，林折夏随便给他扣帽子："他手机摔坏了，而且家境贫困，得过一阵才能换一个能通话的手机。"
"……"

一局很快结束。
那名女生跟着一起躺赢后，临走前感慨了一句："你朋友好强。"
接着，她又问："这是我们班哪位同学吗，我好像没有加好友。"
林折夏沉默了一会儿，不知道该怎么跟她说，其实和她一块儿打游戏的人是那个一班的迟曜。
最后她只能说："……不是我们班的。"

几天后，快递员上门送快递："'迟曜大蠢猪'是你本人吗？签收一下，这里签个字。"
包裹不大，也很轻。

---

① 开黑：游戏用语，是指玩游戏时，面对面或者通过语音交流。

139

迟曜刚睡醒，没什么表情地接过快递员递过来的笔。

等快递员走了，他关上门，嘴角轻扯，低声说了一句"幼稚"。

林折夏为了给林荷准备礼物，时刻关注物流动态。

她趿着拖鞋跑去迟曜家："我东西是不是到了——"

"到了，"迟曜准备回房间继续补觉，转身之前站在门口警告她，"你下次再取这种乱七八糟的收件名，就别怪我哪天把你东西扔出去。"

林折夏："你先改名字骂我的。"

迟曜："我哪个字骂你了。"

"你骂人的风格不如我光明磊落，"林折夏说，"虽然没用一个脏字，但就是骂我了。"

迟曜冷笑："我是不是还得夸夸你磊落的作风？"

"好说，"林折夏摆摆手，"我就是这么一个坦荡的人。"

说完，她蹲在迟曜家玄关处拆快递，然后郑重其事地从里面拿出了……

一团毛线。

除了毛线，还有几根很细的木针，以及一本小册子，封面写着《织围巾教程》。

不能让林荷发现自己在织围巾，所以林折夏只能躲在迟曜家里偷偷织。

起初她还兴致勃勃地喊着："我这个礼物不错吧，实用又有新意，我简直就是她的小棉袄，等织好，暖她一整个冬天。"

这份热情不超过三天就消散了。

因为围巾真的……

很、难、织。

她从小动手能力就很差，以前劳技课要交石膏作业，她努力一周最后还是求着迟曜帮她做完交上去。

更别提织围巾这种细活。

她看视频教程里，人家三两下就能织完，而她的手像只失灵的机械臂，根本不听使唤。

视频教程循环播放着："起针……第一针正挑不织，将线放在右针上，右针将第二针从左针反挑到右针上……"

"……"

数学题好像都比这简单。

林折夏听完一遍，默默把进度条拉回去，从头开始放："起针……"

她坐在地毯上，脚边全是毛线球。

迟曜躺在沙发上睡午觉，身上盖的还是她的小毛毯。

少年身上那件黑色毛衣和她那条印有碎花图案的小毛毯形成某种独特的碰撞，突兀，又有些微妙的自然。

屋里开着空调，暖气很足。

沙发上的人在听到第五遍"起针"这句台词之后，缓缓睁开了眼。

"林折夏。"

林折夏正被教程弄得头大，没工夫理他："干什么？"

迟曜抬起一只手，遮在眉眼处，有些不可思议地问："你还没学会？"

林折夏没好气地回："我才看第五遍，很难的好不好。"

"很难吗？"

他说："五遍，听都听会了。"

林折夏放下手里的针线，看着他，学着他用同样语气反问："你是没睡醒吗？"

"要是没睡醒建议继续睡，现在不是在梦里，不要随便装，会遭雷劈。"

迟曜抓了一把头发，然后坐起身。

他和林折夏一个坐在沙发上，另一个盘腿坐在地上。

林折夏仰着头，这个视角将他的腿拉得更长，她目光上移，看见他削

141

瘦的下颌,还有说话时轻微滚动的喉结。

少年声音困倦:"针线给我。"

……

林折夏咬了咬牙。

压根不信他睡着觉,光听就听会了。

"你行你来,"她把手里织得一团乱的毛线递过去,"我看你怎么织。"

迟曜接过那团毛线,把她织的部分全拆了。

把针线重新拆出来后,他手指钩着那根细细的线,调整了一下手势,然后几根手指配合着随意动了下,居然真的成功起了针。

他一边织一边摸索,中途有两次不太熟练,退针重织后,很快织完了一排。

米色毛线规整有序地缠在上面,和教程里展示的几乎没有差别。

迟曜眼皮微抬:"看到了吗?"

"……"

半晌,林折夏不想承认,说:"看不见,我瞎了。"

闻言,迟曜手上动作停顿了一下。

然后他站起来,趿着拖鞋在她面前蹲下。以这人的身高,哪怕两个人一起蹲着,视线也依然不能齐平,他把针线塞进她手里:"拿着。"

迟曜这一蹲,林折夏的视线又落在这人敞开的衣领上了。

她愣愣地拿着针线,说:"然后呢?"

迟曜伸手,帮她调整姿势:"然后我教你,小瞎子。"

织围巾这种事,自然只能手把手教。

少年的手指搭在她的手上,带着她钩线。

迟曜的手指比她长,叠上去之后能完完全全覆盖住她的,这比两人之前任何一次接触都更直接,且漫长。

在她出错的时候,迟曜会用手指轻轻叩一下她的指节。

"你眼睛看不见,其他地方应该比较灵敏,"他说,"自己记动作。"

林折夏说自己瞎了,完全是瞎扯。

但现在她真有种自己也说不出的奇妙感觉。

和盲人好像还真有些类似。

因为她确实感觉到,眼睛里看到的事物被逐渐略过,其他感受却无限放大。

对方手上的温度。

他轻轻用力捏着她手指时细微的动作。

……

甚至,是清浅的呼吸。

林折夏手指越来越僵硬,连原本能记住的动作都忘了。

空气仿佛停止流动。

她在凝滞的气氛里,有些无所适从。

直到迟曜发觉她一直钩错针,停了下来。

林折夏捉住那能够喘气的瞬间,开口打破气氛道:"你……你真的没有偷偷学过吗?"

迟曜不解地挑眉,似乎在问他为什么要偷偷学。

林折夏慢悠悠地说:"因为,你想在我面前,衰现自己高超的织围巾技术,以'碾压'我为乐。"

听完她的话,迟曜沉默了两秒。

然后他说:"是学过。

"我从一岁起就在纺织厂织围巾。

"三岁开始就能每天织五十条,是厂里的优秀员工。"

"这个答案怎么样,"迟曜说,"你要是不满意的话,我再换个。"

"……"

林折夏摇摇头:"你不用换了,这个答案已经编得够离谱了。"

迟曜垂眼,看着她手里那团乱糟糟的线,忍无可忍地说:"你这织得……"一塌糊涂。

话还没来得及说完,林折夏忽然站了起来。

"我、我织累了。"

她有些结巴地说:"今天就织到这里,我回家了。"

林折夏从迟曜家出去的时候,外面天已经黑了,她为了掩盖什么似的,又站在门口和迟曜说了一通有的没的废话:"你记得帮我把针线藏好,别被人发现了,万一何阳来你家,被他看到……虽然他也不会说出去,反正我就是不想让他知道,谁知道都不行,你得藏好。"

没等迟曜回答她。

她转身推开楼栋门,跑回了家。

回到家之后,她去厨房拿了杯水压惊。

一定是刚才靠太近了。

不太习惯。

再怎么说,迟曜也是个男孩子。

会尴尬也是正常的吧。

再好的兄弟,也是会尴尬的。

嗯。

尴、尬。

她一边深呼吸一边捧着水杯喝水。

捧着水杯,意外注意到卫生间的灯亮着,而且卫生间里有轻微的动静。

似乎是……有人在吐。

微弱的灯光,女人很轻的呕吐声,最后是一阵"哗哗"的水声。

门锁"咔嗒"解开。

林折夏对上林荷那张略显疲惫的脸。

"妈,你哪里不舒服吗?"她担心地问。
"没什么,"林荷出来看到她有点意外,笑了笑说,"最近不知道吃了什么东西,不消化,我吃点药就好了。"

林荷以前要上班,又要一个人带着她,常常不按时吃饭,有段时间肠胃确实不好。哪怕后来一直在养胃,也没有明显好转。
林折夏没多想,顺便给林荷也倒了杯热水,叮嘱道:"那你千万记得吃药,要是还不舒服,明天我跟你一起去医院看看。"

林荷之后几天都没什么异常反应。
林折夏又叮嘱了几次,然后继续去迟曜家准备礼物。

只不过迟曜家的景象已经和前几天全然不同了。
林折夏织了两排,没想到后面的步骤越来越难,还要钩花,她实在不会,于是果断放弃,缩在沙发上,手里抱着袋薯片,当起了监工:"你这两排钩得不错,以后没准真的可以去纺织厂上班,继续加油。"

迟曜身边放着几团毛线,手里拿着针线,冷着脸:"你休息够没有。"
林折夏:"还没有,我可能还得休息会儿,你先帮我织着。"
"要休息三天,你手断了?"
"……"
"内伤,"林折夏说,"确实需要休养。"

迟曜微微侧头:"这到底是谁要送出去的礼物。"
林折夏:"我。"
迟曜:"所以为什么是我在织。"
林折夏小心翼翼回答:"……因为,能者多劳?"
"……"
"可我实在学不会,"林折夏怕他把针线扔过来,解释说,"我也很想

145

织,而且我想过换礼物,但是现在时间也来不及了,快递可能赶不上。"

而且……
迟曜的教法……
她也没勇气尝试第二次,潜意识里带着回避的想法。

她趁迟曜还没严词拒绝前,从茶几上的作业簿里撕下一张纸,在上面写了两行字,递给他:"拿着,报酬。"

迟曜以为纸上会是"一百万"这种字眼。
林折夏小时候没少拿这种"支票"糊弄过他。
但他接过,发现上面写的是"许愿卡"。

下面一行字是:可以向我许一个心愿。
这行字后面还有个括号,里面写着:杀人犯法的不行,强人所难的也不行。

他轻嗤一声,但还是把这张许愿卡收了起来。

林折夏啃完薯片,翻看起手机。
看到同班女生给她发的几条消息。
同班女生:你在干吗呢?
同班女生:寒假作业有套卷子你写了吗?我想跟你对对答案。

林折夏擦擦手,准备回:我在迟曜家看他织围巾,试卷不在身边。
这段话敲到一半,她想了想,又把这半段删了。
迟曜在学校的人设是谁都不敢靠近的那种。
她说自己在看他织围巾。
对这位同学来说,好像挺惊悚的。

林折夏想着,抬头去看迟曜。

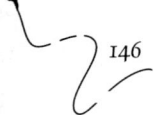

这张脸确实很难和"织围巾"三个字联想在一起。

少年连织围巾的样子都很漫不经心,眉眼间藏着难掩的锋芒,那双抡过人、破过皮也留过疤的手,此刻却拿着针线。

她有点被烫到似的,收回眼,回过去一句:我在朋友家,等我回去拍给你。

刚回完消息。

迟曜留意到她的视线:"别看了,反正再看也看不会。"

林折夏下意识反驳:"谁看了。"

"看的不是围巾,"迟曜语气微顿,"邦是在看我?"

林折夏像只被踩中尾巴的猫:"你少自恋,你这张脸,我都看那么多年了,早就已经不新鲜了。"

迟曜织完手上那排,把毛线放在边上打算休息会儿,整个人没骨头似的往后靠,捏了捏手指骨节,说:"不好意思,忘了你看不见。"

"……"

"有眼无珠也很正常。"

5

晚上十点多。

迟曜家客厅开着盏灯,他低着头,手边摊着本《织围巾教程》。

手上那条米白色围巾已经织了大半,就剩下小半截。

边上的手机不断振动。

徐庭:打不打游戏打不打游戏?

徐庭:速度,就等你上线了。

隔了十分钟。

徐庭:大哥。

徐庭:你的联系方式是摆设吗,不回消息的?

迟曜嫌烦，勉强分出一只手，在手机屏幕上点了两下，在"是否拉黑该好友"的选项里，选了"是"。

于是徐庭接着发消息时，看到自己的消息前面忽然出现一个醒目的红色感叹号。

徐庭震怒，直接拨了通电话过去："你今天必须得给我个理由。"

迟曜的声音一如既往的冷淡："我的联系方式，不想要也可以不要。"

"所以这就是你——"

此刻徐庭感觉自己像个怨妇："拉黑我的理由？"

迟曜："也有别的理由。"

徐庭问："什么。"

迟曜："你太烦了。"

"……"

这理由，还不如刚才那个。

徐庭无语："我就想问你打不打游戏。"

迟曜："不打。"

徐庭："这都几天没上线了，你现在在家里？"

迟曜："不然呢。"

"那你不回我消息，"徐庭控诉，不解地问，"每天在家里干什么呢？"

迟曜手机开的是外放，他一条腿屈着，手上缠着毛线，腿边摊着一本已经翻了大半的教程。

他低声说："……在帮某人织围巾。还能干什么。"

徐庭听不清："某人，什么？"

"你管不着，"迟曜懒得多说，"挂了。"

林折夏虽然拜托迟曜帮她织围巾，但晚上睡前，仍然辗转难眠，多少有点过意不去。

说是送的礼物。

可毕竟不是她亲手织的。

离林荷的生日越来越近。

她想着后天就这样送出去，似乎不太好。
　　睡前，她还是决定明天拿着攒下的压岁钱去商场看看有没有别的合适的礼物。

　　第二天。
　　为了不让林荷起疑，她准备吃完晚饭就溜出去。

　　以她对林荷的了解，收拾完厨房后，林荷会在房间里休息会儿，然而就在她小心翼翼将卧室门推开一道缝准备溜出去的时候，却看见了走廊里的林荷和魏平。

　　两人站在洗手间门口，魏平正扶着林荷。
　　林荷依偎在他怀里，一只手掩着嘴。
　　魏平一只手小心翼翼地扶着她，另一只手拉上洗手间的门："怎么这几天孕吐这么严重？"
　　林荷："最近吃点东西就吐，反应好像越来越大了。"
　　魏平扶着她往房间走："我扶你去床上躺着休息会儿，要是还不舒服，咱下午就去趟医院。"
　　林荷却没太当回事："用不着，没多大事儿。我生夏夏那会儿，反应更大，现在还算好的。"说着，她声音低下来，"比起这个，我最近一直在想，要怎么和夏夏说我怀孕的事儿。"
　　听到这里，林折夏原本要推门的手顿住了。

　　林荷继续说着："上回我孕吐，被她撞见了，我不知道怎么说。
　　"总之一直还没找到合适的机会。
　　"也不知道她对这个孩子，会是什么反应。"
　　"……"
　　林荷的声音渐行渐远。
　　最后魏平带着她回房，房间门关上，也把所有声音都关了起来。

　　林折夏在门后站了很久。

她盯着那条透过门缝能看见的走廊。
直到被她攥在手里的手机振动了下,她才恍然回神。

迟狗:织好了。
迟狗:来拿东西。

林折夏垂下眼。
半晌,回复他:等会儿吧,我现在有点事,不在家。

回复完,她带上钥匙避开林荷和魏平出了门。
但她没去商场,也没去迟曜家。
她自己也不知道自己要去哪儿,只是顺着潜意识往外头走。

傍晚天色昏暗,她在熙熙攘攘的街上走了会儿,被凛冬寒风吹得浑身发冷,走到公园里,在湖边坐下,发现出来得匆忙,竟然没穿羽绒外套。

她其实就是想出来透口气。
林荷怀孕这件事来得突然。
是件喜事,她也替林荷感到高兴,但内心深处,那份一直藏在心里的不安还是悄悄蹿了出来。

他们这个重组后的家庭,各方面都很和谐。
魏平哪儿都好,对她也很好。
但这些年下来两人的相处始终客套。
一种没办法说的客套。

林折夏抬头看了看暗沉的天空,今天倒是没下雨,但她还是不可避免地想起小时候打雷的那天。
她在心里对自己说:
这只是一些突如其来的小情绪而已。
散会儿步就会过去了。

她怕林荷担心，搓了搓冻红的手指给林荷发过去一句消息：妈，我同学过来找我，我陪她逛会儿街。

然后她切出去，点开和迟曜的聊天框。

迟曜给她发了条未读消息。

迟狗：林少业务还挺繁忙。

她没回这句。

隔了几分钟，迟曜又发过来一句：超过晚上十点就别来拿了，懒得给你开门。

迟曜手指指节搭在手机侧面按键上。

屏幕到时间自动熄灭，他指节用力，手机屏幕又亮起来。

屏幕上显示刚才的聊天记录，最后一行是林折夏回复他的消息。

一个字。

——哦。

何阳在他家打游戏，手握游戏手柄喊："我去，我刚才差点就通关了——这BOSS残血。"

他说着，扔下手柄，凑过去问："你刚是不在跟我夏哥聊天，压根没注意我的游戏动态。"

迟曜没接他的话，只说："不太对。"

何阳："什么不太对？"

迟曜晃了晃手机。

何阳顺势扫了眼聊天记录："哪不对了啊，这不挺好的，聊天十分和谐，有问有答。"

迟曜没再说话，他手指在屏幕上点了几下，又发过去三个字：你在哪？

对面那人打字的速度慢吞吞的。

输入了大半分钟，才回过来两句：

——不是说了吗，在外面。

——我同学来找我，我们现在在散步。

何阳:"顺便一说,你们俩聊天字真多,真羡慕,平时能不能也回回我的消息?怎么到我这儿,你俩好像没联网似的。"

何阳还在继续絮叨,却见迟曜突然间起身,穿上外套,拎着一个不知道装着什么的袋子往外走。

"有点事,"他说,"出去转转。"

何阳:"……什么事?"

迟曜:"和你待一起太久,出去换个地方呼吸。"

林折夏在湖边坐了二十几分钟。

她刚调整好情绪,准备装作什么都没听到,走回家,然后等林荷找到合适的机会自己告诉她。

然而还没等她从长椅上站起来,远远地看到湖边竖立着的路灯下出现了一个熟悉的身影。

那人即使穿着冬季外套,也不显臃肿。

整个人依旧有着这个年纪的男孩子独有的削瘦。在路灯光的勾勒下,惹眼得过分。

"在跟同学,"迟曜穿过那片光,走到她面前,嘴里一个字一个字地往外蹦,"散、步?"

"……"

林折夏很少说谎,难得撒个谎,还被立刻抓包。

她有点心虚地说:"我同学,刚走。"

迟曜语气很凉:"是吗?"

"是的,刚才我俩就坐在这里,畅谈人生来着。"

为了增加可信度,她开始补充具体细节:"就是陈琳,你认识的,她最近都在补习,学习压力太大。"

"编完了吗?"

迟曜低着头看她,面前这人身上只穿了件单薄且宽大的毛衣外套,是她在家里常穿的一件。女孩子耳朵已经被冻得通红,因为怕冷,两只手缩在袖子里,显得很可怜。

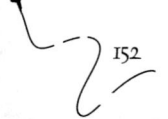

迟曜继续说:"要不要再给你几分钟时间,你现在给陈琳打个电话。"

林折夏不解:"打电话干吗?"

"打电话对下口供。"

"……"

林折夏沉默两秒,小心翼翼地试探说:"如果你愿意给我这个机会的话,也不是不行。"

迟曜看了她半晌。

林折夏以为他会生气,但意外地,他什么都没说。

迟曜只是抬手把身上那件外套拉链拉了下来,然后那件带着他体温的黑色外套落在她身上,将她整个人裹住。

迟曜的衣服对她来说大了好几个码。

他穿到膝盖的外套,在她身上几乎垂到脚踝。

她像个穿大人衣服的小孩,看起来异常笨拙。

套完衣服之后,迟曜似乎还嫌不够。

又把袋子里那条织好的围巾拿出来,在她脖子上绕了两圈。

迟曜确实有点生气,但生气的点跟她想的,好像不太一样。

他松开手之后,皮笑肉不笑地说:"林折夏,你脑子里装的都是水吗?"

林折夏下半张脸被围巾遮着,说话闷闷的:"我脑子里装的,都是聪明才智。"

"零下两摄氏度穿成这样,真聪明。"

"……"

林折夏:"其实,今天是个意外。"

"哦,"迟曜说,"出门的时候脑子意外被僵尸吃了。"

"……"

算了。

没脑子就没脑子吧。

153

她今天出门忘记穿外套这点，确实挺弱智的。

林折夏感受到自己身上的温度一点点慢慢升了上来，寒意退去，手指也不僵了："你怎么知道我在这儿？"

迟曜把外套扔给她之后，身上只剩一件毛衣，毛衣松垮地挂在他身上。

他在林折夏身侧坐下，跟她并排坐在长椅上说："你心情不好的时候还能去哪儿。"

这个地方，是林折夏的秘密基地。

她从小只要心情不好，大到考试考砸，小到和他吵架没吵赢，都爱来这儿。

林折夏动了动手指："那你又是，怎么知道我心情不好？"

迟曜说："那个'哦'。"

林折夏："哦？"

迟曜把手机解锁，找出和她的聊天界面。

林折夏看了一眼，想起来了："回个'哦'不是很正常的事情？我偶尔也是会这样高冷一点的。"

"你不会。"

迟曜用他那副常年不冷不热的语调模仿她说话："你会说'我有钥匙，自己也能开，有本事你现在就换锁'。"

林折夏张了张嘴，无法反驳。

这确实是她会说的话。

"所以，"迟曜话锋一转，"怎么了？"

林折夏装听不懂，避开他的视线："……什么怎么？"

迟曜抬起一只手，掌心按在她脑后，强行让她面对自己："我是说，你今天怎么了？"

四目相对。

林折夏撞见那对浅色的瞳孔。

她甚至能从里面清晰地看到自己的倒影。

"没怎么。"她起初还是坚持这样说。
"真没怎么。"
她说着鼻尖蹭在柔软的围巾上,忽然有点发酸。
"就是突然有点不开心,现在已经……"
已经好了。

最后两个字在嘴里卡了半拍,迟迟说不出来。
她眨了眨眼睛,发现自己居然想哭,再张口的时候,话里带着明显的哽咽:"我……"

好丢脸。
她竟然真的想哭。

一件本来以为微不足道的小事,一点不配倾诉的没来由的小情绪。
在被人认认真真问及的时候,她好像有了可以难过的权利。

林折夏没再继续说下去。
她不想在迟曜面前哭,或者说,坦露自己内心的脆弱,本来就不是一件容易的事情。
迟曜似乎发现了这一点,他放下按着她后脑勺的手。
然后抬手把围在她脖子上的围巾扯了上去,罩住那双看着像被雨淋湿了的、小鹿似的眼睛。

"哭吧,"他松开手,"我看不见。"

6

林折夏眼前被围巾遮住。
一下子什么都看不见了,只剩一片模糊又柔软的白色。

她鼻尖更酸了:"你真的看不见吗?"

她看不见迟曜的脸,只能听见他离自己很近的声音:"你裹成这样,难不成我有透视眼?"

"可我现在这样,"她说着说着,一直在眼眶盘旋的眼泪终于落下来,"看起来好蠢。"

她本来就套着件过大的外套,现在脑袋又被围巾整个裹住。

任谁看了都会觉得这是个神经病。

迟曜懒散的声音又响起:"没人知道是你,丢脸的只会是我。"

"……"

好像很有道理。

眼泪落下之后,接下来的话就很容易说出口了。

她抽泣着说:"我妈……怀孕了。

"她还没告诉我,我不小心听到的。"

"我也为她感到高兴,其实在这之前,我就想过很多次了,"她说到这儿,中途哭着打了个嗝,"她、她和魏叔叔会有个自己的孩子,我会有个弟弟或者妹妹……但是这么多年他们一直都没有要孩子。

"我之前会觉得,是不是我的问题,是不是他们考虑到我,所以没要孩子,我是不是……成了他们的负担。

"所以我其实,真的很高兴。"

林折夏说话时哽咽着,有时候说到一半,会停下来几秒。

她吸了下鼻子后继续说:"高兴归高兴,但我好像,还是有点小气。"

"他们真的要有孩子了,我又觉得,自己可能会变成一个外人。

"我怕自己会被抛下,会觉得那个家,他们之间,可能才是彼此最亲近的人。"

她藏在围巾下,看不到迟曜,也不知道他现在会是什么表情,又或者,会用什么眼神看待她。

是不是，也会觉得她小气。

然而下一秒——
她感觉到自己头顶，轻压下来一股很轻的力量。
是迟曜的掌心。
他掌心压在她头顶，像轻抚流浪猫狗似的。

"你这不是小气。"
她听见迟曜的声音说着："是胆小。"
他声音变得很轻，连嘲弄的意味都变得很轻："还说自己不是胆小鬼。"

有些事，旁观者看得更清楚。
而他还是一个，对林折夏了解得不能再了解的旁观者。
他早就知道她外表下的胆怯、恐惧和所有不安。
"是你不敢真正接纳他们，现在却反过来，觉得他们可能要抛弃你了。你不张开手去拥抱他们，怎么就知道，自己不是他们最亲近的人。"
这句话话音刚落，林折夏忽然怔住。

迟曜又说："之前去你家，看到魏叔叔给你带过几次礼物，你有告诉过他，自己其实不喜欢粉色吗？"
林折夏张张嘴："我……"
她没有。
她一直都很"乖巧"。
从不和魏平开玩笑，从不和他提要求。
一直以来，她扮演着一个"合格"的"女儿"，恪守着距离。

早期可能确实是因为生疏，而到了后期，就剩下不安在作祟。
因为她被抛下过。
怎么也忘不掉的雷声、哀求声。
还有记忆中，男人毅然决然离开的模糊身影。

迟曜说的其实没错，她就是胆小。

她总是没安全感，所以一直都在逃避，自以为是地和别人拉开安全距离。

"我不知道，"她哭着说，"不知道为什么我不说。"

迟曜的手还搭在她头上。

虽然他没说一个字，但轻轻压在头顶的力量仿佛给了她一丁点勇气，于是她继续说："可能，怕提要求会被人讨厌，会被人拒绝。"

哭着哭着，她也不要什么自尊心了。

最后她哭着承认："就是害怕，我、我就是胆小。"

把所有话说完，林折夏的抽泣声渐渐止住，偶尔还会吸两下鼻子。

隔了会儿。

她听见迟曜问她："哭完了吗？"

那颗被围巾裹住的脑袋点了点。

"哭完我把围巾拉下来了。"

那颗裹着围巾的脑袋愣了下，又点了点。

围巾被人拽下来，林折夏哭过后明显泛红的眼睛露了出来，连鼻子都是红的。

虽然很丢人。

但是面前的人是迟曜。

在迟曜面前丢人，一直都不是一件不能接受的事情。

而且把心底的话说出来之后，有种说不出的轻松，好像这件事，没有原先那么难以面对了。

她红着眼，不忘警告："你不能把我今天哭了的事情说出去。"

迟曜："你贿赂一下我，我考虑考虑。"

林折夏瞪大眼，没想到他居然这个时候趁火打劫："你这个人，心好脏，我是不会和你同流合污的。"

但过了会儿。

她又从袖子里伸出两根手指，轻轻扯了扯迟曜的毛衣下摆："那个。

"我刚才算了算,我攒的零花钱大概有五百块,够吗?"
"……"

"你这是,"他低下头,看着她伸出来的那两根手指说,"打算和我同流合污了?"

林折夏不吭声。

迟曜扯了扯嘴角:"骗你的。我没那么无聊,求我我都懒得说。"

闻言,林折夏说:"那拉钩。"

她以为迟曜不会理她。

因为迟曜很少跟她拉钩,觉得她这种行为特别幼稚。

但这次迟曜看着她的手,然后不情不愿地屈了下手指,钩上她的,极其短暂地跟她的小拇指接触了一秒。

拉完钩,她看着迟曜裸露在寒冷空气里的锁骨,以及那件看起来会漏风的毛衣,后知后觉:"你冷不冷,我把外套还给你吧。"

迟曜一副无所畏惧的样子:"不冷,用不着。"

林折夏:"这个天气,怎么可能不冷。"

迟曜:"你不觉得……"

林折夏:"?"

迟曜:"我这样穿比较好看。"

"……"

"我就喜欢凹造型。"

好看是好看的。

但,很有病。

天色彻底暗下来,湖边也已经没有多少行人。

林折夏提议:"很晚了,我们回去吧。"

两人并肩往回走。

走到南巷街街牌处，迟曜停下来喊了她的名字。

"林折夏。"

闻言，林折夏侧过头。
她看见迟曜从那条看起来很单薄的牛仔裤口袋里摸出来一张纸。
他用两根手指夹着那张纸："你上次给我的这张破纸，还算数吗？"

纸上是她写过的字：许愿卡。

"如果算数的话，"他手指微微弯曲了下，"胆小鬼，我要许愿了。
"我的愿望是——你现在就回家，然后告诉魏叔叔，你其实不喜欢粉色。"
他又说："去张开双手试试。"

林折夏愣愣地接过那张纸。
这个愿望是她没有想过的。
在她那天开玩笑似的，给迟曜写许愿卡之前，她以为这张许愿卡最终会被迟曜拿来使唤或是作弄她。

林折夏推开门进屋的时候，林荷正在客厅看电视。
女人头发温婉地盘在脑后，扭头喊："夏夏，回来了？"
她随即又皱起眉："你怎么穿成这样出去，外套呢，今天外面那么冷。"
林折夏："我出门太急，忘了。"
林荷很生气："你怎么不把自己忘在外边，还知道回家。"
林折夏编了个借口，解释："我和同学一出去就找了家咖啡厅坐下，所以一点都不冷，真的。"
林荷起初不信，但她去握林折夏的手，发现她的手确实是暖的。

"下次注意，"林荷只能压下嘴边的数落，"长点心，别做什么事之前都不过脑子。"
林折夏"喔"了一声。

林荷又看了她一眼,问:"你眼睛怎么这么红?"

林折夏说:"被风吹的吧,外面风太大了。"

这时,魏平从厨房走出来。

他手里捧了杯刚倒的热水,把热水搁在林折夏面前:"那个……喝点热水,暖暖身子。"

这句话之后,客厅里便安静下来。

只剩下电视声。

电视里在播新闻,说今天夜里气温骤降,可能会下雪。

林折夏看着茶几上冒着热气的玻璃杯,手缩在宽大的袖子里,紧紧捏着刚才迟曜递还给她的字条,试图鼓起勇气找魏平说话。

可是周遭空气太安静,她有点不敢开口。

她攥着纸。

回想到临别时迟曜的那两句话。

——"胆小鬼。"

——"去张开双手试试。"

魏平坐在林折夏对面,正想问她"怎么不喝水",忽然听见她叫了自己一声。

"魏叔叔。"

魏平应道:"哎?怎么了?"

林折夏手指紧绷着,不太自然地说:"我,其实,早就想跟你说了,其实我不喜欢粉色,如果你要给我带礼物的话,能不能不要买那种粉色的玩偶。"

魏平先是一愣,就连边上的林荷也愣住了。

继而他有些如释重负地、愉快地笑了:"好,叔叔知道了,那你喜欢什么?叔叔记录一下。"

林折夏紧绷的手松开了点:"你现在要我说,我一下也想不起来。

"反正,我是一个性格很刚硬的女孩子。"

"好,"魏平点点头,"刚硬。"
"……"
魏平又问:"那玩具枪你喜欢吗?叔叔小时候就喜欢这种刚硬的玩具。"
林折夏:"那个也太刚硬了,不太合适。"

他们重组成这个家那么多年。
这是她第一次,以毫无防备的心态,和魏平聊天。
聊天内容稀松平常,并没有任何特别之处。
但林折夏很清楚,稀松平常的表象之下,有什么东西悄然改变了。
就像是一个很想打开门,和门外的人交流的小女孩,终于第一次打开了那扇门。
在打开门之前,小女孩以为外面会有诸多危险。
但是开门后,发现其实她一直在被外面的世界所拥抱着。

哪怕开启这扇门的钥匙,只是一句"其实我不喜欢粉红色"。

这天晚上气氛太好,林荷轻咳了一声说:"夏夏,我也有件事想说……我怀孕了。"
林荷解释说:"刚得知不久,之前就想说的,但实在是这个孩子来得太意外了。我和你魏叔叔没有计划过要孩子,也一直在做避孕措施。"
这么多年,他们也确实从没有跟她提过孩子。
"没跟你说的主要原因,是我们也没想好到底要不要这孩子。"
魏平接话道:"这件事肯定是需要慎重考虑的,还要考虑到你的想法,一个家庭里多个孩子,不是那么随意的事情。而且医生也建议我们慎重考虑,你妈妈年纪大了,现在这个年纪要孩子是件很伤身体的事,很容易有风险。"

晚上风很大。
这个冬天很冷。
但林折夏感觉自己周遭的寒冷都被驱散了。
最后她听见自己说:"如果能要的话,那我希望是妹妹,这样还可以

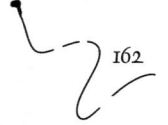

给她扎辫子。"

林荷怀着孕，需要早睡。
几人聊了一阵，各自回房休息。

林折夏洗漱后躺在床上，抱着被子在床上滚了两圈。
然后她拿起手机，给迟曜发了条消息汇报情况。

——我，林少，向来是个说到做到的人。
——你许的愿望，我已经完成了。
——[嘴里叼着玫瑰花出现]
——[酷酷墨镜]

她发完这几条消息后，想到了一件事，又从床上爬起来。
回家前，她把外套脱下来还给迟曜，但是围巾还戴在脖子上。
只是林荷光顾着注意她没穿外套，没有注意到围巾。

这条围巾此刻正静静放在书桌上。
她拿着围巾，眼前闪过很多画面。
有她在迟曜家求他帮忙织围巾的画面。
也有刚才在湖边，她躲在围巾里哭的画面。

围巾很软。
是那个看着对谁都爱答不理的少年一针一线钩织出来的。
她忽然不想把这条围巾送出去了。

"反正，本来也打算换礼物的，"她小声对自己说，"而且也不是我自己织的，送出去也不好，我还戴过了，还沾了眼泪，所以……我偷偷留着，也不算过分吧。"

她把围巾叠起来，郑重地放进了衣柜里。

然后她又把那张皱巴巴的许愿卡仔细压平,夹进了一本她最喜欢的童话书里。

　　等她再躺回被子里,这才看到迟曜回过来的消息。
消息有两条。
一条:
——林少还算诚实守信。
另一条:
——早点睡,胆小鬼。

第四章
胆小鬼

1

林折夏这天晚上做了一个梦。

她梦到自己变成了一只生活在森林里的小兔子,小兔子从床上醒过来,推开门,发现门口长满了胡萝卜。
梦里甚至还有一把荷叶伞,只不过,那天森林里没有下雨。
她很高兴,背上篮筐,准备把这些萝卜都拔回家。
然而这时候出现了一只很欠扁的狗,那只狗倚在她家门口,下巴微抬:
"你力气这么小,拔不动,求求我,你求我,我考虑一下要不要帮你。"
"……"
林折夏在梦里撸起袖子:"谁要求你?
"我力气大着呢。"
然后她在拔萝卜的时候,拔不动,狠狠摔了个屁股蹲。

林折夏睡醒,觉得这个梦着实离谱。
离谱之余,又觉得很熟悉。
她想了半天,想起来这很像之前迟曜给她讲过的那个睡前故事。

说起来当初那个睡前故事的结局是什么?

于是她睡醒,第一时间给迟曜发消息。
——迟曜迟曜。
——小兔子拔萝卜的故事,最后怎么样了?

——是我失忆了吗，怎么不记得结局？

对面估计还在睡觉，没回复她。

林折夏也不在意，今天是林荷的生日，家里组织了聚餐，一天都会很忙，她把手机放一边，起床洗漱。

由于昨天的突发情况，她没时间给林荷买生日礼物。

思来想去，最后还是坐在书桌前，认认真真给林荷写了张生日贺卡。

全世界最最最美丽的，我最最最亲爱的妈妈。
生日快乐。
许愿你平安，健康，幸福快乐。
PS：林荷大美女，你今年长大一岁，就是十八岁啦。

贺卡上，她用彩色水笔简单画了一幅卡通画，画上有她、戴着眼镜穿条纹衬衫的魏平、穿裙子盘起头发的林荷，还有南巷街的街牌，她还画了多年前魏平开的那辆老旧小汽车。

这是他们第一天搬来南巷街的模样。

准备好贺卡后，她去餐厅吃早饭。
早饭是魏平准备的，一碗米粥，几碟小菜。
"多吃点，"林荷习惯性给林折夏夹菜，"看你瘦的。"
林折夏："我这叫苗条。"
林荷："你这叫竹竿还差不多。"
林折夏看着碗里夹过来的菜："……我不爱吃黄瓜丁。"
林荷："知道你不爱吃，我故意的。"
"……"
林折夏夹着黄瓜丁，趁着林荷不注意，塞进了魏平的碗里。

"嘘，"她竖起一根手指，"快点吃，吃慢了会被她发现。"
魏平微愣，然后手上动作很快，立刻把黄瓜丁吞了下去。

167

两个人仿佛一夜之间成了亲密无间的战友。

隔了会儿，林折夏又低声问："你有什么不爱吃的吗？我也可以帮你吃。"

魏平小声回答："叔叔不挑食……"

林荷注意到他们这边的动静，忽然抬眼。

两人几乎同时端起碗，闷头吃饭，装作无事发生的样子。

林荷今天化了妆，特意卷了头发，收到贺卡的时候眼睛红了下，忍半天才忍住没流泪。

生日这天他们邀请了不少亲戚来家里吃饭。

林折夏帮着在厨房忙活，又是端茶倒水又是递瓜子的，还得陪着亲戚带来的小孩玩。

中途休息，这才有空看手机。

迟曜两小时前回复了她。

迟狗：结局是兔子没找到萝卜。
迟狗：回去的路上遇到狼，被狼一口吞了。

林折夏：……
睡前故事怎么可能会这么阴暗。

她用力戳手机屏幕，打字回复：果然是，什么样的人讲什么样的故事。

迟狗：什么样的人……
迟狗：听什么样的故事。

林折夏翻遍表情包，找了一套最具有杀伤力的"狂扁小人"发了过去。

两人吵完一架后。

迟曜最后发来一句：帮我跟荷姨说声"生日快乐"。

林折夏：[OK]

一天的忙碌持续到晚上八点多才结束。
人陆陆续续走得差不多了，聚餐最后，还有人给他们一家拍了张生日合照。

往常林折夏会在合照的时候往边上稍稍避开些，但这次，她犹豫了下，然后在对面那人按下快门的前一秒，主动挽住了魏平的手臂，一只手略显僵硬地比了个"耶"。

"妈，"林折夏在收拾桌子的时候问，"我能带块蛋糕给迟曜吗？"
林荷笑了笑："当然可以啊，剩下的尔都给他拿过去吧。"
林折夏应道："那我收拾好就给他送过去。"
林荷想得比较细："还有何阳他们，也送送，今天蛋糕买多了，吃不完也是浪费。"
"何阳啊。"
林折夏对何阳表现出明显的差别对待："让他自己来拿吧。"
林荷轻声数落："……怎么能让人家来拿呢？"
林折夏："他有手有脚的，自己来拿个蛋糕怎么了，你放心，我只要现在给他发个消息，他五分钟内肯定赶到，来的速度比狗都快。"
林荷："……"

果然。
她说了之后，何阳激动地回过来一条语音消息："夏哥，等着我。我立刻、马上，拿出我在学校跑五百米的速度赶过来。"
她点开第二条语音消息的时候，何阳说话已经开始喘气，估计是在路上了。
"都剩下些什么口味的蛋糕，我、我喜欢吃巧克力味儿的，哎，要不要我上曜哥家，顺便把他也叫上？"

林折夏回复他说:"……不用了。"
何阳回:"为什么不用?"
"因为我,"林折夏拎着打包好的蛋糕出了门,按着语音键说,"正在给他送蛋糕的路上。"

迟曜不是很喜欢吃甜品,所以她特意挑了一块不那么甜的。
主要是,想让他也沾沾今天的喜气。

然而林折夏拎着蛋糕在迟曜家门口按了半天门铃,门里都没什么反应。
她把蛋糕放在门口,蹲下身,给迟曜发信息。

——你不在家?
——你居然不在家??
——你去哪儿鬼混了?
——你出去玩,不、带、上、我。

最后一句刚发送出去,门锁响起"咔嗒"一声。
林折夏蹲着,顺着打开的门缝仰起头,看到站在门口的迟曜。
准确地说。
是有点病恹恹的迟曜。

他整个人状态和平时不太一样,本就过白的肤色看起来更加苍白,透出一种莫名的病气。即使身上穿着毛衣,仍给人现在的体温似乎很低的错觉。
眉眼耷拉着,格外漫不经心。
不过少年那副近乎"傲慢"的气质却丝毫不减:"你那把钥匙是摆设吗?下回自己开门进来。"
"……"
这个人说话还是一如既往地遭人嫌。

不过其实她在敲迟曜家门之前,多少还是有点不自在。

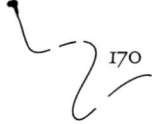

这份不自在，可能是因为昨天在他面前哭了。

也可能是因为，昨天的迟曜太过温柔。

但今天出现在她面前的迟曜又是平时她最熟悉的那样，因为这份"遭人嫌"的熟悉态度，那点不自在忽地消失了。

林折夏义正词严："我这叫讲礼貌。"

说完，她注意到他说话声音很哑，又问："你生病了？"

迟曜"嗯"了一声："有点发热。"

她拿着蛋糕跟在他后面进屋："烧到多少度啊？严重吗？"

"没测。"

"发烧不测体温，那你今天都在干什么？"

"睡觉，"他说，"刚被你吵醒。"

"……"

林折夏没说话，放下东西就去翻他家的医药箱。

他家什么东西放在什么位置，她都一清二楚。

虽然这人这些年很少生病，没什么用药机会，医药箱已经很久没派上过用场了，好在里面的药品还没过期。

她找出电子温度计："你坐着，先量体温。"

迟曜对这种小病压根不放在心上："用不着，睡一觉就行。"

"这种时候，还是别逞强了吧。我昨天就说，让你别装了。"

林折夏想到昨天，表情变得有些无语："还非得凹造型。"

迟曜在一些奇怪的地方，意外地要面子。

他哑着声坚持："跟昨天没关系。"

林折夏："哦。"

迟曜侧过头："哦？"

"'哦'的意思就是，"林折夏解释说，"不想理你，但还是得敷衍一下。"

"……"

最后体温测出来偏高，但不严重。

林折夏对着体温计看了会儿,说:"还可以,这个温度,应该不会烧坏脑子。"

"你还是多担心自己,"迟曜哪怕嗓子哑了,说话费劲,也不忘嘲讽她,"那脑子,不用烧都不太好用。"

……

冷静一点。

林折夏。

他现在是个病人。

现在半死不活的,也只能嘴硬了。

而且他发热多少也是因为昨天把外套借给你。

所以……

要尽可能对他,宽容一点。

林折夏深呼吸后去厨房倒了杯热水,一手拿着水杯,另一手拿着退烧药:"少爷,请。

"水温刚好,既不会太热,烫到您尊贵的嘴,也不会太凉,让您感到不适。"

迟曜被她按着坐在沙发上。

也许是因为生病,所以坐没坐相,比起"坐",他更像是屈着长腿很勉强地缩在沙发里,少爷般地伸手接过水:"虽然用不着,但也不是不能给你个面子。"

林折夏在心里翻个白眼:"谢谢,小的感激不尽。"

迟曜喝完水后,很自然地把玻璃杯递还给她:"有点烫,下次注意。"

"……"

林折夏:"你别蹬……"鼻子上脸。

迟曜恹恹的眼神扫过来。

林折夏立刻改口:"我是说,别等下次,我现在就能给您倒第二杯水。"

她拿着水杯去厨房。

转身的时候,嘴里忍不住嘀咕:"生个病,这么难伺候。"

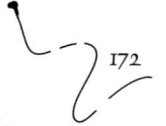

身后,迟曜喑哑的声音响起。
"提醒一下,我是发热,不是失聪。"

热水不够,她烧了一壶,在厨房等水烧开,倒完水出去的时候,迟曜已经在沙发上等得快睡着了。

他今天穿得很居家,浅色毛衣,加上宽松的灰色休闲裤。

棉质裤腿宽大得很。

平时林折夏看到这种裤子,第一反应就是断定它一定会显腿粗,然而穿在他身上并没有,反倒因为过分松垮,勾勒出了腿部线条。

见她出来,他勉强睁开眼,打了个哈欠。

等他喝完水,林折夏问:"现在几点了?"

迟曜不是很在意地随手摁了下手机。

手机解锁后显示的不是主页上的时间,而是刚才还没切出去的微信聊天框。

她扫了一眼。

这一眼,扫到了聊天框顶上的备注。

胆小鬼。

……

"等会儿,"林折夏出声,阻止他滑动界面,"你以前没有备注的。"
迟曜没什么精神地表示:"昨晚刚换的,满意吗?"
林折夏:"我满意个头。"
"你最好给我换了,"她又说,"不然我以后都不给你发消息了。"
迟曜眉尾微挑,难得打起两三分精神:"还有这种好事。"
"正好,省得我嫌烦,还得手动拉黑你。"
"……"
林折夏咬牙:"反正你给我换掉,换个别的。"
迟曜:"比如?"

林折夏随便想了一个："比如，'林大胆'什么的。"
迟曜："哦。"
林折夏："你'哦'是什么意思？"
迟曜照搬她先前的回复，说："不想理你，但还是得敷衍一下。"

迟曜的手机就在她面前，她眨了眨眼睛，心里蹿出来某个念头，然后趁迟曜不注意，伸手去抢他手里的手机。
然而这一下没能抢到。
反而给了迟曜时间，把手机举高到她够不到的地方。

林折夏有点急眼："你把手机给我。"
迟曜："自己来拿。"

林折夏身高有限，隔着沙发，就是跳起来也不太方便。
她踮起脚，伸手想去拿，却没控制住平衡，控制不住地往前栽倒。
"……"
她眼前一黑。
鼻子撞在不知道什么地方，狠狠地磕了一下。

随即而来的，是身下又软又硬的触觉。
软的是迟曜身上的毛衣。
但他身上却一点都不软，男孩子骨头硬得很，身上没什么肉。
她撞上的肩膀是硬的，手抵着的胸膛也是硬的。这人看起来很瘦，现在还生着病，却一点也不羸弱，甚至，他腰腹似乎有一层薄薄腹肌。

林折夏蒙了一瞬，抬起头，看到近在咫尺的、迟曜骨骼明显的脖颈，以及侧着的脸。
少年额前墨黑色的碎发垂下，因为生病，眉眼看起来无精打采的。
半晌，他看着她问："林折夏，你还要趴多久？"

话音还未落。

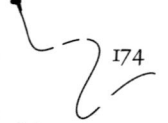

他又拖着尾音说了一句:"你这是……打算赖在我身上不起来了?"

2

林折夏撑着沙发边上的扶手站起来,还没完全站稳就急忙往后退。

鼻梁还在隐隐作痛。

除了痛,她似乎隐隐闻到一点洗衣粉的味道,与迟曜跟混混打架那天在巷子外闻到的他身上的味道一样。

她彻底站定后解释说:"……我刚才没站稳。

"而且谁想赖你身上。你这个人,狗都不想赖。"

经过刚才这一下,她对改备注也没什么想法了。

她缓慢地憋出一句:"不改就不改。我大人不记小人过,放你一马。"

迟曜却没打算略过备注这个话题。

他看着她,伸展了一下刚才被她压到的手,说:"你手机拿过来。"

林折夏:"?"

迟曜又说:"看看备注。"

"……"

林折夏缓缓张开嘴。

想说点什么,又说不出来。

因为她给他的备注好像更见得不人。

"都说了,"林折夏开始心虚,她捏着手机,悄悄把手机藏在身后,"我不跟你计较了,你怎么还咬着不放。"

迟曜问:"你给我备注的什么?"

林折夏脱口而出:"迟曜大帅哥。"

迟曜明显不信。

林折夏强调:"真的,你对自己的颜值应该要自信一点。"

迟曜虽然不信,也懒得继续和她计较,他屈腿坐着,手抵着下巴,吃了药后有点犯困。

175

"我很自信,你可以退下了。"

林折夏抓准时机开溜:"你明天早上睡醒之后再量下体温,看看体温有没有降下来,蛋糕在冰箱,你记得吃。"

走到门口,她又想起来一件事。

"还有,昨天的事,"她顿了顿说,"谢谢。"

她很少和迟曜那么客气地道谢。更多时候,都是迟曜帮了她,她还在得了便宜卖乖,然后两个人继续吵来吵去,吵到最后两人都忘了是为什么而吵架,最后不了了之。

但昨天的事对她来说不一样。

她是真的……

非常感谢昨天的那个迟曜。

林折夏回去之后开始认认真真补作业。

除开小时候那段爱打架的"叛逆"时期,她性格其实很乖巧,比如说今天该做完的作业,她不太喜欢拖到第二天。

然而一套英语试卷没做几题,她发现自己很难集中注意力。

因为她忍不住会想起刚才的画面。

刚才靠得很近。

她无意间瞥见,迟曜脖子上靠近耳后的地方,似乎有颗很淡的痣。

……

不是。

他有痣关她什么事啊。

她为什么要为了一颗痣在这里走神。

好烦。

她放下笔。

又对着试卷看了会儿,最后放弃挣扎,决定刷会儿手机。

结果刚好接到陈琳打来的微信电话。

陈琳上来就问:"你作业写完没?"

林折夏很懂地接下去说:"……写完借你抄抄?"

"嘿嘿,"陈琳说,"同桌没白当,很了解我。"

她又说:"我知道你肯定写完了。"

林折夏趴在桌上说:"我没写完,你去问唐书萱吧。"

陈琳:"你居然没写?"

林折夏:"今天我妈生日,然后我又去给迟……"她说到这里,下意识略过这段,"总之就是,我今天忙了一天,刚准备写。"

陈琳:"噢,那好吧。唐书萱肯定指望不上,看来今天我得亲自写作业了。"

说完,陈琳就要挂电话。

林折夏突然说:"等一下。"

陈琳挂电话的手一顿:"啊?"

"我有件事想问问你。"

林折夏有点犹豫:"就是,我有个朋友。"

她捏着笔,继续说:"我这个朋友,有一个很好的朋友,是个男生,但是最近她好像觉得和这个男生之间,变得有点奇怪。"

陈琳直接问:"你和迟曜怎么奇怪了?"

林折夏差点把笔捏断:"……"

林折夏:"你、重、新、说。"

陈琳:"喀,我重新说,你那个朋友,和她的朋友,怎么奇怪了?"

"他俩就是,有时候靠太近的时候,会开始有点不自在。"

陈琳竖着耳朵,以为自己能听到什么惊天八卦,等半天就等来这个:"就这?"

林折夏:"就这?这还不够吗,我和迟曜……不是,我那个朋友和她的朋友,以前就是穿一条裤子都不会觉得不自在。"

陈琳沉默了。

177

沉默后,她问:"你这个以前,是多久以前?"
林折夏:"八岁吧,我抢他裤子穿。"
"……"
陈琳又沉默了。

林折夏:"还有十岁的时候,我给他扎辫子,他生气了好久。"
林折夏:"还有……"
陈琳:"停,打住。"
林折夏:"?"
"林折夏同学,你已经不是八岁了,也不是十岁。你现在,十六岁了。"
陈琳长叹一口气:"你那不是变奇怪,是长大了,总算意识到迟曜是、个、男、生,是个不能抢他裤子穿的男生了,懂吗?"
林折夏:"……"

半晌。
林折夏说:"我懂了。"

其实她之前也隐约意识到这一点,只是没有陈琳看得那么清楚。
自从她看到那个新的迟曜之后。
她就发现自己似乎不能在他面前,那么随心所欲地做很多儿时做的事了。
"不是,"她又飞快地补上一句,"我那个朋友,大概懂了。"

迟曜发热没什么大碍,睡了一觉体温就正常了。
林折夏不信,又按着他量了次体温。
迟曜恢复往日那副漫不经心又有些倨傲的样子:"都说了没事。"
林折夏:"可能是因为你昨天吃药了。"
迟曜:"我不吃也没事。"
林折夏:"……"

这个人在一些地方……
就是很要面子。

最后她对着体温计，不得不承认，这人恢复得确实很快。

寒假中途，林荷又去医院做了一次产检。

产检结果并不乐观。

"你现在这个年纪，要孩子风险会很大，"林折夏陪林荷一起去医院，医生拿着检查结果说，"我不能做出什么承诺，还是上回跟你们说过的那句话，考虑清楚。"

林荷坐在外面，有些失神："妈妈现在也很纠结，理智告诉我不该要这个孩子，其实我和你魏叔叔来之前都决定好了，可是……"

林折夏能理解这种感受。

这段时间她已经习惯了林荷怀孕这件事，她一想到可能会有的弟弟妹妹如果没了，心里都会有点空落落的，更何况是林荷本人。

她忽然间发现，她看到的是林荷的脆弱。

或者说，长大后她才渐渐发现大人不是小时候以为的超人。

生活里有很多接踵而至的意外，就是大人也无法抵挡。

"妈，"她去握林荷的手，"你别难过，我们回去好好再想一想，不管你做什么决定我和魏叔叔都会陪在你身边。"

林荷回过神，回握了她的手。

最后他们还是听取了医生建议，以林荷的身体为主，不敢冒太大风险。

由于怀孕周期刚好合适，所以手术安排得很快。

当天魏平准备了很多住院的东西，林折夏陪着一块儿去。

因为她太担心手术会不会有什么问题，去之前给迟曜发了很多很多消息，于是迟曜也跟着来了医院。

记忆里的这天好像很漫长。

长长的医院长廊，消散不去的消毒水味儿，医生穿着白色大褂进出。

还有魏平不断来回踱步的背影。

这一切就像是一部无声的默片，被不断重复拉长。

林折夏对这天最后的印象，是她控制不住紧张，掐住了迟曜的手。

等手术顺利结束，她反应过来才发现自己已经掐了很久。

她猛地把手松开。

"你这是一只手掐够了，"迟曜看着她说话，一下将她从那部漫无止境的默片里拉了出来，"准备换只手？"

"……可以吗？"林折夏问。

迟曜抽回手说："你想得倒是挺好。"

林荷手术进行得很顺利。

之后魏平叫她去病房，她手忙脚乱收拾了一阵东西。

迟曜不知道是什么时候走的，只是她收拾完东西后，后知后觉地反应过来，她人生中大大小小的事情，似乎都有他参与。

寒假假期短暂，林荷出院后，很快迎来春节。

原本光秃秃的道路仿佛一夜之间更改了面貌，街上到处张灯结彩，挂满了红色灯笼。

这天晚饭后，林折夏拉着迟曜去街上闲逛。

"昨天这条街上还什么都没有，"她穿了件很厚的棉袄，远远看过去像个会移动的白色的球，"今天一下挂了这么多。"

迟曜慢悠悠跟在后面，说了一句："不知道的还以为你活在北极。"

"白色的球"停下了，说："我跟某个喜欢凹造型，大冬天还穿超薄牛仔裤打死不穿秋裤的人，确实不一样。"

迟曜没理她，径直往前走。

林折夏追上去，问："马上过年了，叔叔阿姨回来吗？"

"不知道。"迟曜说。

林折夏："你没问他们啊？"

迟曜一副无所谓的态度："懒得问。"

林折夏小声叨叨："他们在外面做生意也太忙了，去年也没回来，起码赶回来看一眼吧。"

迟曜父母常年不在家。

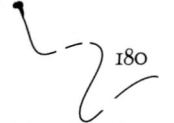

家庭和事业，似乎是两件让大人很难兼顾的事情。

她对迟父迟母的印象其实也不深，更算不上熟悉。

唯一和他们交流最多的一次还是因为吵架。

那是很多年前了。

小时候她不懂事，脾气也不如现在。

她看着迟曜每回生病，总是一个人住院，身边没有亲人，只有请来的一位护工阿姨陪着，不止一次想过：他爸妈为什么不来看看他。

某天难得撞上迟曜父母回家，她怒气冲冲地跑去南巷街街口堵人。

迟曜父母只是路过，回来取东西。

车临时停靠在南巷街街口。

两人取完东西正准备上车，突然从街口冲出来一个小女孩，小女孩堵着车门："迟曜上个月住院了，你们知道吗？

"你们为什么不来看看他？"

"一个人住院，"年幼的林折夏说，"是很孤单的。"

她说话时努力板着脸，在大人面前撑场面："他虽然嘴上不说，但一个人在医院的时候，肯定很希望见到你们。"

这件事最后的结果，是她被闻声赶来的林荷拖回了家。

林荷先是连连道歉："不好意思，孩子还小。"

等回到家，关起门来，林荷认认真真地教育她："不管怎么样，这终究是别人家的事情，你怎么能去人家父母面前这样说。做事要有分寸，别这么冒失。"

后来长大些了，林折夏渐渐懂了林荷当初说的话，大人的世界需要分寸。

她也不会再像小时候那样冲过去直接质问，见到迟曜父母也会客客气气打声招呼。

……

林折夏想到这些，有点幼稚地在心里想：

但不管是小时候，还是现在。

她依旧觉得迟曜父母这样做很不对。

两人顺着热闹的长街一路往前走。
这条街很长,红色灯笼喜庆地一路延伸至街尾。
街灯拉长了两人的倒影。

林折夏个子矮,步伐其实很慢。
但迟曜始终都保持着和她差不多的速度。

林折夏走到半路,转了个身,跟迟曜面对面。
迟曜看着林折夏站在大红色灯笼底下,笑眯眯地弯着眼说:"他们不回来也没关系,反正我会陪着你的。"
女孩子清脆的声音混在周遭这片喧杂声里。
"你过年来我家,我们又可以一起守岁了。"

迟曜垂着眼,半晌,想回她"你每次不到晚上十点就睡得跟猪一样,还守岁",话到嘴边,一个字也没说出来。
他最后别开眼,从喉咙里应了一声。

林折夏倒着走路,没有注意到边上骑着儿童车横冲直撞经过的小孩儿。
在她听见儿童车"丁零零"的声音之前,迟曜一把拽着她的胳膊,将她拽向自己。
与此同时,街上有人在点炮竹为春节预热。
在"噼里啪啦"的炮竹声里,她清楚听到迟曜说的四个字。

"白痴,看路。"

3

林折夏被拽得猝不及防。
等她站稳,那辆儿童车从她身侧晃晃悠悠开过去。

林折夏："你才白痴。"

迟曜："你对这个词有意见吗？"

林折夏正要说"谁会满意白痴啊"。

就听迟曜松开手时，又略带嘲弄地说："那，笨蛋？"

"……"

"我不想散步了，"她转过身往回走，"正常散步是延年益寿，跟你出来散步是折寿。"

春节前夕，林折夏被林荷拉出去置办年货，买了一堆东西回来。

林荷现在得继续养身体，主要负责躺在沙发上使唤他们："你和你魏叔叔，把春联贴门上去，然后那堆东西放厨房，新衣服放房间。"

"还有，"林荷指指点点，"这地也该拖了。"

林折夏忙活半天，在贴春联的时候偷了会儿懒。

她把春联交给魏平："魏叔叔，我其实一直都觉得你个子很高。"

魏平心领神会："行了，你休息去吧，我来。"

闻言，她把手里的春联分了一大半给魏平，剩下一对仍拿在手里。

魏平问："你手里这沓不贴？"

林折夏说："秘密。"

"那你偷偷告诉叔叔，叔叔保证不说出去。"

"告诉你了，"林折夏摇摇头，"就不是秘密了。"

魏平没问到，也不介意，笑笑说："行，我们夏夏现在还有小秘密了。"

其实也不是什么秘密。

林折夏拿着手里的春联想，她就是打算等会儿去迟曜家门口给他贴上。

哪怕迟曜嘴上不说，且总是"爱谁谁"的态度，但春节这么热闹的日子，家里只有他一个人，多少还是有些凄凉。

她想给迟曜一个惊喜。

特意挑了晚上睡前偷偷溜出去，仔仔细细把一对红彤彤的春联往他家门上贴。

她衣服都没换,穿着件蓝色带帽子的珊瑚绒睡衣,来去像一阵风。贴完回家继续睡觉。

睡前,她又期待迟曜第二天能早早地看到她贴的春联。
于是给他留言:你明天千万不能睡懒觉。

次日一大早。
迟曜很早就醒了。
他就是想多睡会儿都难,外面到处都是"噼里啪啦"的鞭炮声。
和这些喜庆纷杂的声音稍显格格不入的是他现在身处的这个空荡荡的屋子。

他躺在床上,半合着眼,抓了下头发,然后趿着拖鞋去洗漱。
简单洗了把脸后,手机铃响,他倚在洗手间门口接电话:"爸,妈。"
电话对面传过来的声音不带多少温度:"今天过年,给你转了账,想买什么就买。还有,给你寄的过年礼盒收到没有?里头有些年货。我和你妈公司里有事,有批货要急着交,赶不回来了。"
然后是他妈,插话进来叮嘱了一句:"最近在家里还好吧?自己照顾好自己。"
迟曜:"知道了。"
"没事的话,"他又说,"我挂了。"
末了。
他又补上一句:"新年快乐。"
"……"
两三句话后,再没有其他话可说。
通话很快中断。

挂了电话,他顺手点进微信。
今天过节。
很多人在群发消息,微信列表全是未读红点。

他没有看其他消息，直接点开某个被置顶的，永远在列表顶上的那个对话框。

"胆小鬼"的。

林折夏发来的消息有好几条。

他一条条往下看。

——千万别起太晚。

——你最好早点起来。

——然后出去呼吸一下新鲜空气。

——因为，这样才能……

——张开双手！

——拥抱灿烂明天！

"……"

迟曜对着这堆消息看了会儿："又发什么疯。"

虽然这堆话看起来莫名其妙，但以他对林折夏的了解，这堆话背后一定有什么用意。

而这个用意对他来说并不难猜。

于是他走到门口，拉开了门。

门口没有什么莫名其妙的包裹，他移开视线，这才发现门上多了一对红色春联。

春联上，刚劲有力的黑色笔锋印着：

一帆风顺年年好。

万事如意步步高。

横批：吉星高照。

可以看出来这三张春联被人贴得很认真，排列工整，连边角都贴得仔细。

只是……

迟曜看着门，没忍住笑了一声。

只是别家的春联横批都贴在门顶上，而某个矮个子由于身高限制，只能把春联横批贴在下面的位置。

——看到了，挺灿烂的。

他单手在对话框里打字，又回了两句：
——位置很独特。
——下次够不到，可以进来搬个椅子。

林折夏今天醒得也很早。
几乎秒回。

胆小鬼：今天过年。
胆小鬼：我不想杀生，劝你好自为之。[拳头]

"给你贴上就不错了，"另一边，林折夏一边刷牙一边含混不清地嘟囔，"话还那么多。

"……我又不是两米高的巨人。

"门那么高，贴得矮一点，不是也很正常？"

但她吐槽完，这事也就过去了。

过了会儿，她换好新衣服，高高兴兴地出门说："妈，魏叔叔，我去找迟曜了——"

林荷："我正要跟你说呢，叫迟曜过来一块儿过年。"

魏平也说："是啊，大过年的，还是热闹点，哪有一个人在家过的。"

迟曜来的时候带了个礼盒，林荷说着"不用那么客气"，招呼他在客厅坐着。

春节，对大人来说很忙碌。

但对他们这些学生来说，真到了这天，其实也与往常也没太大区别，都是躺在沙发上玩手机、看看电视，偶尔还得陪亲戚家的熊孩子玩。

　　这天林折夏家里就来了一个小男孩。
　　小男孩起初还很拘谨，坐了会儿，开始不老实地东张西望。
　　他看着林折夏："姐姐。"
　　林折夏正忙着回复好友信息，她给陈琳和唐书萱各回复了一段新年祝福，然后问："怎么了？"
　　小男孩一本正经做起自我介绍："我叫康家豪，今年六岁。"
　　看他那么认真，林折夏也坐直了，放下手机，下意识接上："我、我叫林折夏，今年……十六。"

　　小男孩显然出门前背了一套走亲戚标准发言："我期末三门都考了97分，全班第三，平时的爱好是打羽毛球。"
　　林折夏赞叹："你考得真不错。"
　　小男孩问她："你考几分？"
　　林折夏："我们卷面分不一样，你可能理解不了。我平时，喜欢看书。"
　　林折夏这句"喜欢看书"说完，边上的人很轻地笑了一声。
　　迟曜："你十岁那年买的那本《红楼梦》，过去六年，看了几页？"
　　"……"
　　"你不说话，"林折夏咬牙，"也没人会当你是哑巴。"

　　她就是想在孩子面前树立个良好形象。
　　总不能说她的爱好是吃饭、睡觉、玩手机吧。
　　这太不积极向上了。

　　不过迟曜开口后，小男孩立刻把注意力转移到边上这位穿灰色毛衣、长得很好看的哥哥身上，问他："你叫什么？"
　　迟曜扫了他一眼："我为什么要告诉你。"
　　小男孩："我们认识一下。"
　　迟曜移开眼："不用了，我不和小屁孩交朋友。"

"……"

小男孩踢到铁板，愣了。

半晌，他缓过神，拽了下林折夏的衣角，问出一句："这个人，是你哥哥吗？"

都聚在一起过年，很容易让人产生这种认知。

小男孩甚至都不需要林折夏回答，便自作主张确认了："他就是你哥哥吧。"

林折夏："？？？"

她感觉自己受到了冲击。

"他，我哥哥？"

小男孩点了点头。

虽然迟曜确实比她早出生那么一个多月。

但林折夏还是十分震惊："他怎么可能是我哥哥，我跟他长得很像吗？"

小男孩判定谁年纪大的方式简单而又纯粹："他比你高好多。"

林折夏："……"

小男孩没来得及聊下去，很快被他妈叫走，要赶着去下一个亲戚家拜年，把这个烂摊子留了下来。

林折夏看着小男孩离开，男孩走后，客厅只剩下她和迟曜。

她只觉得现在这场面因为一个"哥哥"而变得有些尴尬。

她喝了口水，然后说："……小孩子，不懂事。眼神不好使。"

迟曜不置可否。

她忍不住，又多说了一句："而且虽然在身高上我不占优势，但颜值上我明显比你好看很多。"

晚上，来来去去拜年的人都走了。

他们坐在一块儿看春晚，林折夏笑点低，每次都是第一个笑。

魏平从口袋里掏出两个红包，一个给她，另一个给迟曜。

"不用，"迟曜起初没接，"您收起来吧。"

魏平："没多少，就塞了两百，图个吉利。拿着。"

林荷也说："是的呀，你今天都拎过来那么多礼物了，别跟你魏叔叔客气。"

林折夏在旁边接了句"不要也可以给我"，被林苟用眼神警告。

她当然只是说句玩笑话。

等迟曜伸手接过拜年红包后，几人继续看春晚的中途，林折夏偷偷打开自己的那份压岁钱，然后从里面抽了一张出来。

"给你。"

迟曜视线里突然出现一张人民币。

她今天收了很多红包，但迟曜只收到这一个，所以她很想分他一点。

林折夏本来还有句台词，她怕迟曜拒绝，想接着说"拿着吧，父爱如山，不要太感动"。

然而没想到迟曜毫不客气地接过了那张一百块。

只是他伸出手，把那张纸币夹在指间，在接过的瞬间，意味深长地说："……你这是，给哥哥的压岁钱？"

……

窗外有人开始放烟花。

林折夏感觉她的耳朵里也跟着"噼里啪啦"地响。

她没有想过，白天那个小男生的那句话，会被他突然这样拿出来打趣。

而且"哥哥"这两个字。

从小男孩嘴里说出来，和从迟曜嘴里说出来。

完全是两种语气。

迟曜平时说话跩里跩气，但偶尔有时候，比如像现在这样微微拖长尾音说话的时候，又有种说不出的感觉。

"啪——"

窗外烟花还在放。

某一瞬间,绚丽的礼花点亮整个夜空,光亮从窗户照进来。

"不说话,"那个声音又说,"那哥哥就收下了。"

4

林折夏感觉自己似乎被人毒哑了。
迟曜说完,她半天都憋不出一句话来。
平时迟曜说一句,她能回十句,但此刻却一句都回不了。

林荷和魏平在专注看电视,并没有注意到他们这边。
春晚热热闹闹的声音从电视机里传出来,盖过了她和迟曜这边的声音。

半晌,林折夏低下头去刷手机。
其实没有人给她发消息,但她也不知道自己为什么会处于一种奇怪的、想靠刷手机逃避的状态。
她没事找事地,单方面去找陈琳和唐书萱聊天。
——你们看春晚了吗?
——今年的春晚,挺搞笑的。
——[笑眯眯]

没人回她。
她又继续盲目地刷着联系人列表。
好巧不巧,何阳恰好发来了几条消息。

大壮:ddd。
大壮:你在家里吧?
林折夏回复:在。
大壮:我曜哥也在?
林折夏继续回复:嗯。
大壮:……

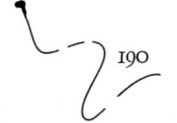

大壮：出不出来放烟花？我爸买了好多。
大壮：还有，你能不能不要一个字一个字回复，你和迟曜整天待在一起，学他什么不行，尽学他那些臭毛病。
林折夏动动手指头：哦。
大壮：……
大壮：你俩别来了，烟花我自己一个人放。

和何阳聊完后。
林折夏找到新话题，清了清嗓子，总算能憋出句话："喀，那什么，何阳叫我们过去放烟花。"

她和迟曜出去的时候，外面已经放过几场烟花了。
漆黑的夜空时不时闪过几团升起的烟花，"啪"的一声，在空中绽开。

何阳见他俩过来，冲他们招呼道："快过来，马上要放了，谁想点？"
林折夏跑过去："我我我、我想点。"
她接过打火机，小心翼翼地蹲在那箱烟花边上。
其实她有点怕。
但是想到迟曜就站在她身后，那点害怕也不算什么了。
她按下打火机，导火线"滋滋滋"地燃烧起来。
她正要站起来往后退，几乎在同一时间，她感受到身后有一股很轻的力量也在带着她往后退——是迟曜搭在她帽子上的手。

三。
二。
一。
烟花蹿到高空。

林折夏情绪来得快去得快，她看着夜空中这片不断上升的烟花，已经忘了刚才那点莫名的尴尬。
她像往年那样，对迟曜说了一句："新年快乐——"

迟曜穿的外套是黑色的。

在晚上几乎和周围那片黑色融在一起，唯一不同的，是某一时刻，那张被烟花点亮的侧脸。

他松开拽着她帽子的手，也回她："新年快乐。"

春节过后，寒假匆匆结束。

开学第一天，班里同学到校第一件事就是补假期作业。

由于这件心照不宣的事，导致校门刚开，七班就到了大半的人。

林折夏进班的时候，头一回发现班里居然那么热闹。

唐书萱和陈琳凑在一起，正在聊假期发生的事。

见她进班，热情地冲她挥了挥手："好久不见——还有，新年好！"

"新年快乐。"林折夏也回了句。

她放下书包后又问："你们在聊什么？"

陈琳说："聊我哥。"

林折夏听到"哥"这个字，差点把手里刚拿出来的笔袋甩出去："……"

陈琳侧目："你怎么了？"

林折夏："没什么，就是有点惊讶原来你还有个哥。"

"我哥大我十岁，都工作了，平时不在涟云市，"陈琳说，"所以我们其实不是很熟悉。"

林折夏默默把笔袋放在课桌上："原来是这样。"

她表面淡定，内心在喊：

都怪迟曜那天忽然冒出的那两句话。

害得她今天差点反应过度。

她和迟曜一起过过很多春节。

但哪次都没有这次，那么……

那么……

她想了很久，发现找不到合适的词去形容。

算了。

林折夏不再去想过年的事，她一边整理作业，一边听唐书萱讲话。
　　唐书萱压低声音："你们知道吗，我们班里有一对，假期开始的。"
　　"我知道，"陈琳说，"太明显了，上学期我就觉得他俩不对。"
　　唐书萱耸肩，失去了分享八卦的欲望："好吧，那我不用说名字了。"
　　只有林折夏听得一头雾水："啊？
　　"谁？谁和谁？"
　　她又追问："怎么明显了，我怎么不知道。"
　　唐书萱偷偷给她指了指："就隔壁组那个谁和谁啊，你没看出来吗？"

　　林折夏顺着唐书萱的手指看过去，看到一个戴眼镜的女同学和他们班数学课代表。
　　两个人看起来都很腼腆，数学课代表正站在那女生边上，一边抓头发一边有点害羞地和她说着话。
　　林折夏有点后知后觉。
　　陈琳忍不住说："其实我很早就想说了，你在这方面的反射弧，真的很长。"
　　唐书萱也说："是的。"
　　林折夏："……"
　　陈琳又说："你们以前班级里没有这种吗？"
　　林折夏摇摇头："没有，我初中读的女校，学校里没有男生。"

　　她这些年唯一接触的男生。
　　就是南巷街那群不分性别的，哥们一样的发小。
　　以迟曜为首。
　　大家会一块儿勾肩搭背去打游戏，只不过她并不喜欢玩他们那些游戏，就算跟过去，也只是待在边上看看电视剧。
　　所以她对感情上的事情，比同龄女生，懂得更少些。
　　甚至少到有些无知和匮乏。

　　唐书萱了然："原来你之前读女校，那难怪了。"
　　她又拍拍胸脯："没事，以后情感问题可以找我，我可是七班情感达人。"

林折夏看着她:"你谈过很多次恋爱吗?"

唐书萱:"没有。"

"……"

"但是往往没有恋爱经验的人,"唐书萱自信地说,"才喜欢到处给人建议。"

适应高中生活后,高一下学期的时间过得很快。

不知不觉,他们这届新生正式步入了高二。

又是一年盛夏。

比起刚入学那会儿的稚嫩和新奇,高二的大家似乎变得更加像真正的高中生了。

那种青涩和稚嫩,无形之间退去几分。

步入十七岁,每个人都开始,自以为地悄悄往"大人"的方向成长。

林折夏发现她渐渐开始追求"独立"和"自主"。

她在和林荷的相处过程中,开始需要更多的话语权。

有时候林荷可能只是多念叨了几句"天还没完全升温,你这样里面只穿一件衬衫,傍晚放学会冷的"。

平日听话的林折夏就会难得升出一种不知名的倔强:"妈,我不冷。"

以及……

在林荷为某事千叮咛万嘱咐的时候。

她会冷不丁,控制不住地冒出来一句:"我知道的,自己的事情,我可以处理好。"

林荷有时候会觉得她不听话。

魏平便会出来打圆场:"孩子大了,有自己的想法,也很正常,你别跟孩子生气。"

不过她跟迟曜之间,却还是老样子。

那点想成为"大人"的想法,在他面前似乎是失效的。
她只要和迟曜凑在一起,就分分钟又变回那个很幼稚的林折夏。

这天早上,几人照例一起去公交车站等车。
熟悉的蝉鸣重回耳边,天气闷热得连风似乎都是静止的。
林折夏忽然开口说:"迟曜,你相信命运吗?"
迟曜不知道她又在搞什么。
林折夏:"我最近刚学了点,你手伸出来,我给你算算。"
迟曜穿着件很单薄的衣服,校服衣领微微敞着,站在人群中特别显眼。
迟曜:"你今天出门,又没吃药?"
林折夏回击:"你才没吃药。"
两个人就"吃没吃药"这个话题吵了几个来回。

何阳往边上退了两步,与这两人拉开距离。
他默默地说:"我可不认识这两人。不认识,不太熟,不是朋友。"

高二刚开学没多久,发生了一件意外的小事。

某天课间,陈琳一直问她:"有没有觉得我今天有什么变化?"
林折夏看她半天,什么也没看出来,只能说:"你今天格外美丽。"
陈琳:"具体一点,我美在哪里?"
林折夏:"你哪里都美,以至于我很难特指。"
陈琳放弃了,直接坦白:"你看我耳朵。"
林折夏这才注意陈琳耳朵上戴了一对很小巧的耳钉,耳洞估计是刚打的,还泛着红,她有刘海,耳朵两侧的碎发遮着,所以看起来并不明显。

林折夏有点惊讶:"你打耳洞了?"
"学校允许吗?"她又说,"会不会被老徐抓啊?"
陈琳:"不会,咱们管得没那么严,书萱很早就打了,也一直没老师说

195

她。而且就算有人说,把耳钉摘了,换根透明的耳棒就行,根本看不出。"

林折夏点点头:"原来是这样。"

陈琳怂恿:"你要不要也打一个?"

她接着说:"我这个就在学校附近打的,就是那条商品街拐进去,巷子里有家饰品店,很多人都去那儿打耳洞。"

林折夏听得有点跃跃欲试。

女孩子,在青春期对打耳洞这件事,总是有种神奇的向往。

或许是爱美之心在作祟。

又或许是想背着家长做一些无伤大雅但叛逆的事情。

更或许,是因为"大人"都戴耳环。

"我是有想过打耳洞来着,"林折夏说,"初中的时候就想打,但我妈不让。

"她说我要是敢打。"

林折夏缓缓地说:"她就打断我的腿。"

陈琳:"偷偷打呗,又不是什么大事儿,我妈本来也不让,我打了还不是没说什么。"

上课铃响。

这个话题聊到这里就停下了。

但林折夏在上课的时候,还是短暂地走了会儿神。

她有点被陈琳说动了,竟然真的开始盘算背着林荷打耳洞的事情。

但比起这件事被林荷发现,她更害怕的是另一点。

——打耳洞会很疼吧。

"不疼。"放学时,唐书萱也加入话题。

她打包票说:"我打了两次,都没什么感觉,你放心。"

林折夏:"但毕竟要从耳朵上穿过去……"

陈琳:"真不疼,你放心去吧。"

她是很想去的。

但她真的不敢。

放学，她和迟曜并肩往车站走，她走得磨磨蹭蹭，中途视线一直往商品街那儿飘。

迟曜感觉到她的速度越来越慢，出声提醒："你不如爬到车站。"

林折夏："……"

下一秒，迟曜又说："说吧，想买什么。"

林折夏还是有点想打退堂鼓："没什么想买的。"

"没什么想买的，"他说，"但你一直盯着对面看。"

林折夏终于鼓起勇气："其实……其实我和人约好了，放学要去商品街巷子里打一架，你得陪我一起去，欣赏一下我打架时的英姿。"

迟曜："哦。"

他对林折夏随口扯出的这番话，没做出太多的反应。

林折夏："你就这反应？"

"你是想让我欣赏——"

迟曜如她所愿，换了个反应："还是怕打不过，想让哥哥帮你？"

……

死去的称呼又跳起来攻击她。

这个称呼是过不去了吗。

林折夏现在有求于他，不好得罪，于是只能装没听到，又问："所以你愿意陪我一起去吗？"

她得到的回复是三个字。

"不愿意。"

"……理由？"

"我害怕，"迟曜顶着那张看起来就很不好惹、身后仿佛有一群小弟的脸，用最跩的语气说出最离谱的话，"看到别人打架就腿软。"

5

林折夏差点就要骂人。

之前一个打三个的人是谁。

说"城安这片我说了算"的那个人又是谁。

打架的时候可没见他腿软,倒是记得这人眼睛都没眨一下。

半晌,林折夏问:"你在开玩笑吗?"

迟曜皮笑肉不笑地回她:"你先开玩笑的。"

"……"

事已至此,林折夏只能说实话:"其实我是想去打个耳洞。"

迟曜的目光往下偏移几寸,落在女孩子小巧白净的耳朵上。

林折夏耳垂上干干净净的,什么都没有。

"但是我一个人不敢去,"林折夏又说,"我怕疼。"

迟曜收回那一眼:"荷姨知道吗?"

林折夏:"我打算先斩后奏。"

迟曜评价她:"胆子挺大。"

他虽然没有明确说要陪她去,但两人谈话间,已经不知不觉往商品街那块走去。

林折夏:"其实还是很慌的,但我已经想好了,我妈今天如果不让我进门,我就去你家写作业。"

迟曜:"你考虑得倒是周全。"

林折夏:"还行吧。"

迟曜:"你就没想过,我也不一定放你进门。"

半晌,林折夏说:"……我有钥匙。"

放学后的商品街上人很多,都是穿二中校服的学生,有人在排队买奶

茶，也有人在买些小吃。林折夏拉着迟曜穿过人群的时候，隐约听见有人在窃窃私语。

经过高一一整年的洗礼，林折夏对这些议论开始有些免疫。
毕竟作为经常站在焦点边上的那个人，她也间接地被人关注着。
所幸越往巷子里走，人就越少。
里面的商铺不如街外热闹，很多店面都空着，大玻璃窗上贴着封条。
走了很长一段路，这才看见陈琳说的那家饰品店。
粉色的招牌上写着"馨馨饰品店"。

店面装修得很敞亮，玻璃门上用彩色记号笔写了三行圆润可爱的字：项链，耳饰，打耳洞。
并且这家店深谙女生喜好，店里竟然养了只橘猫。

林折夏一进去，那只猫丝毫不怕生，立刻屁颠屁颠地跑过来在她校服裤腿上蹭起来。
"……"林折夏惊喜地说，"猫猫哎。"
跟在她身后的迟曜单肩背着包，也缓缓蹲下身，然后伸手扯了一下那只猫的耳朵。

迟曜和猫待在一起的时候，有种诡异的和谐。
诡异来源于，他看起来一点不像是那种很喜欢猫的人。
那只猫似乎更亲近他，在他手边绕来绕去。

林折夏有点不爽："它为什么更喜欢你啊？"
迟曜："因为它有眼睛。"
林折夏："说不定——是这只猫的眼睛不太好使。"
迟曜很自然地接了一句只有他们之间能听懂的话："那小咪怎么解释？"

小咪是林折夏小时候救助过的猫。
以前小区里常有流浪猫出没，其中有只瘦骨嶙峋的流浪猫在夜里生了小猫仔。

　　林折夏一大早出门，就听到楼栋附近的灌木丛里有微弱的猫叫声。

　　她拨开灌木查看，看到一只通体雪白的小猫。

　　"你魏叔叔猫毛过敏，"林荷见她有想养猫的心思，不得不劝她，"恐怕没办法。"

　　她记得自己当初焦急地说："可是不管它的话，它会死的。"

　　林荷："这样吧，我们在小区里问问，也许有人愿意养。"

　　林折夏第一个想到的就是迟曜。

　　那会儿的迟曜刚上初中，但个子已经很高了。

　　少年也像现在这样，蹲在灌木丛边上，逗弄似的轻扯了一下猫的耳朵。

　　"扔我家可以，"迟曜最后起身的时候说，"但你自己照顾它，还有，记得把我家打扫干净。"

　　迟曜有点轻微洁癖，猫这种容易带来"混乱"的生物，他确实是不太喜欢。

　　但小咪很喜欢他。

　　然而小咪体弱，即使林折夏细心照顾，还是没撑过一个月。

　　小咪走的那天她哭了很久。

　　她最后哭着对迟曜说："我还有好多话想对它说，它现在是不是听不到了？"

　　那天晚上她一直没睡着。

　　直到夜里，她收到一条消息。

　　发消息的人头像放着小咪的照片，她在点开消息的瞬间，差点以为这是小咪发来的消息。

　　林折夏至今都记得，那条消息上写的是：

　　——听说你还有话想对我说。

紧接着,"小咪"又发来两句话。
——说吧。
——我在听。

她原本止住的眼泪忽然间又流了出来,她仍然感觉很难受,像有人掐着她心脏一样难受,但是难受之余,仿佛有只手轻轻地拍了拍她的脑袋。

她缩在被子里打了很多字。
——是我没有照顾好你,对不起。
——你下一次……
——下一次一定会更健康的,你会遇到一个很好的人,然后快快乐乐地、健康地长大。

她最后忍不住问。
——你是不是去天堂了?

对面的"小咪"输入了一会儿,最后发给她一个字。
——嗯。

……
林折夏从关于小咪的回忆里抽离出来。
她看着此时此刻在店里逗弄橘猫的迟曜,接着又联想到那个半夜换头像安慰她的迟曜,难得没有回嘴。
算了。
随便他怎么说吧。

老板娘约莫三十岁的样子,见他们进来,热情招呼道:"想买点什么?送礼物的话还能免费包装,店里东西都很全,你们可以多看看。"

林折夏拉着迟曜,先去饰品区逛了一圈。
虽然已经进店了,但越临近,就越害怕。

她犹豫道："我还是不敢。"

迟曜没有丝毫犹豫："那走了。"

林折夏拽着他的袖子，怕他真走："我又没说不打，就是得准备一下。"

迟曜："打个耳洞，有什么好准备的。"

林折夏："可能会很疼啊。"

说完，林折夏猜到他可能会说什么，补上一句："不许说我胆小。"

然而她补得太慢。

几乎就在她说出口的同时，迟曜已经轻哂了声："胆小鬼。"

林折夏想反驳说，其实她以前不是这样的。

小时候就算和何阳打架，被不小心打疼了，她都不会哭。

可是现在，越长大却变得越矫情。

可能是因为，不管发生什么事，迟曜总会陪在她身边。

而她那些微不足道的小事情，也总是可以对他和盘托出。

"……"

"三分钟，"迟曜看眼时间，"超过三分钟你还没准备好，就别准备了。"

林折夏"噢"了一声。

她"噢"完，忽然冒出来一个点子。

"既然你觉得打耳洞不疼。"

她看着他说："那你陪我一起打吧。"

她越说，越觉得这个方法可行。

"我现在是很害怕，但如果有个人陪我一起打，我应该就不怕了。"

迟曜眉尾微挑，朝她看过来。

林折夏缓缓说："……多个人一起死，是很壮胆的。"

迟曜起初没有搭理她，但她开始耍赖："你不打，我就坐在店门口到

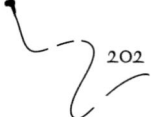

天亮，以后就算临终，在死前我都会回想起这一天，就在这一天，某个姓迟的人无情地拒绝了我。"

最后迟曜架不住她实在太吵，跟她讲条件："我只打一边。"

林折夏想了想，男生打两边也有点不太合适，于是点了点头："可以。"

"还有……"

他又说："好处呢？"

林折夏没反应过来："什么好处？"

迟曜："我难道神仙下凡，过来普度众生，白挨这一下？"

林折夏磨磨蹭蹭、依依不舍地说："我一个月的零花钱有两百。"

"……"

"可以给你一百五，剩下五十，我省着点用。"

她看到迟曜似乎对这个回答不是很满意。

于是横下心改口："两百，两百都给你，行了吧。"

然而迟曜并不买账："谁稀罕你那点零花钱。"

"？"

"这样吧，"他仿佛为了故意折磨她似的，说，"你喊一声'哥哥'，我陪你打。"

……

林折夏蒙了一下。

她紧接着想：

不愧是你。

迟曜。

打蛇专打七寸。

心狠手辣，置人于死地。

林折夏内心纠结了一会儿，最后想打耳洞的念头还是占了上风："那得等你打完，以防你说话不算话。"

商量好一起打耳洞后，林折夏总算鼓起了勇气。
她叫住老板娘："老板，你们这儿可以打耳洞吗？"
老板娘笑着说："可以呀，打耳洞六十，你要打吗？"
林折夏指指迟曜："打的，但是他先打——只打一边。"
老板娘倒是很少见到男生来这里打耳洞，不由得多看了那男生两眼。

少年一身校服，也许是她的错觉，她总觉得那张脸照得她这家店都亮堂了几分。此刻少年正陪在女孩子边上，两个人身高差距明显。

"单侧也可以，付三十就行。"她说。
"男孩子的话，就选款式简单一点的耳钉吧，黑曜石的怎么样？男孩子大都喜欢戴这种。不过他，应该戴什么都好看。"

林折夏却觉得不合适。
最后她在那一筐耳钉里，挑了一个造型简单的银色十字出来："这个吧。"
她总觉得，迟曜这个人很适合戴银色。
倨傲、矜贵，又冷冽。

打耳洞比林折夏想象的简单很多，老板娘先是在迟曜耳垂上定好位置，然后拿着一个消过毒的设备，夹着耳垂，"咔嗒"一下就打好了。

但是操作简单，不代表没有视觉冲击力。
林折夏站在迟曜边上，近距离观看了他打耳洞的全程，清清楚楚地看到当那"咔嗒"声响起时，耳垂是怎么被刺过去的。
具体画面比想象中的，更让人感到恐惧。

林折夏想打耳洞的念头在这"咔嗒"一声后，完全消散了。
她清醒了。

老板娘打完一个，看向林折夏："小姑娘，你……"
没等老板娘说完，林折夏往后退了一步，果断对饰品店老板说："就

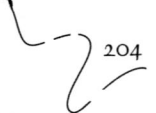

打他一个的，不用打我的了。"

"？"

老板娘拿着打耳洞的东西，问："你不打了？"

林折夏："嗯，我觉得还是应该听我妈的话。"

回去的路上，气氛很沉默。

这个沉默来源于，明明是她要打耳洞，约好一起打之后结果她却没打。

林折夏坑了人，有点心虚。

两人从公交车上下来，她终于硬着头皮打破沉默："你耳朵还疼吗？"

迟曜用一种听起来无所谓但字里行间明显很有所谓的语气说："你打一个，就知道疼不疼了。"

"……"

林折夏："事情会发展成这样，我也是没想到的。"

"你那脑袋，"迟曜说，"能想到些什么。"

两人从车站往南巷街走。

在饰品店耗费太多时间，回去的时候天色已经暗下来很多。

"但是你也不亏。"

林折夏说出原因："你戴耳钉很好看，提升了你的颜值。"

迟曜原先走在她前面，听了这话后停下脚步，转过身，面对着她冷笑了下："这么说我是不是还得感谢你？"

林折夏大着胆子接上一句："不用跟我这么客气。"

她说这话并不是在刻意吹嘘。

即便平时她经常说迟曜长得也就那样，但也不得不承认，这个人真的很适合戴耳钉。

适合到……她一路没忍住偷偷瞥了他好几眼。

刚才老板娘打完叮嘱他耳洞要养一养才能把暂用的耳钉换下来，然而迟曜一点都不怕疼，加上只打了一侧，嫌麻烦，直接就换上了。

205

此刻少年站在她面前,银色冷质感耳钉衬得整个人锋芒更盛。

林折夏目光控制不住地,又落在他耳垂处。
然而迟曜一句话让她回了神。

"林折夏,你是不是忘了什么。"

她知道迟曜是在说那个约定,拿出早就准备好的说辞:"我没忘,但之前说好的是陪我打,可我这不是没打吗。我既然没有打耳洞,那之前说的当然就不算数了。"
她说完后,迟曜俯下身,向她靠近了些。
在路灯的照耀下,她将迟曜戴耳钉的样子看得更清楚了。
她甚至能看清那枚银十字上竖着的纹路。

接着,她听到的是迟曜凑在她面前说的一句:"——行,赖账是吧。"

6

林折夏进门的时候,林荷数落道:"怎么回来得这么晚。"
林折夏在玄关处换鞋,说:"我……我和迟曜去了趟书店。
"语文老师今天讲作文,说有套书讲得很好,建议我们买来看看,不过去书店找了一圈都没找到。"
林荷没起疑:"零花钱够吗,要买书如果钱不够,记得和我说。"
林折夏:"够的。"

等林折夏放下书包,坐到餐桌上吃饭的时候,林荷又问了一句:"你脸怎么这么红?"
林折夏并没有留意到自己脸红。
她后知后觉地抬手碰了碰脸,才发现确实有点烫。
"可能是天气太热了,"她说,"最近温度很高。"
最近的天气确实越来越热。

林荷没多想，往她碗里夹了一筷子菜："也是，最近高温天，你注意着点，别中暑了。"

晚上，陈琳给她发来一条消息。

陈琳：你去了吗？
林折夏回：去了。

陈琳：我就说吧，是不是一点都不疼。
林折夏：……嗯。

是不疼。
因为打的人又不是她。

陈琳又兴致勃勃地问：你选了个什么样的耳钉？
陈琳：我其实好喜欢那种带耳坠的。
陈琳：但是那种样式太明显，怕老爸警告我。

林折夏不知道该怎么跟她解释，于是略过了这个话题。
她提醒陈琳：别玩手机了，今天作业很多，快点写作业吧。

林折夏暂时把她坑迟曜去打耳洞这件事抛到脑后，可即使写作业的中途，银十字和迟曜的那张脸，仍会时不时出现在她眼前。
睡前，她点开和迟曜的聊天框，老老实实认了错。
——对不起。
她捧着手机，忍着红透的耳尖，一个字一个字敲：哥、哥。
然而，敲完她还是没勇气发出去。

这个称呼好像有种特殊的魔力。
毕竟叫一个不是自己哥哥的人"哥哥"，这感觉很奇怪。

207

她在被子里翻个身，抓了下凌乱的头发，最后又把这两个字删了。

最后发过去一个她和迟曜之间很常用的称呼。

——爸爸。[滑跪]

次日，陈琳到学校第一件事就是去看林折夏的耳朵。

然而女孩子耳垂上依旧干干净净的，什么东西都没有。

陈琳问：“你耳洞呢？”

林折夏：“这件事说来话长……”

陈琳：“那你就长话短说。”

林折夏沉默了几秒：“长话短说就是，耳洞打在别人耳朵上了。”

陈琳：“？？？”

陈琳还没从这个回答里回过神来，唐书萱正好进班，她今天来得比较晚，踩着点进的班，进班后第一句话说的就是一句难得的脏话。

下一句是——

"迟曜今天戴耳钉了。"

对高中生来说，打耳洞本身就有点禁忌，女孩子还好，偷偷打很多老师学生都能理解，但男生戴耳钉……别说他们这届，就是翻遍校历，可能都找不出第二个人来。

更何况，戴耳钉的人是迟曜。

这个人哪怕什么都不干，就是课间趴课桌上睡觉就已经够招摇的了。

所以唐书萱知道这件事情时，非常震撼。

倒是林折夏比较淡定，作为始作俑者，她有点心虚地问：“你怎么知道？”

“不光是我知道了，全年级都知道了。”

唐书萱说：“我来学校的一路上，边上的人全在议论这件事，还有，隔壁班已经因为这件事疯了两个。”

林折夏：“……”

唐书萱发表自己的观后感：“我来之前也特意拐到一班门口看了一眼。

凭良心讲,如果不是考虑到这个人的性栓问题,戴耳钉的迟曜,是我可以追着问他要一千零八百次联系方式,并且毕业多年后午夜梦回都还是会心动的程度。"

陈琳也反应过来,她用笔戳了戳林折夏:"你郏耳洞,该不会是……打在迟曜耳朵上了吧?"

林折夏不好意思地说:"你猜对了。"

由于他们班上学期期末考成绩不理想,所以高二这才刚开学,七班就额外安排了一次模拟考。

班主任几乎一整天都待在教室里没走。

林折夏课间抽不出多余的时间,也没办法去一班找迟曜,只能从别人那里间接获取一班的动向。

她从别人那里得知,迟曜似乎因为戴耳钉的事儿,被年级主任老刘勒令罚站。

"罚站啦?不至于吧。"
"咱们学校不也有很多女生打耳洞吗?"
"……"
"女生和男生还是不太一样的吧,男生戴耳钉,学校估计也不能不管。"
在一片小声议论中。
有人说:"那哪是罚站,感觉在公开展览。"
"他往走廊上一站,一排四五个班全全看他,我朋友就在二班,跟我说他们班今天上课很多人盯着窗户外走神。"

与此同时,楼下高二(一)班门口。

上课铃响后,学生快速进班,走廊上很快就没什么人了,只剩下一个略显突兀的身影。

一班位置在长廊尽头,少年倚靠着墙,一只手拿着手机,另一只手垂着,手里拎着课本。

他低着头,正在给人发消息。

教室里的徐庭也在看手机。

迟曜"拍了拍"他后，他立刻回复：

——咋的了？

猫猫头发来一句：有笔吗？

猫猫头：有的话扔一根出来。

徐庭：巧了，正所谓"差生文具多"，我什么都缺，唯独不缺笔。

徐庭甚至"咔嚓"往自己桌上拍了张照片。

徐庭：要哪支？

徐庭：你是要简洁经典的得力牌水笔，还是尊贵不失大气的进口百乐。

猫猫头回过来两个字：随便。

徐庭趁着老师进班之前，高举起手，拎了支笔朝窗户外扔，窗户外那人随手接住。

徐庭扔完笔，又忍不住发消息问他：不过你这耳钉是怎么回事？

猫猫头只是言简意赅地回他：忘摘了。

迟曜回完这一句，摁灭手机屏幕，然后单手拎着书，继续靠墙听课。

他确实是忘摘了。

昨天被某个赖账的胆小鬼拉过去打完耳洞之后，第二天早上起来，忘了耳朵上多了个东西。

毕竟他在这过去的十六年里，从来没戴过这玩意儿。

他进班后，才发现盯着他看的人比以前更多。

直到徐庭进班，喊了句："你这耳钉有点酷。"

紧接着老刘在走廊上巡视，一下留意到他们这边闹出动静，他拨开人群，看到人群目光聚集的地方，勃然大怒，瞳孔震颤："迟曜——你来我办公室一趟！"

他想到这儿，一边站在外面漫不经心听着课，一边用黑色水笔随手在书页上跟着教室里的老师勾了几笔。

林折夏一直等到傍晚放学，才有时间去找迟曜。

他们班最后一节课在讲今天当堂批阅的考卷，老师拖堂近二十分钟，等她收拾好东西，迟曜已经在走廊拐角那儿等了她很久。

"我们班今天讲试卷。"她解释说。

迟曜手机里一局游戏刚结束，说："我长耳朵了。"

林折夏："我们班老徐的嗓门是挺大的。"

过了会儿，她又补上一句："其实你在这儿站着等我，还能听他讲题，巩固知识，也不算白费时间。"

迟曜："何止，还能听点相声。"

他说着，模仿刚才课堂上她和老徐的对话。"林折夏，你起来回答一下，这题怎么解。"

"老师，这题我错了。"

"我当然知道你错了，错了才叫你起来，来，你说说。"

"可是……老师，我就是因为不会，才错的。"

末了，他点评道："挺精彩的，确实不算白费时间。"

林折夏："……"

她懒得跟他掰扯这个，几乎是下意识地，去看迟曜的右耳。

他耳朵上的耳钉已经摘了，现在只有一个略微泛红的、还没长好的耳洞。

她问："你被老刘骂了？"

迟曜"啊"了一声，并不太在意："找我说了两句。"

她其实一直觉得，迟曜这个优等生当得很不符合常理。

好学生的必要条件，和一些"坏学生"的特质，在他身上有一种极其微妙的融合感。

林折夏："你耳钉呢？"

迟曜："摘了。"

说完,他又补上一句:"老刘不让戴。"
想也是。
她背着书包,顺着楼梯往下走的时候随口说了一句:"有点可惜,这样以后都看不到了,那个耳钉你戴着真的很好看。"

迟曜因为耳钉被罚站,林折夏多少有点愧疚,于是放学后主动从自己的零花钱里多拿了点钱出来,斥"巨资"请迟曜喝了杯冰拿铁。

回去的公交车上,两个人位子不在一起,一前一后地挨着。
林折夏一个人坐着有点无聊,她看着窗外的景色,忽然想起来高一刚入学那会儿陈琳给她分享过的网址。
她带着一种自己也说不清的想法,从聊天记录里把论坛网址翻了出来。
不需要她特意搜索关键词。
点开后,学校论坛首页全是关于迟曜的讨论帖。

即便他们已经升到高二,这个人在学校里的讨论度还是只增不减。
被顶到最上面,回复最多的帖子,就是关于"耳钉"。

1L:还有谁不知道的吗,今天迟曜戴耳钉来上学了。
2L:估计没人不知道了吧?
3L:刚知道,谢谢,下课立马假装去办公室找老师请教问题,实则路过一班瞧一眼。
4L:要看的抓紧了,等会儿老刘要来巡视。
……

林折夏手指触在手机屏幕上,缓缓下滑。
讨论内容很快从"赶紧去看"变成了"罚站"。
甚至还有人偷拍了一张很模糊的罚站照片。

林折夏点开,入目的便是教学楼长廊,长廊尽头,隐约可以看见一个高

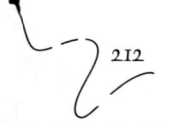

挑的人影，即使糊成了马赛克，也能很明显感觉出这个人长得应该很好看。

林折夏对着这张照片看了会儿，偷偷按下了"保存图片"选项。

她操作的动作很快，仿佛怕被谁发现似的。

保存下来之后，她又继续翻看论坛。

之后的讨论内容就少了很多。

146L：散了吧，耳钉没了，罚站也完了，只剩下一个今天上课频频走神的我。

147L：上课频频走神加一。

剩下的一些内容，和她的想法居然有些不谋而合。

148L：但我是真的没看够，耳钉出现的时间太短暂了。

149L：老刘眼神那么好干什么，我恨。

150L：不会以后都看不到了吧。

151L：肯定看不到了啊，老刘都谈话了，不可能再戴。

……

她刷完论坛，低下头喝了一口手里的奶茶。

第二天是周末。

林折夏睡了个懒觉，到中午才起。

她起床的时候，林荷和魏平都已经不在家了。

她简单吃过饭后打算写作业。

但作业还没写几题，就发现这次数学作业留得有点难。

林折夏想也没想地，去微信上"拍了拍"迟曜的头像。

——你在吗？

对面依旧回得很快。

——？

林折夏打字：
——你一个人写作业一定很寂寞吧。
——专业陪写，十分钟包邮到家，需要的回"1"。

对面回了一个数字：2。
……
林折夏才不管他回的是什么，收拾好作业就往迟曜家跑。
她毫不客气地在迟曜家门口按门铃，隔着门喊："您好——我是您请的专业陪写，麻烦签收一下。"

迟曜开门的速度有点慢。
在开门的瞬间，林折夏第一时间看到的不是别的东西，而是迟曜右耳耳垂上那枚银十字耳钉。

迟曜换下校服之后，看起来视觉冲击力比之前更强。
林折夏没忍住多看了几眼，被这人一句话唤回现实："退货流程怎么走？"
"……"
"不能退货的，"林折夏说，"我们这属于强买强卖。"
迟曜看着她，没再多说，侧过身让她进了门。

林折夏熟门熟路地搬了椅子，在迟曜书桌一边坐下："这题，我不会，你讲讲。"
迟曜看着她用笔点题的样子，说："你当我是点读机？"
林折夏说："迟曜牌点读机，哪里不会点哪里。"
他伸手："付钱。"
林折夏："商量一下，能不能'白嫖'？"
迟曜冷笑了一声："想得挺美。"

迟曜虽然这样说，但还是给她讲了题。
他接过她手里的那支笔，在白纸上推算公式。

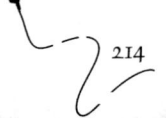

他过程推得简洁明了,林折夏盯着草稿纸,看到一半就懂了。
迟曜还在往下写着。
林折夏看懂后,视线往其他地方移。
耳钉离她很近。

她想到帖子里那些跟她一样感慨"看不见太可惜"的人。
然后她后知后觉地发现。
她能看见。

好像,现在也只有她一个人能看见了。

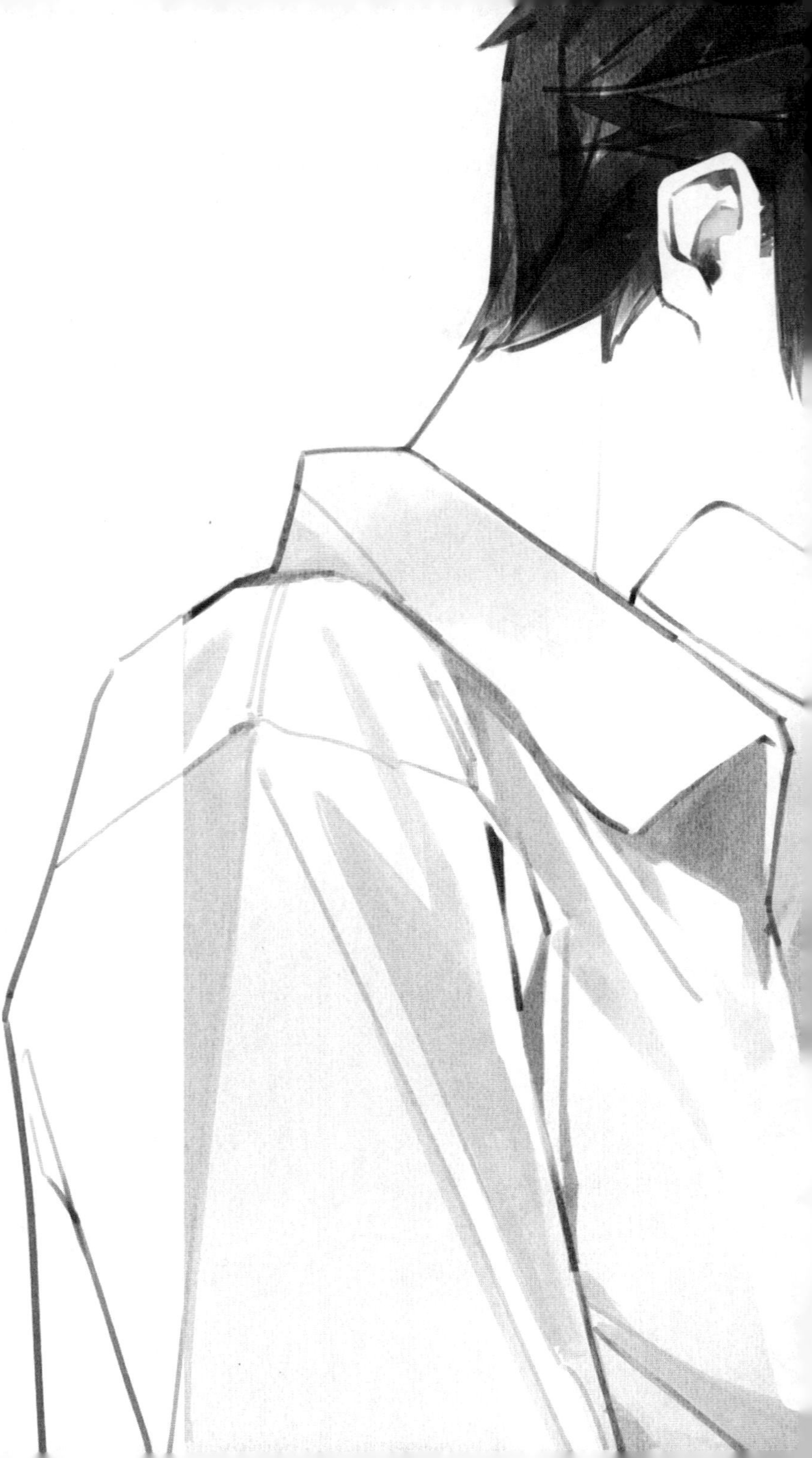

第五章
幸运牌娃娃机

1

林折夏顺着这个句式,想到了很多个"只有"。

只有她可以随便在任何时候给他发任何消息。
只有她有他家的钥匙。
只有……
好像,只有她离他那么近。

"让你看题,"迟曜钩着笔写题的手顿了顿,打断了她的思路,"你往哪儿看呢。"

林折夏被抓包,一瞬间整个人都有点僵。
她错开眼,半天才说:"那是在欣赏我挑的耳钉。
"然后顺便感慨一下,是谁的品位如此不同凡响——哦,原来是自己。"
迟曜扔下笔,坐了回去:"后面的题自己解,我不想讲了。"
"?"
迟曜:"也没什么别的原因,就是看你今天脑子不太正常,你治好再来。"

在这天之后,林折夏每周末都能看到迟曜戴耳钉。
不管是去他家的时候,还是两个人出门去超市买东西的时候,甚至出去扔垃圾他都戴着。
……
看多了她也就习惯了。

之前那点"有点可惜"的想法烟消云散。

并且她渐渐开始觉得，这个人是有点凹造型的心思在身上的。

这天，两人刚逛完超市回来。
迟曜走在前面，他手里拎着的袋子里装的全是冰棍。
林折夏终于忍不住，突然间开口说："迟曜，我发现你好有心计。"
迟曜看了她一眼。

"胡言乱语什么。"
"你是不是故意耍帅，"林折夏说，"所以才天天私底下戴耳钉。"
迟曜一副你管我的样子："那你报警吧。"
……
果然就是她想的那样。

正值盛夏，青石板路被晒得滚烫。
林折夏穿得很随意，她趿着双跟了她好几年的拖鞋，穿着条长度到膝盖的自由随性的裤衩子，又问："你家冰箱应该放得下吧？"
她问的是迟曜手里那袋冰棍。

林荷对她管得很严，自从她小时候吃冰闹过肚子以后，就不准她吃太凉的，每到夏天，想每天都吃冰几乎是不可能的，林荷只准她一周吃一两次。
但好在她不止家里这一个冰箱可以用。
迟曜家也有冰箱。

迟曜："放不下，建议扔了。"
林折夏："……"
又过了会儿，迟曜提醒她："一周两根，自己自觉点。"
林折夏不满："你怎么跟我妈一样，我已经长大了，肠胃很健康，多吃点也不会有什么问题。"

迟曜冷笑："谁管你吃多少，我是懒得再陪你出去买。"
"……"

两人走到半路，遇到坐在家门口的何阳。

何阳眼睛亮了下："给我来根冰棍，我快晒死了，像个在沙漠走了十年的人，本以为我的心早已经干涸，直到遇到你们这口甘泉。"

林折夏和迟曜几乎是同时开口——

林折夏："不会比喻就别说。"

迟曜："不会说话就闭嘴。"

何阳："……"

这两个人在一些奇怪的地方，总是意外地有默契。

林折夏从迟曜手里的袋子里挑冰棍给他，一边挑一边问："你坐外面干吗？"

何阳："别提了，我爸妈，老毛病。"

何阳父母爱吵架，这么多年都是一路吵吵闹闹过来的，好的时候挺好，但吵起架来杀伤力不容小觑。

何爸性格沉默，不爱说话也不喜欢解释，何妈又是个暴脾气。

家家有本难念的经。

林折夏会意，没再多问。

何阳见她掏半天，忍不住问："你找什么呢？拿根冰棍那么费事儿的吗？"

他夏哥还没回答他，他拎着袋子的曜哥倒是不冷不热地说："她在找最便宜的。"

何阳："……"

林折夏的心思被一下猜中，顿时有点尴尬："……有些话，不要说出来。"

何阳表情裂了："我就只配吃最便宜的吗？？？

"大中午的，他俩吵架我被赶出来。而且我们认识那么多年，可以说是同生共死的兄弟——我就只配吃最便宜的那根？！"

林折夏在袋子里掏半天，总算摸到了压在底下的那根五毛钱的老式盐水冰棍："给，你有得吃就不错了。"

何阳："……谢谢。"
林折夏："不客气。"

几个人难得碰上，像小时候一样一块儿挤在台阶上聊了会儿。
何阳："你妈昨天在我家打牌。"
林折夏点点头："赢了不少，她回家之后很开心。"
何阳："是不少，把我过年的压岁钱都赢走了。"
林折夏："你跟我感慨一下就得了，别指望能还给你，我没钱。"
何阳："……"
何阳继而又转向迟曜，下意识也来了句："你妈……"
他想说"你妈最近还好吧"。
然而话到嘴边，在他自己反应过来不太对之前，林折夏已经先行一步用胳膊肘偷偷顶了他一下。
何阳立刻把嘴里的话咽了下去。
倒是迟曜自己不是很在意地说："她在忙业务，最近工厂进了一批新零件。"
何阳把冰棍的最后一口咬下来，感叹："女强人。"

几人聊了一阵。
迟曜手里还拎着冰棍，林折夏怕东西晒化，让他先拎着袋子回去。

迟曜走后，她也坐不住了，正想跟何阳说"那我也回去了，你继续在这儿晒太阳吧"，话还没说出口，何阳起身扔冰棒棍，大概是因为在台阶上坐了太久，他站起来的时候腿都麻了，狠狠地跟跄了一下。
何阳惊呼了一声："我去。"
他像个不倒翁似的左右摇晃着，最后他整个人往林折夏坐的方向偏，以半栽的姿势，手撑在林折夏肩膀上这才勉强站住。
"兄弟我，出来前腿被我妈用鸡毛掸子抽了好几下，被抽的原因是我妈说觉得我跟我爸一个样，她看到我就来气。"何阳收回手时解释。
"那你确实是有点惨，"林折夏说，"早知道刚才施舍给你一根一块钱的冰棍了。"

221

何阳:"才一块。"
林折夏:"一块五毛,不能再多了。"

林折夏在外面偷偷买完冰淇淋回到家的时候,魏平正在拆快递包裹。

她想过去帮忙一块儿拆,然而魏平搭了下她的肩说:"没事,我来吧,你快去写作业。"

林折夏回到房间翻开作业准备写的时候,这才忽然间捕捉到一个先前没有留意的细节。

——肩膀。

她坐在台阶上时,何阳也搭了她的肩膀。

而且现在想来,她后知后觉地发现那其实是一种极亲密的姿势,何阳没站稳,两个人挨得很近。

但为什么是后知后觉才发现?

为什么当时,她一点都没觉得不对劲。

或许是有点尴尬和不自然,但那点尴尬和不自然的感觉微乎其微,很快被忽略。

她脑海里又闪过陈琳对她说过的话。

——"你那不是变奇怪。"

——"是长大了,总算意识到迟曜是、个、男、生,是个不能抢他裤子穿的男生了,懂吗?"

……

可迟曜和何阳好像又是不一样的。

林折夏感觉这道出现在她十七岁人生里的题,比手边的数学附加题还难解。

她唯一能想明白的,就是她和迟曜之间的那点"奇怪",似乎不是陈琳说的那样。

但那到底是什么,她还没能弄懂。

高二开学没几周，学校开始组织活动。

林折夏正和陈琳凑在一块儿编手串，就被站在门口的课代表点了名："林折夏，去趟老徐办公室。"

她平时表现良好，很少被叫去老师办公室。

去的路上她都在脑补老徐为什么会叫她。

是她昨天作业空的题太多了吗？

两道题而已，也不算多吧。

还是她和陈琳传小字条聊周末想去打卡的甜品店，被老徐发现了？

林折夏实在想不出原因。

最后她叹口气，老老实实站在老师办公室门口敲了下门。

门内有老师说："进——"

她推开门进去。

办公室里人很多，在这些人里，有一个熟悉的身影。

即使那个人此刻背对着她，她仍一眼认了出来。

她走过去的时候听见他们班老师在对迟曜说："等会儿发的那些作业你不用写，我给你额外准备了别的，你做那些题就好……"

"徐老师，"林折夏走到老徐那儿，说，"您找我？"

老徐见她来了，放下手里的东西："哎，对，我找你有点事。"

老徐随口问："你周末有什么打算吗？"

林折夏会错了意，不打自招："我不该迫不及待和陈琳传字条，讨论周末的事情。"

老徐："……"

老徐哭笑不得："你俩还传字条了？什么时候的事情？"

林折夏："就午休的时候。"

老徐："行了，不关字条的事，是这样的，咱们学校下周有个演讲比赛。"

林折夏："啊？"

老徐："准备时间很充裕，可以用一周时间去好好准备，咱班有两个名额，我打算让你和唐书萱去。"

"这不好吧，"事情的发展完全超出想象，林折夏想到学校那个可以容纳上千人的带话筒的大礼堂，第一反应就是拒绝，"我……我之前没有过类似的经验，可能不行。"

老徐："我觉得你有潜力，而且机会难得，通过这次机会锻炼一下不也挺好。"

林折夏实在不能理解，她身上哪部分让他看出了自己的潜力。

不过她脑子确实转得很快。

可能是平时和迟曜钩心斗角、你来我往惯了，她为了让老徐打消念头，几乎是不假思索地开始扯："老师，不是我不想，是我这个人吧天生就比较腼腆，但凡面对超过三个人，我说话的时候就会结巴，不光结巴，我有时候还会喘不上气。

"这是我的老毛病了，我打小就这样。

"我也很想尝试的，但是这个比赛不只是关乎个人，它还关乎我们班集体的荣誉，所以您要不要再多考虑一下。"

林折夏几乎不带喘气地把这一长串话说完。说完，她发现不只是老徐面露微笑，笑吟吟地看着她，身后还传来一声十分熟悉的极轻的嗤笑声。

"……"

老徐甚至为她鼓了掌："你看，这不是挺能说的，我说一句你能说十句。"

林折夏："……"

她失策了。

她刚才就应该开始装结巴。

林折夏整个人处于一种被某件极其不幸的事情砸中的状态，又恼自己没发挥好，于是把情绪集中起来，找准了一个发泄口，这个发泄口就是——那个刚才发出声音嘲笑她的人。

老徐还在说着演讲比赛的要求："这是我们城安第十届演讲比赛，这次的演讲题目是《青春》，演讲要求呢是这样的，演讲时长不少于五分钟，要求内容积极向上……"

老徐说的话她左耳进右耳出。

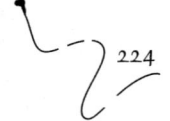

她只知道自己现在和迟曜站的位置很接近。

两人几乎是背靠背站着。

她动了动手指,不动声色地将手往后探,想隔着衣服去掐一下迟曜泄愤。

然而她估算错了位置,碰到的不是校服布料,而是一片带着骨骼感的温热。

她略微停顿了下,才反应过来她掐的是迟曜的手。

"你被选上参加比赛,"片刻后,背后那个声音顿了顿又说,"对我动手动脚干什么。"

2

老徐在翻找上一届的演讲稿给她参考。

趁老徐不注意,林折夏低声回他:"你刚才偷偷嘲笑我。"

"我挺光明正大的。"

"……"

林折夏把"偷偷"两个字去掉,重新控诉了一遍:"你刚才嘲笑我。"

背后那人说:"嗯,我嘲笑你。"

"……"

"你嘲笑我,我掐你一下不过分吧。"

林折夏跟他聊了两句之后更生气了:"我刚才没掐到,等出去之后你先别走,让我再掐一次。"

迟曜声音微顿。

"你觉得我看起来……"

"?"

他紧接着说:"像脑子进水的样子吗?"

他看起来当然不像。

所以等林折夏抱着一沓往届演讲比赛上获奖的演讲稿从办公室出去的

时候，迟曜早走了。

回班后，林折夏把唐书萱那份带给她，并转述了一下老徐刚才和自己说过的要求。

没想到唐书萱很淡定地说："嗯，好，知道了。"

林折夏："你不紧张吗？"

"紧张什么？"唐书萱问。

"演讲啊，而且老徐说会从全校师生里抽一千多个人当观众，一千多个。"

出乎意料地，唐书萱害羞地理了理头发："如果这次上台能让高三学长注意到我，别说一千多个了，就是万人大礼堂我都不怕。"

"……"

她差点忘了，自从被迟曜拒绝后，唐书萱就把目标转移到了某位学长身上。

虽然历时一年，并没有取得任何进展。

是她小看了少女的世界。

接下来半天的课，林折夏都没能好好听讲。

演讲比赛像一块大石头，重重地压在了她心上。

傍晚，林折夏坐在书桌前，对着一张印有《城安二中第十届演讲比赛》标题的纸犯愁。

那张纸被她翻来覆去查看，都快被揉皱了。

这时，林荷在门口敲门，轻声说："我进来了。"

桌上的纸来不及收，林荷进来之后一眼就看到桌上那张参赛纸。

"演讲比赛呀，"林荷说，"你要参加吗？"

林折夏有点犯愁地说："嗯，我们老师让我参加。"

她自己的孩子自己最清楚，林荷也有点担心："参加比赛是好事，但你这性格，也就平时在家里对着认识的人伶牙俐齿一点，走出去有时候连句话都憋不出来，上台比赛，能行吗？"

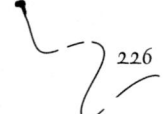

"……"

林荷很了解她。

她估计是不太行的。

她最后只能说:"我……努努力吧。"

林荷走后,唐书萱正巧发来消息,在微信上安慰她:没事的,我以前参加过这种比赛,放平心态,其实就和在班里站起来回答问题没什么区别。

唐书萱:或者你有没有什么想吸引他注意力的男生?可以像我一样,以此为目标。

林折夏回:那我想从全校男生眼里消失。

陈琳也发过来一条:同桌,你就把台下一千多个人当白菜。

林折夏回复陈琳:一千多棵白菜,也挺恐怖的。

林折夏回完之后,把手机放在一边,叹了口气。

她担心自己会搞砸。

……

这和胆不胆小其实没太大关系,因为生活中有许许多多类似这样不得不去做,但又需要很多勇气才能做到的事。

只是有时候鼓起勇气,真的很难。

周末两天时间,她抽一天写了稿,写得中规中矩,全都是些很模板化的句子。

最后勉勉强强升华了下主题,看起来还挺像那么回事。

剩下唯一要准备的,就是"演讲"。

她先是在房间里自己尝试脱稿背诵。

魏平是个专业捧场王。

他对林折夏的演讲,表达出百分之百的赞赏:"叔叔觉得非常好!

"第一次听到如此精彩的演讲,首先你的内容就写得十分专业;其次,你背得也非常好,抑扬顿挫,比如中间好几个停顿,就更加凸显了你演讲的重点,增加段落感——"

"不是的,魏叔叔,"林折夏忍不住打断他,"那是我背卡壳了。"

魏平:"……啊,呃。"

魏平:"但你卡得也很漂亮,并不突兀,叔叔就没发现。"

林折夏:"谢谢,你点评得也十分努力。"

最后,她站在客厅里,捏着演讲稿,想了想说:"你们俩不行,我还是换人听我讲吧。"

十分钟后。

她捧着演讲稿敲开迟曜家门:"恭喜你。"

迟曜:"?"

"你中奖了。"

迟曜昨晚被何阳拉着打游戏,打到半夜,整个人看起来像是没睡醒。他今天罕见地穿了件白色的T恤,清爽又干净,整个人难得有点像个讲文明的人。

然后林折夏听着这人开口就说了一句不太文明的话:"把要发的疯一次性发完。"

林折夏拿出手里的演讲稿:"恭喜你被抽选为今天的幸运观众,得到一次观赏林折夏同学演讲的机会。"

"讲文明的人"扫了那张演讲稿一眼:"能不要吗?"

林折夏:"不可以。"

"那转让呢?"

"也、不、行。"

"又是强买强卖?"

"是的,"林折夏点头,"想拒绝,除非你死了。"

迟曜反应很淡,作势要关门:"哦,那你就当我死了吧。"

"……"

林折夏一只手从门缝里挤进去,强行进屋,为了让他听自己演讲,脱口而出:"不行,我怎么舍得当你死了呢。"

她说完,自己愣了愣。

迟曜原先要关门的手也顿了一下。

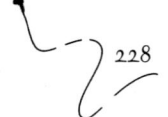

怎么舍得。

舍得。

"舍得"这个词，听起来很奇怪。

她脑袋空白两秒，重新运转后，习惯性给自己找补："我的意思是，你死了，我就得去祸害其他人，这样对其他人不好。"

迟曜冷笑了声："所以就祸害我？"

林折夏："……"

迟曜反讽道："我是不是还得夸一句，'你做人做得很有良心'。"

林折夏："还行吧，夸就不用了。"

她进屋后，先给自己准备了一杯水。

然后她把迟曜按在沙发上，勒令他不要乱跑，自己则清了清嗓子，抖开手里的演讲稿："大家好，我是高二（七）班的林折夏，我演讲的题目是《青春》。"

她稍作停顿，一只手向外张开，配合着姿势，叹出一声咏叹："啊——青春。一个看似简单，却不那么简单的一个词。"

迟曜坐在沙发里，漫不经心地给她鼓掌："听君一席话，如听一席话。"

林折夏："……"

迟曜下巴微扬："继续。"

林折夏不是很想继续了。

她停下来："我喝口水。"

等她用喝水掩饰完尴尬，继续往下念："——我们每个人都有，或都曾经有过青春。"

迟曜已经开始打哈欠了。

他用一只手撑着下颌，打断她："你除了废话，还有点别的吗。"

"……"

"这怎么能是废话，"林折夏说，"我这句话说得有问题吗？你能说它有问题吗？"

迟曜："它是一句没有问题的废话。"

"……"

听到这里,他似乎勉强打起了点精神:"你继续,忽然觉得你这演讲也不算一无是处,起码能为我平淡的一天增添点笑料。"

林折夏深呼吸。
强行让自己冷静下来。
她来找迟曜。
就是一个错误的决定。
但往其他方面想,迟曜就是她演讲道路上的第一道难关。
如果她都能在迟曜面前顺利把演讲稿讲完,还会怕其他妖魔鬼怪吗?
还会有比迟曜更讨厌、更会挑刺、更刁钻的观众吗?

不会了。
她将无惧任何人。

林折夏努力地在脑海里回想第二段内容是什么,然后依旧略磕巴地念了出来。

这次迟曜没再挑她刺了。
他安静下来,撑着下颌,看起来有点没精神,但全程都在听她讲。
偶尔他会点评一句:"这遍比上一遍好点。"
林折夏有点得意:"我还是略有演讲天赋的吧。"
迟曜抬眼:"我以为这叫勤能补拙。"
"……"

这篇稿子很长,想要完整且流利地背下来很难。
林折夏一下午都在他家对着他背稿子,中途喝光了他家两瓶水。
她最后一次背稿的时候,背到中途还是忘了词:"所以我们要珍惜青春,呃,要……要后面是什么来着。"
沙发上那个听到快睡着的人撑着脑袋,随口接了句:"要不留遗憾地奔赴明天。"

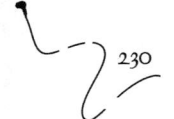

林折夏："哦，对，要不留遗憾地……"
她说到一半，停下来："不对，你怎么都会背了。"
迟曜："因为我智力正常。"
林折夏："你想说我笨就直接点。"

迟曜把手放下，从沙发上站起来，想去厨房倒杯水，经过她的时候停下来，然后不经意地把手搭在她头上一瞬，有些困倦地说："嗯，你笨。"
"……"
林折夏多少有点挫败感。
毕竟自己背了那么久的东西，结果还没一名观众背得顺溜。

等迟曜捏着水杯，从厨房走出来。
林折夏看着他说："既然你都会背了，要不我把这个珍贵的名额让给你，你去参赛吧。"

林折夏在迟曜家待了一下午。
傍晚到了饭点，她被林荷催着回家吃饭。
吃饭的途中她有点闷闷不乐，这个闷闷不乐源自：一件本来就没什么信心的事情，在努力一天之后，似乎也还是没有变好。
她开始怀疑自己到底能不能做这件事了。
当人一旦开始对自己产生怀疑，想到的第一件事都是放弃。

"妈、魏叔叔，"林折夏低着头，用筷子戳着碗里的饭说，"我有点想和徐老师说，让他换个人去参加比赛。"
林荷也不想让她为难，加上演讲比赛也不是什么非参加不可的比赛，于是顺着她说："实在不行，就跟老师说换人吧。"
魏平也说："是啊，而且你也尝试过了，实在困难的话，就和老师说一下。"
林折夏应了一声。

吃完饭，她认真考虑起换人这件事。

她坐在客厅，通过班级群点开老徐的头像。

老徐的头像是一朵宁静绽放的荷花，她对着那朵荷花犹豫了半天，对话框里的字打出来又很快删掉。

最后她写了一段很官方的话，只是在发出去之前，准备按下"发送"的手停顿了一秒。

然而就在这一秒。

手机忽然振动了下。

迟狗：还练不练了。

很突然地，林折夏今天一天的情绪都在这平平无奇的五个字里爆发了出来。

她很轻微地吸了吸鼻子。

把聊天框切过去，然后十指如飞地打字。

——你是不是也觉得我不行。

——我知道的，念得不流畅，还一直卡壳。
——那么简单的内容我都背不下来。
——而且想到要上台，台下有那么多人我就紧张。

她打了好几行字。

最后又放慢打字速度，重复了一遍第一句话。

——所以……

——你是不是……
——也觉得我不行。

如果现在迟曜就在她面前，她是不会说那么多的。

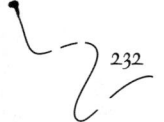

可能是因为隔着网络,也可能,是因为刚才她差点就在那相同的一秒钟之间,把那段要放弃的话发给老徐了。

她发完之后,对面没有立刻回复。

隔了大约有十秒,她才看到那行熟悉的"对方正在输入"。

迟狗:虽然你这篇演讲稿通篇废话,念得确实也不怎么样。
迟狗:但是没有人觉得你不行。

迟狗:是你觉得自己不行。

很奇怪,明明只是几行字。

她却好像听见了迟曜那种习惯性带着嘲讽,但有时候又诡异地透着些许温柔的声音透过这几行字,出现在她耳力。

对面发过来最后一句话。
迟狗:我不觉得。

3

晚上,林荷睡前给林折夏送牛奶,她敲了敲门,轻声说:"夏夏,在写作业吗?我进来了。"

林折夏回:"进来吧,我在看书——"

林荷开门进来,她最近都睡得很早,这会儿其实已经有点困了。

但她还是打起精神,关切地问林折夏:"退赛的事情,你和老师说了吗?"

林折夏接过牛奶:"没有。"

林荷:"怎么不说呢?是不好意思,还是怕老师不同意?"

"都不是。"

她摇摇头,说:"我还想再试一下。"

因为在她放弃的时候,有人跟她说,觉得她可以。
所以,她想再试一下。

林折夏喝了几口牛奶，想到刚才和迟曜的聊天记录。

——但是没有人觉得你不行。
——是你觉得自己不行。
……
演讲比赛而已，那么多人参加，别人都可以做到的事情，她也可以。

林折夏平时也总这样想一出是一出，林荷并没有多问她为什么忽然改了主意。

但女儿既然决定去做，她自然得鼓励："不管结果怎么样，重在参与就行，千万不要有压力。"

林折夏"嗯"了一声："你快去睡吧，我看会儿书也要睡了。"

这天晚上，她睡得并不太安稳。
毕竟想着比赛的事儿，心理压力还在。

她做了一个梦，梦里她被一群怪兽抓走，然后这群怪兽逼着她上台演讲。
她在梦里发挥得异常流利。
结果怪兽头头说："你讲得很不错，再讲一篇我听听。"
……

起床后，她揉了揉脑袋，感觉头有点疼。
早上九点。
她简单洗漱完，又修改了一下稿子。

正当她犹豫是在家练习，还是去迟曜家的时候，有人在楼下喊她："夏哥——"

是何阳的声音。

她走到窗户那儿，扒着窗户探头往下看，看到并肩站在楼下的何阳和迟曜。

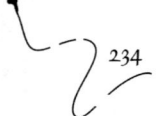

迟曜被太阳晒得眯起了眼睛,他似乎是嫌何阳靠他太近,于是往边上退了几步。

何阳仰着头,双手作喇叭状,声音从楼底传上来:"夏哥,有事找你,下来一趟。"

这个喊法让她一下回到小时候。

小时候,电子设备还没有现在那么流行,她也没有手机,平时做得最多的事情,就是到处喊人下楼玩。

"什么事?"林折夏披着头发下楼。

"走,"何阳冲她说,"去曜哥家,给你准备了惊喜。"

林折夏:"?"

何阳:"走啊。"

林折夏疑神疑鬼:"确定是惊喜?为什么要给我准备,无事献殷勤,非奸即盗。"

何阳:"去了你就知道了。"

林折夏跟在他们两个人身后,去了迟曜家。

她进屋没多久,门忽然被人敲响,来的人个子很高,戴着副黑框眼镜:"曜哥,我来了。"

不超过三十秒。

又进来一个人。

"我也来了我也来了。"

"还有我,路上有点事,说好的九点二十分,我没迟到吧。"

"我我我我、我也来了。"

"……"

人越来越多。

很快迟曜家的客厅就被挤满了。

沙发上挤满了人,坐不下的就站着。

站的人有两三排。

235

来的大多数都是小区里的同龄人，今天周末，大家都有空闲的时间。

满屋子的人里，甚至还有个小孩。

小孩捧着根棒棒糖，跟她大眼对小眼，一脸天真无邪地喊："姐姐好。"

林折夏表情有点裂："这小孩谁啊？"

"这我堂弟，"何阳说，"二丫，过来，坐哥这儿。"

何阳解释："曜哥说多凑点人，我堂弟正好在我家，就顺便把他一块儿叫过来了，你别看他才五岁，但已经听得懂人话了。听你的演讲应该也没什么太大问题。"

林折夏怀疑自己是不是听错了："听我的……演讲？"

何阳："对啊，你不是要参加比赛吗，还是台下会有很多人的那种。怎么着，够意思吧，我们来给你彩排，就咱这气势，人多势众的，你跟我们彩排完，到时候一定能适应台下那么多人。"

林折夏："……"

很有创意。

是谁想出这么有创意的主意？

她差点就鼓掌了。

何阳又充满期待地说："你的演讲啥时候开始？"

林折夏扫了一眼满屋子的人，视线最后落在这群人里最显眼的那个人身上——迟曜坐在沙发正中央，看起来像是被所有人簇拥着似的。所有人都坐得很板正，只有他看起来很放松的样子，不经意地低头滑了下手机。

等他再抬头的时候，两个人视线正好交会。

"现在就开始，"虽然场面过于离谱，但林折夏不得不承认这是个很好的练习机会，"你们做好准备，我要开始演讲了。"

她说完，迟曜把手机随手收了起来。

然后他作为这个创意的发起人，展现出了他的领导力。

他整个人往后靠，闲闲散散地鼓了下掌。

由他带头，其他人也开始鼓掌，一时间，客厅爆发出一阵雷鸣般的掌声。

林折夏无语一瞬，然后清了清嗓子开始脱稿："大家好。我演讲的题目是《青春》。"

她话音刚落，有人扭头问："曜哥，这里要不要喝下彩？"

迟曜微微颔首："可以。"

客厅里一众观众立刻爆发出十分热烈的掌声：'好！说得好！'"

"这个开头，很流利！"

"我一听！就觉得咱们夏哥是演讲比赛第一名的苗子。"

"……"

混在这里面的，还有何阳五岁堂弟稚嫩的喝彩声："姐姐你的普通话很标准噢。"

……

"你们安静点。"

林折夏停下来说："比赛时候的观众哪有你们那么吵啊，我是在学校礼堂比赛，又不是在养鸡场比赛。"

何阳："万一大家被你的演讲所折服，情难自禁，你也得适应一下这种突发情况。在喝彩声里，如何不卑不亢地从容应对。"他说完，想从别处寻求认同："曜哥，你觉得呢？"

迟曜没接他的话："你说的这种情况不太可能发生。"

林折夏："……"

最后林折夏还是对着这群人，彩排了四五遍。

不知道是不是她的错觉。

今天的她，好像不像昨天那么卡壳了。

那些纸上的字，仿佛离开了那张纸，轻而易举地从嘴里说了出来。

明明昨天她还差点跟老徐说她想放弃。

何阳在迟曜家待了近一个半小时，等来听林折夏彩排的人都散了，他也准备回家。

然而走到半路，他发现手机没带，于是又返回去。

"我东西落了。"何阳从沙发上找到手机。

正准备走，何阳想到出门前他妈似乎又一副要和他爸吵架的架势，又在沙发上坐了下来："我还是坐会儿再走吧。"

迟曜没什么反应，在收拾刚才因为人多被弄乱的茶几桌面："随你。"

何阳："我早就想问了，你这耳钉什么时候打的？刚才我盯着你耳朵看半天了。"

迟曜没说话。

何阳："本来就够帅的了，能不能给我们这种人留点活路，你这样去学校，学校那群人还不得疯——"

"他们疯不疯我不知道，"迟曜说，"我看你今天就挺疯的。"

何阳早已经习惯他说话的方式，忍不住摸摸自己的耳朵："你说我去打一个怎么样，我应该也挺适合的吧。"

迟曜头也不抬："去照照镜子。"

何阳："……"

隔了会儿，何阳说起刚才彩排的事儿："我夏哥还参加比赛呢，这我是真没想到。"

提到林折夏，他打开了话匣子。

"说起来早上我们不是一块儿坐车上学吗，车上有我一个同校的同学，前几天他上来跟我打招呼，说在车上见过我。

"他还问起我边上那个挺漂亮的女生，我愣是好半天没反应过来这个'挺漂亮的女生'是谁，那一瞬间，我发现认识多年，自己已经忘记夏哥的性别了。"

说到这儿，何阳感慨："没想到我夏哥还挺受欢迎。当然你放心，联系方式我没给。"

"这同学还好奇我有没有暗恋过她，给我吓一跳，浑身汗毛直立的那种，"何阳说，"怎么可能啊，这是我从小一起长大的好哥们，我又不是疯了，全世界那么多女的，我就是喜欢任何一个，都不能是我夏哥。你说是吧。"

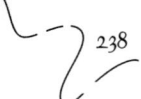

何阳越想这个假设越觉得可怕:"啧,那多尴尬啊,这下场恐怕得绝交。本来好好的兄弟,搞得连兄弟都做不成。"

迟曜听着,没有说话。
但是收拾茶几的手却顿了顿。
何阳话题一茬接一茬,转得快。
在他换下一个话题的时候迟曜打断了。

"坐够没,"迟曜说,"坐够了就快滚。"
何阳:"曜曜,你好无情。"
迟曜闭了闭眼,再睁开:"滚。"
"走就走。"
何阳走之前,很浮夸地冲他翘了一个兰花指:"你这样伤害人家的心,人家下次都不来了。"

周末彩排的效果不错,林折夏松了半口气。
剩下的半口,在比赛结束之前暂时还松不了。

周一,唐书萱看她状态不错:"我还在担心你想退赛呢,没想到你准备得还可以。"
林折夏边交作业边说:"嗯,周末在……在家练了两天。本来是想过退缩,但现在还是想尝试一下。"
唐书萱替她感到高兴:"那就好,你千万别紧张,还有我呢。"

林折夏起初以为自己不会紧张。
但离比赛日越近,就越控制不住。

比赛前一天,她饭都只吃得下半碗。
魏平紧张地问:"今天吃这么少,是不是饭菜不合胃口?这样,你想吃什么,叔叔等会儿带你出去吃。"
林折夏摇摇头:"我吃饱了。"

她主要是怕吃太饱，会紧张到想吐。
林荷："明天就比赛了吧，比赛时间是上午还是下午？"
林折夏："下午。"

晚上十点，她准时上床准备睡觉。
甚至睡前还喝了杯牛奶。
然而等她熬过漫长的时间后，承认自己睡不着，再度睁开眼，发现手机屏幕上显示的时间已经成了"23：03"。

家里很安静，这会儿林荷和魏平早都已经睡下了。
她躺在床上叹口气，睡不着，又实在找不到事情干，随手点开了游戏。

她对游戏的热情来得快去得快，之前假期玩了一阵之后又很快搁置。
她上去领了下东西，看了一圈，正准备下线，却收到一条好友消息。
小猪落水：？
扑通：……
小猪落水：还不睡？
林折夏被抓包，打字回复。
扑通：被你发现了。
扑通：我偷偷上来锻炼游戏技术。
扑通：我就是喜欢这种背着好友变强的感觉。
小猪落水：哦。

然后"小猪落水"再没说话。
过了大概两分钟，"迟狗"弹过来一通语音电话。

"干吗？"林折夏接起电话，压低声音怕惊扰林荷，小声地说，"我要睡了。"
迟曜毫不留情地戳穿她："胆小鬼，能睡着吗？"
"……"
林折夏正想说再给她一点时间，她能睡着，就听电话里的人又说了

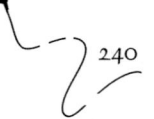

句："我在你家楼下。"

"现在？"

电话那头，除了那个熟悉的声音，还有隐隐约约的蝉鸣声。
"嗯，"他说，"下不下来。"

4

林折夏挂断电话后，小心翼翼地从床上爬起来。

她连衣服都没换，身上穿着印有卡通图案的睡衣睡裤，头发也乱糟糟地披在脑后。
然后蹑手蹑脚地拧开门，偷偷溜了出去。

"我感觉这样有点偷偷摸摸的，"下楼后，她一眼看到等在楼栋出入口的迟曜，向他跑去，说，"刚才出来的时候还有点心虚。"
迟曜看向她："你出来见我，心虚什么。"
林折夏忍不住强调："这个点，我家里人都睡了。"
迟曜不冷不热地说："所以你是觉得，我们现在这样是在私会吗？"

她完全没有这个意思。

"谁跟你私会啊。"
林折夏莫名感觉从迟曜嘴里听到"私会"这个词后，耳朵有点热。
她或许是想掩饰，又或许是那一刻脑子像打了结，不经思索，脱口而出一句："就算我跟狗都能说成是私会，跟你也不可能是。"
她说完之后，气氛似乎诡异且没来由地凝滞了一秒。
一秒后，迟曜像平时那样居高临下地扫了她一眼，然后他收起手机，转过身往回走："那你去跟狗私会吧。"
林折夏一路小跑跟在他后面："我为什么要跟狗私会？"
迟曜："你自己说的。"

林折夏:"我就随便说说,开玩笑你不懂吗……"

迟曜忽然脚步微顿。

然后他伸出手,指了指路边垃圾桶边上的一只流浪狗:"这儿就有,你考虑一下。"

"……"

这个人有时候真的很幼稚!

林折夏跟上他,两人沿着小区里的路往前走,拐出小区,又散步散到她经常去的湖边。

她一边走,一边感觉到那份紧张在不知不觉间缓解了许多。

夏天、湖面微风、蝉鸣。

还有漆黑但抬起头就能看到星星的夜空,闷热但熟悉的风。

还有……

身边的这个人。

林折夏:"这里晚上景色很好哎。"

迟曜"嗯"了一声。

林折夏又说:"其实我今天晚上没睡着,不是因为紧张,是因为我们这种年轻人,就是睡得比较晚而已。"

回应她的还是一声没什么感情的"嗯"。

林折夏:"你能不能多说一个字?"

迟曜冷声:"嗯嗯。"

林折夏无语:"你还是闭嘴吧。"

迟曜穿了件黑色防风外套,板型挺括,衬得整个人看起来更高了,一只手插在上衣口袋里,意识到她落在后面没跟上,放缓脚步等她。

两人一路往前走,林折夏走得有点口渴:"我想喝水,我们去前面商场看看。"

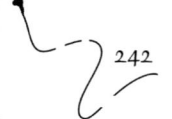

商场离关门时间还有半个多小时,两人进去的时候商场里已经没什么人了。

一楼大堂空空荡荡的,偶尔有两三个人路过。

她四下张望,想找奶茶店。

迟曜却往前走了几步,停在几个白色的柜机前面,对她说:"过来。"

"什么啊,"林折夏走过去,"娃娃机?"

迟曜:"抓不抓?"

林折夏:"抓。"她又飞快补上一句,"如果你请我的话。我这个月零花钱花完了。"

趁迟曜掏手机扫码的中途,林折夏注意到这个娃娃机的名字叫:幸运牌娃娃机。

"如果抓中,"林折夏随口说了一句,"是不是代表我明天会变得很幸运?"

迟曜把买回来的币连币带筐一起塞进她手里。

"抓哪个?"

林折夏看了一圈。

她本来想说"那边那个小熊看着还行",迟曜却弯下腰,去看最下面那个柜机。

最下面的柜机里满满当当的,都是白色的小兔子。

很小的一个,三分之一个掌心那么大,扣在钥匙扣上,很方便随身携带。

然后她听见迟曜说:"这个吧。"

林折夏现在对兔子有种特殊的感觉。她很容易联想起那天晚上的睡前故事,还有迟曜常挂在嘴边的"胆小鬼"。

她带着某种奇怪的情绪,想故意绕开这个兔子,问:"为什么?我看上面那个小熊也很不错。"

"因为我付的钱。"

"……"

好的。
理由很充分。

林折夏抱着装满钱币的筐蹲下来:"你付的钱,你说了算。"
她从筐里拿出两枚硬币投进去,等机器亮起来之后忽然喊了一声:"迟曜。"
迟曜也蹲下身,但他即使是蹲着,也比她高出一大截。
迟曜:"?"
林折夏操作起摇杆:"我的抓娃娃天赋藏不住了,给你展示一下什么是真正的娃娃机高手。"

话音刚落,抓钩抓了个空。
迟曜面无表情地赞叹:"这就是你藏不住的天赋。"
林折夏:"太久没练,技艺生疏了,下一个肯定行,你就目不转睛地看着吧。"
说完,柜机里的抓钩在她的操作下收拢,然后和兔子钥匙扣短暂接触一秒,又空了。
迟曜侧过头,看向她:"真厉害,我第一见这么厉害的娃娃机高手。"
林折夏有点受挫:"……你说话不要这样阴阳怪气。"

她抓了很多次。
直到最后红色的小筐里只剩下两个币。
这次她犹豫了:"怎么办,我感觉可能是抓不到了。"

幸运牌娃娃机。
抓不到的话,好像显得明天会很不幸的样子。

就在她犹豫的时候,一只手从边上横着伸出来,那只手把两枚硬币投进去之后,机身上环绕的彩色灯条瞬间亮起,然后那只手从边上绕过来,和她一起握住了操作杆。
操作杆可以抓握的空间有限。

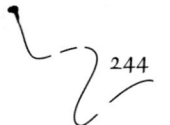

所以不可避免地，两个人的手有触碰到一起的部分。

"抓得到。"那只手的主人说。

林折夏投以怀疑的目光："就剩最后一次机会了，你哪里来的自信？"

耳边传来迟曜淡淡的声音："因为我也是高手。"

她正想嘲讽，瞥了一眼，余光落到少年闪着细碎银光的耳钉上，然后她感受到手上的摇杆动了下。

柜机里的抓钩悬在半空，慢慢悠悠地往出货口附近移动。

迟曜挑的是一只卡在出货口附近的兔子，那只兔子前面还有一只兔子离出货口更近，如果让林折夏选的话，她可能会选那只更近的兔子。

她正想说"你这样是抓不到的"，下一秒，抓钩直直落下去。

那只兔子被短暂地钩起来两秒，就在它被吊起来的同时，离出货口更近的一只兔子被掀动，脑袋朝下，往出货口跌了进去。

"嗒。"

一只兔子顺着出货口，一路"咕噜噜"滚下来。

滚到迟曜手边。

他松开手，用一根手指挑起钥匙扣，指节微屈，把那只抓到的兔子送到了林折夏面前。

"我跟某位高手不一样。"

他钩着兔子钥匙扣说："抓只这么简单的兔子都抓半天。"

"胆小鬼，"等林折夏愣愣地接过，迟曜起身前又说了一句，"你明天应该不会太倒霉。"

小小一只的毛绒兔子静静躺在她掌心上。

在这个瞬间，她已经完全忘了自己半小时前躺在床上睡不着的那份紧张的心情。

次日。

天气很好，艳阳高照。

林折夏早饭吃了很多,魏平给她夹多少菜她就吃多少。

魏平:"就猜到你昨天吃太少,今天早上特意多给你准备了几种早餐,多吃就对了,还在长身体,不吃饭怎么行。"

林荷见她状态不错,也放下心来:"下午别紧张,正常发挥就行了,咱也不是非得拿个什么名次。"

林折夏点点头,放下筷子说"妈,我去找迟曜上学了",走之前,她忽然想到什么,又返回房间。

昨天回来太晚,她把兔子钥匙扣放在枕边就睡了。
她拿起枕边的兔子,把它塞进了书包。

这天下午,高二年级大部分人都被抽选去旁听演讲比赛。
午休后,参赛选手集体去礼堂后台排队准备。
唐书萱借了口红,准备的时候让林折夏举着镜子帮她照着。
林折夏:"不至于吧。"
唐书萱:"你不懂,女为悦己者容。"
林折夏:"等会儿台下那么多人,你能看到他吗?"
唐书萱:"他能看到我就行。"
唐书萱擦完口红,问她:"怎么样,是不是看起来气色好了很多?"

其实这种口红颜色很淡,几乎看不出。
但林折夏还是说:"'明艳动人'这四个字形容的就是你,等会儿他肯定一眼爱上你。"

演讲比赛很快开始,他们在后台能听到评委和主持的声音。
还有观众鼓掌的时候夸张的动静,一千多个人一起鼓掌,整个后台好像都在颤。
这声音让原本不紧张的唐书萱都跟着紧张起来。

这次,倒是林折夏反过来安慰她:"没事的,想想你那位学长,冷静一点。"

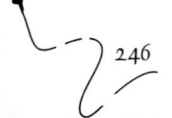

唐书萱:"你怎么那么淡定?"

林折夏有时候会不自觉地,用和迟曜相似的语气装一装:"哦,我跟你不一样,临危不乱。"

这股相似的语气被唐书萱一下认了出来。

唐书萱看她一眼:"你说话怎么一股迟曜味儿?"

"……"

唐书萱在她前面上台。

她毕竟有过经验,平时又是社交达人,很快调整好状态,抬头挺胸从后台走了出去。

林折夏在后台听见唐书萱的声音从话筒里传出来,只不过传到她这里时隔了一层墙壁,变得沉重而又模糊:"大家好,我是高二(七)班的唐书萱——"

过了大约二十分钟,后台厚重的丝绒门帘被人拉开:"下一位准备。"

门帘外的人看了下舞台上的情况,又说:

"可以了,下一位上台吧。"

林折夏从后台走出去前,轻轻呼出了一口气。

说不紧张肯定是假的,面对这么多人,怎么可能不紧张。

但她上台前低下头,看了一眼那只被她偷偷带进来,藏在掌心里的小兔子。

她发现好像也没什么可紧张的。

抓着这只兔子,她仿佛从内心深处凭空生出某种力量,那股微小却温暖的力量,足以让她面对一切。

舞台很大。

对十七岁的她来说,这是一个很大很大的,大到令人恐惧的舞台。

主持人念完词,从舞台中央退下后,偌大的舞台上就只剩下她一人。

247

她面前第一排坐着各年级的老师和校领导。

再往后，就是一片黑压压的人头，近千人坐在台下。这一刻，所有人都在看着她。

她说不清此刻的感觉，没有害怕，没有退缩，没有任何念头，或者说任何念头都被某个念头挤下去了。那个念头就是——迟曜也在台下。

这些人里，有迟曜。

意识到这点后，她就不再害怕了。

她无意识地想从这些人里找寻他的位置。

座位都是按班级排的，她很容易分辨出高二年级的具体位置，然后在那个位置附近扫了几眼。

她上台前对唐书萱说过一句"等会儿台下那么多人，你能看到他吗"。

她不知道唐书萱刚才能不能看到，但发现自己可以。

她可以从层层叠叠的人群里，一眼就找到他。

林折夏的目光穿越人群，落在观众席后排某个角落。

角落里，光线昏暗。

少年身形削瘦，有些懒散地倚着靠背。

林折夏说话前心跳加快，握紧话筒："各位老师，各位同学好，我是高二（七）班的林折夏，演讲的题目是《青春》。"

她声音里难免带着些故作镇定。

随后，她看到那个身影动了动。

两个人的视线似乎交会一秒。

那天也是像这样，客厅里人很多，在人群里，她和迟曜对视了一眼。

周围是最熟悉的那帮发小吵闹的鼓励声。

站在被上千人注视着的地方，林折夏的心脏失去规律般地跳动起来。

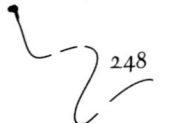

但她声音里的故作镇定不自知地退去了，念出来的稿子也不是先前准备的那篇满是废话的套路稿，而换上了昨晚她重写的新稿子："我的青春，可能和大家有些不同，因为对我来说它有一个起点。那个起点是很特别的三个字，那三个字叫'南巷街'。"

她的声音开始坚定起来。
"我的青春，是从那里开始的。"

……
对林折夏来说，长大后的世界里，有很多奇形怪状的怪兽。
并不像小时候那样，可以凭着莽撞和无知无畏到处挥拳头。

人会在无意识之间变得胆小、变得怯弱。
甚至在面对一些自己本可以做到的事情时，做的第一步却是自我设限。

但是当她遇到生活中那些许许多多需要鼓起勇气才能做到的、很困难的事时，始终有个人相信她可以做到，并且在她试图鼓起勇气的时候，给了她勇气。

于是她发现那些想象中会到来的狂风骤雨，其实根本无法将她淋湿。

因为这些。
所以她好像变得，比之前更勇敢一些了。

5

台下，徐庭坐在迟曜边上叨叨：
"南巷街，这是你们住的地方吗？
"真好啊，我也想有个发小，小时候家里就我一个人，小区里虽然有其他孩子，但大家都不熟。
"林少这稿子写得挺真实，有感而发，感觉比前几个好多了，估计能拿个好名次。"

　　林折夏的演讲稿以叙事为主,她这个人讲故事其实挺有意思,把南巷街的生活说得绘声绘色。

　　"哎哟,"徐庭实时点评,"林少小时候还打架呢,看不出啊。"
　　徐庭这个人思维极其发散:"不过吧,以后林少要是交男朋友了,她男朋友会不会介意你?
　　"毕竟你俩熟得两个人跟一个人似的。
　　"都说男闺密遭人恨……"
　　他说到这儿,被迟曜打断:"说完了吗?"
　　"?"
　　"说完就闭嘴,吵到我耳朵了。"
　　"……"
　　徐庭撇了下嘴,缩了回去,没再和迟曜搭话。

　　迟曜坐的位子靠角落,光线并不好。
　　他半张脸都被阴影挡着,看不清神色。

　　刚才台上的人演讲前往他这儿看了一眼,女孩子穿着一身干干净净的校服,过长的校服裤腿被折起来,露出瘦弱纤细的脚踝。她起初很紧张,但演讲过半,已经说得越来越流畅。
　　清透中带着些许温暾的声音通过话筒被放大后传过来。

　　演讲结束。
　　他跟着周围的人一起鼓掌。
　　高二(一)班老师在前面回头看了一眼自己班级的观赛情况,看到他们井然有序的样子,又放心地把头扭了回去。
　　然而他不知道的是,他们班迟曜在听完这位选手的演讲后,立马往后靠了靠,合上眼前对徐庭说:"我睡会儿,帮我盯着老师。"
　　徐庭:"后面的你不听了?"
　　迟曜兴致缺缺:"这种演讲,有什么好听的。"

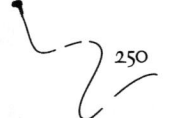

徐庭："……"
那你刚才还听。

傍晚放学前，自习课上。

唐书萱从老师办公室里拿着一沓东西过来，其中有一张是黄色的奖状，她把奖状给林折夏："你的奖状发下来了，给，一等奖！"
虽然在比赛结束的时候，已经公布了名次，但真拿到奖状的感受还是很不一样。

林折夏接过："谢谢。"
她又补上一句："你发挥得也很不错。"
唐书萱笑笑："别安慰我啦，我对名次不是很在意，比起名次——"她说着，压低声音，"偷偷告诉你们，我下台之后，学长夸我了。"
陈琳在旁边插话说："可以啊。"
唐书萱笑眯眯的："他说我发挥得很好，为我感到高兴。四舍五入，我跟他明天结婚。"
林折夏："……这入得有点过了吧。"

但不管怎么说，比赛结束都该庆祝一番，于是唐书萱提议："我们晚上要不要聚个餐呀？学校附近有几家饭馆，再把某个姓迟的叫上，我们一块儿吃个饭？"
林折夏想了想："我没什么问题，但他就不一定了，我问问他。"

她偷偷给迟曤发消息。
果不其然，对面很快回过来两个字：不去。

林折夏打字，发过去两句话。
——你居然敢拒绝我。
——你知道拒绝的是谁的邀请吗？
迟狗：？

林折夏：你拒绝的是第十届城安二中演讲比赛第一名的。

林折夏这句话发出去之后，对面沉默了很久。
过去大约半分钟，迟曜回过来两句话。
——两分钟。
——自己醒过来。

林折夏："……"
你才脑子不清醒呢。

唐书萱发完其他人的作业后，问："他回你了吗？"
林折夏把手机收起来，抬头说："我觉得还是别叫他了吧，他这个人，可能不配吃饭。"

她话虽然这样说，到放学时间还是老老实实去一班门口等迟曜。

一班今天拖堂。
林折夏在外面等了近十分钟，等到他们班数学老师喊："行了，下课吧。"
话音刚落，整个教室仿佛像被人按下启动键，很多人早就收拾完东西了，直接背起书包往教室外冲。
林折夏手里拿着卷成棍状的奖状等在走廊拐角处，看到迟曜和徐庭并肩从教室后门不慌不忙地走出来。

她想吓一下迟曜，突然从拐角跳出来："迟曜。"
但迟曜完全没被她吓到，只是略微抬眼，扫了她一眼。
她故意把手里的奖状抖开，想炫耀，但又不好意思直接说，于是绕了个弯："今天作业太多，书包都装满了，哎，只能这样拿在手里。"
迟曜知道她的意图，连个眼神都不愿意分给她了。

林折夏："好麻烦，还得拿着，其实得奖只是虚名，不一定要特意发这种奖状的。"

迟曜："嫌烦？"

林折夏点点头。

迟曜指了指边上的垃圾桶："那你扔了吧。"

"……"

林折夏沉默一瞬，又说："你就不惊讶吗？"

迟曜："我惊讶什么？"

林折夏："我上台的时候背的不是周末排练过的那篇，而是连夜临时改的稿，所以你应该会惊讶于我的才华。"

迟曜随手拿出手机，然后把手机屏幕转向她，摁了下侧边的开关，手机屏幕陡然间亮起——

"看到上面的时间了吗？"

屏幕上显示的是"18：18"。

迟曜拿着手机说："过去半个多小时了，你还没清醒。"

林折夏："……"

林折夏转向徐庭："你和这种人做朋友一定很辛苦吧。"

徐庭在边上憋笑，他咳了一声说："呃对，非常辛苦。"

林折夏："我理解你，和这种人做朋友应该每天都想向他索赔精神损失费。"

徐庭试图挽回局势，给林折夏一点面子，边走边说："林少，你这手里的奖状，太耀眼了，光芒差点刺痛我的双眼，让我仔细欣赏一下，你居然拿了一等奖——也太牛了。"

林折夏虚荣心得到满足："低调低调。"

她说完，发现迟曜在看她。

迟曜移开眼："你们两个智商加起来都不一定过百的人，走路的时候离我远点。"

因为徐庭马屁拍得到位。

所以林折夏也邀请他一块儿去吃饭："唐书萱已经点好菜了，你要不也一块儿来?"

校外有不少餐馆。
二中很多人放学后会选择在学校附近吃饭,所以街对面开了一排餐馆。
林折夏拉着迟曜他们进去的时候,桌上已经上了几道凉菜。

唐书萱:"我怕上菜的速度太慢,就先点了几道,其他都还没点,正好你们来了看看菜单,加点菜。"
菜单先传到迟曜那边。
他拿着笔,低头扫了几眼,随手勾了几下后把菜单递给她。

林折夏接过,然后她发现自己在看菜单的时候,每一道想打钩的菜前面都已经有了一个略显潦草的钩。
准得就像……
这些钩就是她本人打的一样。
但她知道完全不一样,因为手中这张纸上的笔迹和她的截然不同。

"怎么不点?"陈琳在边上问。
因为她想吃的都点好了。
这个认知不知道为什么让她感知到一些莫名的情绪。

她有点慌乱地把纸笔递给陈琳:"你先看吧,我没什么要加的了。"
陈琳接过,没多想:"噢,那我看看。"

他们坐的位子靠窗,大玻璃窗外面有很多背着书包经过的学生。
吃饭中途,陈琳小声地说了一句:"这就是和开学就在论坛'杀'了一整页的人出来吃饭的待遇吗?"
林折夏忙着啃鸡翅,闻言看她一眼,没懂她的意思:"?"

陈琳用筷子指指玻璃窗外:"就刚才短短十分钟,走过去的十个人里,有九个都会往咱们这儿看。"

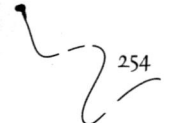

"……"

"这么夸张。"

"没夸张,"陈琳说,"我还没用上夸张手法,只是简单陈述。"

饭桌上其他人都在忙着聊下周运动会的事儿。

唐书萱:"我在老师办公室听见的,咱们下周运动会,而且还是和其他学校一块儿开。"

徐庭:"我也听高年级的说了,咱们学校运动会确实会和其他学校一起开,而且开两天,不需要上课,今年好像是和隔壁学校一块儿吧。"

"隔壁学校?"

"就那个实验附中。"

"……"

林折夏啃完鸡翅,吃得差不多饱了,于是放下筷子听他们聊天。

陈琳在问:"为什么要跟其他学校一起啊?"

徐庭:"咱学校难得开一次,平时很少组织活动,估计是想一口气做大做强创辉煌吧。"

唐书萱:"这话说得在理。"

林折夏听着听着,思绪跑偏,想到陈琳偷偷跟她说的话,忍不住看了眼坐在边上的人。

迟曜的位子正好对着那扇大玻璃窗,他没加入谈话,服务员刚给每个人都上了份鸡蛋羹,他正随手捏着勺子在碗里拨弄。

他垂着眼,睫毛像一道阴影遮在眼下,就连下颌线条都透着股疏离的劲儿。

林折夏看着,没头没脑地想:

如果是因为这张脸,确实算不夸张。

她正想着,被她偷看的那个人也抬眼看了过来,并对她说了句:"你那碗给我。"

林折夏后知后觉,指了指自己面前那份还没动过的蛋羹:"这个?"

255

迟曜不置可否。

林折夏觉得有些离谱:"你这个人怎么这样——"

"我怎样。"

"也不要太贪心了吧,你都有一份了,这份我还想吃呢。"

迟曜往后靠了靠,漫不经心地说:"那怎么办,我就想吃两份。"

林折夏:"那你去吃徐庭的。"

莫名被点名的徐庭:"?"

接着,林折夏又说:"或者,你饿死吧。"

迟曜勾了下嘴角:"哦,我饿死。"

说完,他直接伸手把她那碗鸡蛋羹拿到自己面前,林折夏正想说他过分,可那只手松开碗后,又把自己刚才那份捏着勺子拨弄过半天的白色瓷碗放到她面前。

白色瓷碗里也是一份没动过的鸡蛋羹。

但说没动过,可能不太贴切。

因为原本撒在鸡蛋羹上面的那层葱花已经被人挑掉了。

她不怎么喜欢吃葱花。

不算完全不能吃,但如果时间充裕的情况下,一般还是会把葱花挑出来。

小时候迟曜在她家吃饭的时候,就见过她挑葱花。

那次林荷大概是因为手抖,撒得格外多,她挑了很久,最后叹口气:"好累啊。"

迟曜说话一如既往地不太好听:"那你别吃了。"

林折夏从小就显现出一种很识时务的潜质:"……不吃饭会饿,我休息一下再继续挑。"

然而就在她休息的时候,迟曜拿起了她刚放下的筷子。

林折夏:"你别偷吃我的。"

"……"

过了会儿。

她又问:"你在帮我挑葱花吗?"

那时候的迟曜不屑地说:"谁想帮你挑,我是不想在吃饭的时候,边上有个人叹气。"

……

可能是因为想到小时候。

林折夏看着面前这碗鸡蛋羹,像是有人很轻很轻地戳了一下她的心脏似的。

应该就是因为儿时旧事吧。

林折夏在心里加强了这个假设。

不然她找不到其他理由去解释此刻的心情。

林折夏很快从回忆里抽离,捧着那碗鸡蛋羹说:"刚才多有冒犯,是我以小人之心,度君子之腹。没有真的想让你饿死的意思,我比谁都希望你能够吃饱饭。"

迟曜一副懒得理她的样子。

他又靠回去,随手捏了捏刚才收回去的手指骨节:"闭上嘴,吃你的饭。"

6

林折夏饭后回到家,林荷和魏平很给面子地轮番夸了一下她拿奖的事。

魏平:"我就说,你的演讲天赋,大家都是有目共睹的,其实叔叔早就看在眼里了。"

林荷也很满意:"这次发挥得还不错,你快去写作业吧。"

魏平拿着奖状,比自己升职还兴奋:"这奖状等会儿叔叔立马给你贴起来,要不贴餐桌对面?每次吃饭都能看到。"

林荷有点无语:"你怎么不贴家门口,这样每一个路过的人都能看。"

"好主意。"魏平扭头问:"夏夏觉得怎么样?"

有演讲天赋的林折夏本人:"……我觉得,还是收敛一下我的光芒比较好,免得让其他人感到自卑。"

"……"

几人简单聊了两句。

林折夏回房间,放下书包,拉开书包拉链。

她手顿了顿,把藏在书包夹层里的兔子钥匙扣拿了出来。

她想了想,把小兔子钥匙扣摆在书桌上,这样可以陪着她写作业。

但才刚放上去,她就不放心,又把它放进了能遮尘的柜子里。

很快,下周二中要和实验附中一起开运动会的通知正式下发,各班级积极报名准备起来。

七班体育委员平时是个闲职,此时难得忙得脚不沾地。

体育委员拿着表费劲吆喝:"还有谁要报名的,现在女生接力还差一个人。"

"没人吗?

"这是多难得的运动机会啊,一年才一次,大家不该好好珍惜吗?"

林折夏看了眼其他人,没人出声,于是举手说:"我可以,填我吧。"

傍晚放学后,她和迟曜在小区门口恰巧碰见何阳。

林折夏冲何阳挥挥手:"精神校友——"

何阳背着包走过来:"没想到开学那会儿被你说中,这回一块儿开运动会,我还真成精神校友了。"

三个人一块儿走。

何阳问:"你们都报了哪些项目?"

林折夏:"我报的接力。"

何阳扭头:"我曜哥呢?"

迟曜不冷不热扔给他两个字:"篮球。"

何阳骂了一声:"我也报了篮球,本来还打算独领风骚的,没想到还有你,那我明天不是很难装了?"

林折夏点点头,深以为然:"那你确实装不过他。"

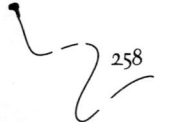

迟曜没说话。

但是他做了一个偶尔会做的小动作，手绕在林折夏脖颈后面，手指张开，威胁性地轻轻掐了一下。

这回和上回不太一样，上回他的手指被冰棍冻得很凉，这回却很炙热。

林折夏整个人僵了一瞬。

好在完全没人察觉到异样，何阳还在继续说："要不这样，夏哥，我求你件事儿呗。"

林折夏："啊？"

何阳开始畅想："明天篮球比赛的时候，你来给我送水，替我撑撑场面。不然我下场的时候无人问津，实在很尴尬。如果可以的话，最好再饱含感情地喊几声我的名字，伪造成一副我很受欢迎的样子。"

林折夏感觉刚才落在她脖颈处的触感还没消散，有点走神，其实完全没仔细听他在说什么，只听到个"送水"。

嘴比脑子动得快，很干脆地答应下来："好啊。"

"……"

运动会当天，所有人乘大巴来到学校附近的大型露天体育馆。

体育馆外面停满了车，两所学校的人加在一起，使场馆内外看起来十分拥挤。

实验附中的校服是蓝色的，很好区分。

场馆入口有老师守门，免得学生不守规矩提前离场。

馆内呈圆形，外面一圈是看台，里面一圈是运动场地。

林折夏跟着班级队伍入场，熬过校领导发言后坐在看台上发呆。

比赛进程很快，没多久上午的项目就过了大半。

陈琳等会儿要去跳远，走之前问："你想什么呢？"

林折夏："我在想，昨天为什么要答应别人一个非常无聊的要求。"

陈琳："？"

"算了,没事,"她说,"你去比赛吧,加油。"

陈琳走后,她看着边上提前给何阳买好的水叹了口气。
为什么会答应呢。
其实答案她自己也清楚。
因为昨天她走神。
而她走神的原因,是她最近似乎开始放大她和迟曜之间相处的一些细节。
这些细节能很轻易地拨动她。

林折夏不再去想这件事情,她拿出手机,发现何阳二十分钟前给她发了一堆消息。
——我待会儿上场,夏哥,不要忘记了。
——认准我,我是12号。
——你能找得到吧,我在人群中应该还不算太普通吧,就算略显普通,有我们认识多年的底子在,你应该也能在茫茫人海中看到我吧。
——我能否在实验附中保全颜面,就看你了。
——晚上请你喝奶茶,感激不尽!!!

林折夏回复:我要喝三十杯。
大壮:……先不说我零花钱够不够,你喝得完??
林折夏趁火打劫:我每个月喝三杯,喝十个月。

回完消息后她放下手机,去看场内。
场内人很多,跑道上有人跑步,有裁判在吹哨,还有各项目站在终点记录分数的记分员。
篮球比赛安排在右侧,实验附中上场选手的球衣上都写着校名,所以不难辨认。

下半场看起来就快要结束了,她找到在运球的何阳,正要拿起边上那瓶水提前从看台上下去,身后突然传来一股力量——有只手搭在她的肩膀上将她按了回去。

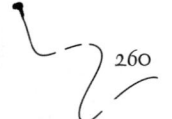

她转过身，看到已经换上球衣的迟曜。

二中的球衣是黑色的，宽大的球衣上写着"0"。这个数字看起来有种莫名的肆意感，就像此刻少年虽冷淡但被阳光点燃似的瞳孔。

看台是一层一层的，每一层之间都没有任何隔挡。

迟曜此刻蹲在上一层台阶上，把她按回去之后，那只手又中途转个弯，接过她手里那瓶水。

林折夏虽然内心很想毁约，但答应过何阳的事情还是要做到，于是说："你要喝水的话，自己去买。"

迟曜："我懒得去。"

林折夏："……"

林折夏想到他等会儿也要上场比赛，退了一步："那我等会儿去帮你买，这瓶先给何阳。"

迟曜这才说："没想跟他抢。"

他顿了顿，又以一种屈尊纡贵的态度说："我拿下去给他。"

林折夏："？"

她和何阳的送水约定，不知道为什么他突然要来掺一脚。

林折夏带着自己都不知道的、很不明显的期待，问了一句："为什么不让我送？"

迟曜拎着水，扫她一眼说："很难理解吗？"

挺难理解的。

林折夏正要点头，就听到这个人又说：

"我小气，不想看他出风头。"

"……"

这个人，心机好深。

林折夏被他理直气壮的态度震慑住了，一时间忘了制止，于是等她回过神来，迟曜已经拎着她原本要去给何阳送的那瓶水从看台下去了。

半晌，她低下头，点开和何阳的聊天记录，发过去两句话。

——大壮,你自己保重。
——我救不了你了。

球场上,裁判吹哨。

何阳停下准备冲上去抢球的脚步,他弯下腰喘气,一边揪着球衣领口扇风,一边等林折夏过来给他撑场面。

他都准备好了——

等会儿,他就要以最优雅帅气的姿态,在众目睽睽之下接过那瓶水。

他还要故作冷酷,故作习以为常。

何阳正畅想着,他调整好呼吸,下一秒就听到一个熟悉的声音。

"喂。"

一瓶水出现在他面前,他顺着那瓶水往上看,看到的是他曜哥那张堪称过分的脸:"你的水。"

何阳内心百感交集:"怎么是你给我送啊?"

迟曜:"有问题吗?"

何阳:"有大问题,你放眼全篮球场,哪有男生给男生送水的!"

迟曜面无表情:"所以你比他们都更有排面。"

何阳:"……我谢谢你。"

迟曜:"别人只不过是吸引一些女生的注意,而你征服的是你的对手。"

何阳:"……我真的很谢谢你。"

迟曜松开手:"不客气。"

几分钟后,篮球场场地换人。

计分板重置清零,城安二中的比赛正式开始。

林折夏坐在看台上,上半场城安落后,下半场赛点换人,迟曜似乎准备上场,她在一阵不知道谁带头喊"迟曜"的叫喊声里,看到何阳回过来的消息。

——我服了。

——我一下场就很多人问我刚给我送水的是谁……

——还有要联系方式的，我给都给不过来。

这几行字里，林折夏抓到的第一个重点就是那句"我给都给不过来"。
她打字回复：你给了？
大壮：给了啊，那么多人在问，我不知道怎么拒绝就给了。

"好多人都在喊迟曜的名字，"陈琳所有项目结束，回到位子上说，"最离谱的是，迟曜被换上场不到五分钟，连隔壁学校的女生都在打探。"
唐书萱也凑过来聊天："我刚也听见了，实验陈中有些人在聊来着。"
陈琳对此叹为观止："这人气——我是万万没想到，迟曜这个人不光在我们学校大杀四方，居然还能'杀'出去。"
林折夏听着，没有说话。
陈琳注意到她的反应，问她："你怎么了，怎么看起来不太高兴？"
林折夏抬头："啊？"
然后她又下意识否认："没有啊。"
陈琳："你这还叫没有啊，嘴角都耷拉下来了。"

林折夏都没意识到自己不高兴。
她和何阳的聊天记录还停留在"我不知道怎么拒绝就给了"这里。

在二中，除了刚开学那会儿还有人跃跃欲试。
之后就没什么人敢要迟曜联系方式了。
大家渐渐默认了一个原则：不要靠近迟曜。

但实验附中的人并不清楚这一点，所以她也已经很久没有面对过这样的事情了。
刚开学那会儿她虽然也有点小小的不乐意，但那时候的不乐意更接近于一种不想分享朋友的不乐意。
和现在的不高兴，似乎有很大差别。

林折夏想了想还是觉得自己实在没有理由因为这个不高兴，估计是别的情绪:"应该是因为太阳太晒了,我感觉有点闷。"

陈琳伸手摸了摸她的额头:"没有发热,要不我跟你换个位子?我这边稍微有点遮挡,没那么晒。"

林折夏:"好,如果你等会儿觉得热了就跟我说,我们俩再换回来。"

换了位子后,林折夏继续看球赛。
平心而论,迟曜呼声高不是没有理由的。
即使整个场地人满为患,但他一出现,所有人的视线还是会被自动吸引。
城安上半场落后不少分,从他上场后,局势开始变化。
穿着0号球服的少年上场后突破对方篮下制造进攻机会。

计分板上,城安得分一路攀升。

阳光正烈,所有盛夏的光似乎都洒在了场上那位少年身上,背后传球,一路撕开对面防御网,压哨投进最后一球,分数彻底逆转。

林折夏耳边传来尖叫声:"迟曜——"
如果不是她产生错觉的话,从迟曜出现在球场的这一刻开始,边上原本为实验附中加油的啦啦队似乎都降低了分贝。在降低分贝后,四周开始出现一些私语声:"他是谁啊?"

"隔壁二中的……"

"她们都在喊,吃药?哪个'吃'哪个'药'?"

"……"

隔了一会儿。

她们的话题转化成:"他下场了,好奇怪,居然没人送水啊。早知道我刚才就去了。"

私语声中,又有人说:

"好像说是性格奇差,都觉得他应该渴死。"

"……"

林折夏听到这里有点无语。

迟曜这个人,是有点本事在身上的。

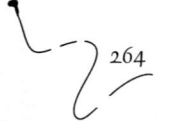

篮球比赛结束后,场上就看不到迟曜的身影了。

一班和七班看台座位隔很远,她也不方便过去戈他。

场上,比赛项目一轮接着一轮,林折夏心不在焉地看着,最后又忍不住偷偷拿出手机,点开和迟曜的聊天框。

她在聊天框里删删打打,最后发过去一句:你在干吗?

两三分钟后,手机亮了下。

——在更衣室。

——换衣服。

林折夏打字回:哦。

接着,她又一个字一个字戳着:我还以为,你在跟很多人聊天。

——?

——哪来的人?

很奇怪。

只是一个简单的问号和四个字,她的心情就稍微好了一点。

林折夏回他:就是一些年少无知瞎了眼,并且不小心被你蒙蔽的人。

迟狗:有病去看病。

林折夏发过去一个"挥拳头"的表情包。

过了会儿,就在她准备放下手机认真观赛的时候,掌心里的手机又轻微振动了一下。

迟狗:[图片]

迟曜发过来的是一张截图。

截图上,是个人设置页面,在"添加我为好友的方式"这一栏里,所有方式都显示的是关闭状态。

  微信号，名片推荐……所有方式都关了。

  与此同时，何阳也暴躁地给她发来一堆消息。

  ——我去。

  ——迟曜这个人太狠了。

  ——拒绝添加好友。

  ——怎么会有这种人？

  ——高冷！！！

  ——我也要改，也要神秘起来，我也要装作一副很多人加我，烦不胜烦的样子。

  ——我现在立刻就改！！！

  林折夏："……"

  她把刚才迟曜发给她的话复制粘贴发给了何阳：有病去看病。

  陈琳在边上和唐书萱聊天，中途，她又看了林折夏一眼，关心她的状况："对啦，你现在还闷吗？"

  "不闷了，"林折夏收起手机说，"好像起风了。"

第六章
幸运符

1

第二天，闷热的天真的开始起风了。

风吹在炙热得有点滚烫的橡胶跑道上，吹过树梢，吹过整个体育场，带来一丝难得的凉意。

林折夏的接力项目在上午最后一项。
她把参赛号码牌别在背后，就开始等广播叫号。

"请参加高二年级组女子接力跑的参赛选手前往 A 区做准备——"
参赛选手需要提前十五分钟过去排队，林折夏听到广播之后就跟着其他人从看台侧面下去。
结果她抵达 A 区后，刚排好队，就看到跑道边上坐着两个极其眼熟的人。

徐庭冲她挥手："嗨，林少。"
林折夏有点惊讶："你怎么在这里？"
说完，她又转向另一个人："还有你，你不应该在看台待着吗？"

今天迟曜没穿校服，很多人都没穿，仗着运动会人太多学校管不过来，而且很多人下了场之后还得换衣服，所以第二天学校默认可以不穿校服。
他穿着件简单的 T 恤，下身搭了条牛仔裤，腿长得过分，可能是怕晒，膝盖上还搭了件脱下来的外套，正和徐庭并排坐在橡胶跑道内侧。

几乎同一时间，人和"狗"同时说话——

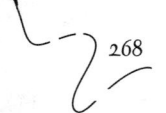

徐庭："我们下来给你加油打气啊。"
迟曜漫不经心："闲着无聊，下来看乌龟赛跑。"
"……"
"你整天跟徐庭待着，"林折夏憋着气说，"多跟人学学怎么说人话吧。"
徐庭用手肘碰碰他："听见没。"
迟曜："听不见，聋了。"
林折夏："你才乌龟。我第四棒，等会儿就让你看看什么叫惊人的速度。"
迟曜没说话，整个人都表达出了一个意思。
一个充满不屑的意思：就你。还惊人。

说话间，她们队伍开始点人了。
林折夏不再跟迟曜说话，以往她会在心里默念"敌人的质疑就是我前行的最大动力，我一定要让迟曜那个狗东西刮目相看"，但是现在发现她的想法完全不是那样的。

越临近上场，她就越紧张。
但这份紧张不是因为裁判的枪响，而是因为她意识到迟曜就在边上看着她，并且他会一直注视着她。
很奇怪。
这个认知让她突然间开始紧张起来。

接力赛比赛过程很快，她准备接棒，同时在心里自我开导：不就是离她很近吗，不就是坐在边上看着她跑步吗。
不就是……
林折夏带着这样的想法往终点跑去，然而跑到一半她就发觉不对劲。
没热身，再加上有心理压力，而且起跑的时候还过度发力了，没跑几步她的小腿肚居然开始抽筋。
等她反应过来，膝盖已经狠狠蹭在橡胶跑道上，火辣辣地疼。

徐庭大喊了一句。
"怎么还摔了。"

他下意识想冲上去帮忙，很快反应过来要去帮忙也该是迟曜去，回头却发现迟曜没动弹："你不去扶一下？"

"等她跑完。"

徐庭觉得离谱，忍不住说："都摔了还跑……"

他想说"你也太冷血了"，却意外发现迟曜现在整个人其实很紧绷。

少年说话时喉结动得很费劲："比起被人中途扶走，她会更想跑完。因为这是接力赛，整个队伍不止她一个人，以她的性格，没跑完她会自责。"

"所以……等她跑完。"

徐庭愣住了。

他又看向赛道，发现林折夏果然没让人扶，她撑着地面以最快的速度站起来，然后继续往前跑。

不过刚才摔了那么一下，原本跑在前面的七班已经落后其他人一截。

"这就是从小一起长大的人吗，"徐庭摸摸鼻子说，"还真跟一般人不一样。以前我就单纯觉得你俩很熟，没想到能到这个程度，不用说都知道对方在想什么。"

最后毫无悬念地，林折夏最后一个跨过终点线。

迟曜在终点等她，蹲下身："上来，去医务室。"

林折夏趴到他背上之前强调说："如果刚才没摔的话，我肯定就是第一了。"

这回迟曜没撑她，从喉咙里"嗯"了一声。

"你这个'嗯'最好不是在敷衍我。"

"嗯。"

"……"

林折夏不想说话了。

迟曜背着她去医务室。

林折夏趴在他背上，闻到一阵被阳光晒过的洗衣粉味儿。

然后后知后觉地，感觉自己耳朵很烫。

"好丢人啊。"

林折夏把脸埋进他衣服里说:"那么多人看着。"

"你跑完了,"迟曜说,"不丢人。"

——可是被你看到了。

浮在林折夏脑海里的,第一反应的是这句话。

本来她跑之前就莫名其妙在意他会在旁边看,结果还在他面前摔了。

医务室在体育场后侧。

迟曜背着她走出人群后,她忍不住问:"我刚刚……"

"什么。"

"摔倒的样子是不是很丑?"

"……"

气氛有一瞬间沉默。

林折夏问完就开始后悔,因为这句话很不像她会问的话。

她在迟曜面前什么时候在意过这个,就算下雨天她不小心掉进水坑,爬起来都不会问"我刚刚是不是很丑"。

可是最近,她就是开始变得不像自己。

开始在意起,在迟曜面前的形象。

她有点欲盖弥彰地替自己解释:"毕竟人那么多,我也是要面子的,堂堂林少不能丢这种人。"

半晌,迟曜打破沉默:"还行。"

林折夏:"……还行?"

迟曜又说:"不算丑。"

林折夏威胁道:"再给你一次机会,你重新回答。"

迟曜用实力展示什么叫重新回答:"有点丑,但还可以接受。"

"让你重新回答的意思是让你换个答案,"林折夏说,"不是让你把'不算丑'这三个字扩充一下。"

迟曜:"哦,我还以为你听不懂这三个字的意思。"

林折夏:"……"

林折夏:"反正你换个答案。"
背着她的人反问:"你确定?"
林折夏"嗯"了一声。
迟曜语气顿了下,重新回答说:"挺丑的。"
"……"

离医务室越来越近了。
她趴在迟曜背上,两个人都互相看不见对方的脸。
林折夏不用刻意隐藏自己滚烫的耳尖,她也看不到迟曜此刻说话的神情,但那句故意怼她的"挺丑的",语气似乎有点温柔。

到医务室后,穿着白大褂的校医查看她的伤势。
"还行,就是破皮,消下毒就没什么问题了,"校医打开医药箱,"消毒可能会有点疼,你膝盖擦伤的面积比较大。"
消毒确实有点疼,但还算可以忍受。
林折夏下意识抓着迟曜的胳膊,闭着眼,过了会儿痛感渐渐消失。

"消完毒可以在这儿休息会儿,走动的时候当心点就好。你后面没有项目了吧——没有就行,这情况不能跑步。"
校医合上医药箱,最后叮嘱说:"要是之后还有哪里不舒服的,就再来医务室找我。"
场上似乎还有其他突发情况,校医没在医务室多待,很快又拎着箱子出去了。

医务室面积不大,只有三四张床位,中间有白色的帘子做隔挡。
林折夏坐在床上说:"我想睡会儿,大概一小时。我要是一小时后没醒,你记得过来叫一下我。"
迟曜替她把帘子拉上,说:"知道了。"
说完,林折夏发现迟曜没有要走的意思。

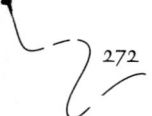

"你不走吗?"

迟曜隔着帘子,坐在外面的座位上:"我在这儿看着。"

林折夏慢吞吞地说:"也不用这么担心我。"

"谁担心你,"迟曜说,"外面太晒。"

末了,迟曜又说:"也不用这么自作多情。"

"……"

哦。

林折夏在床上躺下,医务室空调有点冷,她又拉上被子。

大概是因为这两天在看台晒了两天,确实太累,没多久,她就睡着了。

这一觉她睡得很沉。

在这年这个炎热的夏天,偷偷睡了一个很沉的午觉。

迟曜坐在跟她只隔着一片白色帘子的地方陪着她。

林折夏似乎做了一个关于夏天的梦,但很模糊,梦里有个女孩子在喊"迟曜"。

那个女孩子好像在说:"你是迟曜吧。"

等她意识逐渐回笼,睁开眼后,发现她睡醒了,但那个"梦"还没有结束。

因为女孩子的声音清清楚楚地透过帘子传过来:"我看过你打篮球。我是何阳的同班同学,还问他要了你的联系方式……没想到在这里遇到你。"

林折夏反应过来,这不是梦。

是真的有女生在跟迟曜说话,她被说话声吵醒了。

那女生还在继续说着:"你是哪里不舒服吗?"

听到这里,林折夏又感觉有点说不出的闷。

但这次这股发闷的感觉还没持续多久——

帘子外面,迟曜熟悉的声音说了句:"你有事吗?"

"……"

态度还是一如既往的恶劣。

林折夏心想,如果她是那个女生,保证扭头就走。

但那个女生抗击打能力比她想象得更强,迎难而上:"是有点事。"

"你好友拒绝添加,"那女生说,"能加一下我吗?"

迟曜还是那个语气:"不能。"

"我们交个朋友。"

"我不缺朋友。"

"那……"

那女生还想说点什么,目光落在他手里正拿着的手机上。

"我没有手机,"迟曜漫不经心地伸展了一下手腕,把手机揣进兜里,说,"太穷了,现在用的手机是借的。"

"……"

2

医务室里一下变得异常安静。

林折夏几乎不敢呼吸。

她没想到迟曜不仅功力不减,甚至还增进了。

那女生明显也被噎住,半天说不出下一句话来,最后匆匆说了句:"不好意思,打扰了。"

而迟曜居然还能若无其事认下这句话:"是挺打扰的。"

……

过了会儿,那女生大概是走了,帘子外面彻底安静下来。

林折夏正想装作刚醒的样子,结果还没开始装,就听见一句:

"醒了就起来。"

"……"

她从床上坐起来:"你怎么知道我醒了?"

迟曜:"装睡还动来动去,不知道的人可能是瞎子。"

她也没怎么动吧。

就动了一下而已,这都能被发现。

林折夏没再继续这个话题,拉开帘子:"我感觉膝盖不怎么疼了,我们回看台吧。"

迟曜扶着她:"能走吗?"

林折夏尝试着走了两步:"可以,就是会走得有点慢。"

重回看台之后,陈琳和唐书萱立刻围过来。

陈琳查看她的伤势:"你怎么回事?还疼吗?看到你摔的时候我都紧张死了。"

唐书萱:"医生怎么说?"

林折夏摇摇头:"没什么事,就是擦伤,是我自己不当心,害得我们班拿了最后一名……"

陈琳:"没有的事,老徐还夸你呢。"

林折夏接过话:"夸我什么,夸我身残志坚?"

陈琳:"……差不多的意思。"

林折夏:"……我就知道。"

运动会接近尾声。

下午的项目有些特别,参赛的人是全体教师。

有校方拿着摄像机拍照,学生们按要求坐在看台上观赛。

其间,有路过的隔壁学校女生突然跑过来跟她搭话。

那女生一看就是听见了刚才医务室里的传闻,上来就是一句:"迟曜家很穷吗?"

林折夏:"……"

她沉默了一下,然后决定加入:"非常穷。

"他小时候差点因为付不起学费不能继续读书,七岁那年就开始在小区垃圾桶里捡塑料瓶卖钱,到了十岁,他就跑去给人打杂,十二岁……"

"行了。"那女生听不下去了。

275

她扭头和边上另一个女生说:"这也太穷了。"
"这么穷的,可不能要啊。"
"……"

等那群人走后,林折夏闲着无聊,偷偷用手机和迟曜聊天。
——我刚刚,帮你稳固了一下你贫穷的人设。
——毕竟大家都是好兄弟,我不能当众拆穿你。
——你想不想听听我刚才精彩的发挥?

迟狗回复她两个字:不想。

这个话题结束后,林折夏又把话题转移到台下的比赛上。
——我觉得我们班老徐肯定跑不快!
——上回他去校外网吧逮人,结果一个人都没逮到。
——回来之后还偷偷跟我们说他很没面子。

——不过他问题应该不太大。
——因为他的对手们看起来实力也不是太强劲的样子。
……

林折夏化身场外裁判,跟迟曜播报起赛况。
说着说着,她随手打了句:下午怎么这么晒啊。

聊了会儿,她又切出去,勉强敷衍了一下何阳。
大壮:摔了?没事吧?
大壮:等会儿结束我们不用跟着大巴回学校,可以自由解散,你们呢,晚点一块儿走?
林折夏回他:没事,不清楚,也许吧。
大壮:我劝你少和迟曜聊天。
大壮:近墨者黑。
林折夏:。

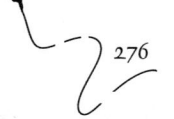

大壮：你还"。"，你这是掌握到我曜哥聊天的精髓了。

林折夏低头打字：我还可以更精髓一点。

大壮：怎么说？

林折夏：再烦拉黑。

大壮服了：……牛。

　　她和何阳经常这样私底下编派迟曜，她聊到一半，忽然有什么很轻一片的东西压下来，严严实实地盖在了她脑袋上，她眼前黑了一瞬，与此同时，原本炽热的阳光也被全部遮盖住。

　　隔了两秒，她才反应过来，盖在她脑袋上的是一件外套。

　　"太热了，"迟曜不知什么时候出现在她身后的，他丢完外套后起身，寄存东西似的说，"帮我拿着。"

　　"？"

　　林折夏把外套往后拨开一点，扭头看他："你不能自己拿吗。"

　　迟曜："懒得拿。"

　　林折夏还想说点什么，迟曜已经越过看台台阶下去了。

　　她顶着外套坐了会儿，发现这件外套真的很遮阳。

　　遮了会儿没之前那么晒了。

　　……

　　所以他刚才是，特意来给她送外套的吗？

　　她好像在期待某个答案似的想。

　　林折夏翻了下刚才她和迟曜的聊天记录，在一堆密密麻麻的赛况播报里，她那句随手打下的"下午怎么这么晒啊"很不起眼地夹在里面。

　　然而下一秒，她又自我否定。

　　她到底在想什么。

　　运动会结束，由于不需要返校，所以三人一块儿乘车回去。

　　林折夏膝盖还有伤，在看台上坐着的时候还好，从车站到小区之间的距离对她来说还是有点长了，她挪动的速度越来越慢。

中途迟曜想背她,但林折夏心底突然涌上一股拧巴的劲儿,不好意思和他靠太近:"我自己可以走。"

何阳赞叹:"我夏哥这钢铁般的意志。"

林折夏:"……"

三人放慢速度往南巷街走。

何阳提起他们班的事儿,问迟曜:"听说你在医务室碰到我们班同学了?"

迟曜懒得聊这个。

何阳继续说:"就一女的,还挺好看,在我们班很受欢迎,从医务室回来之后就在班级群里对你破口大骂。"

迟曜:"不记得了。"

"……"

作为多年死党,何阳也忍不住感叹:"你之前还上了我们学校表白墙,反正这次之后,原本还想问你要联系方式的女生都不要了,你这名声和初中那会儿简直如出一辙。"

何阳补充:"不,应该说是更'胜'一筹。"

林折夏对他们初中那会儿的事情了解不多,印象里只有帖子里那句"不要靠近",还有何阳之前对她说过的三言两语。

她忍不住问了一嘴:"什么名声?"

何阳:"臭名昭著的帅哥。"

"……"

很贴切。

"他这也是一种本事。"何阳说,"白瞎这张脸了。"

说话间,三人已经走到南巷街街牌处。

阳光从树荫间隙洒下,路上的青石板很烫,空气又闷又热,但林折夏居然有点开心。

有一点理智上不应该,但还是控制不住从极其隐秘的地方冒出来的开心。

何阳又问:"对了,马上就放小长假了,你俩有什么安排?我爸妈想

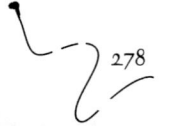

去旅游，但这天气，出去旅游不就是人挤人吗。"

林折夏和迟曜几乎同时开口——

林折夏："在家学习。"

迟曜："有个比赛。"

"你有比赛？"林折夏扭头看他，"什么比赛？我怎么不知道。"

"物理竞赛。"

迟曜简单说了一句："要去海城市，三天两夜，老刘带队。"

林折夏"哦"了一声："这么远。"

回到家，林荷和魏平也在聊小长假的事儿。

"夏夏，"听到她开门的声音，林荷的声音立刻从客厅传出来，"小长假我和你魏叔叔打算去旅游，问问你的想法。"

林折夏的想法和何阳一样："我觉得太热了，你们去吧，我在家里写作业。"

魏平："难得放假，不出去走走？"

林折夏："要我出门，我宁愿多写一套试卷。"

魏平还想说点什么。

林折夏急忙道："你们难得有机会把我扔家里享受二人世界，劝你们好好珍惜这次机会。"

见她态度坚决，于是林荷和魏平便不再强求。

说话间林折夏从玄关挪到了客厅，出现在两人面前，林荷惊讶地问她："你膝盖怎么回事，还有……你身上这件衣服哪儿来的？"

"跑步的时候不小心摔了，没什么事。"

林折夏解释完前一句，但她没反应过来后一句话。

她顺着林荷说的低头看了眼，看到自己身上那件过于宽大的黑色防晒服。

"哦，迟曜的，"她这才发现衣服还没还给迟曜，解释说，"我们坐在露天看台上，太晒了，借来挡一挡太阳。"

279

听到是迟曜的衣服,林荷也没再多说,只接了一句:"这么不当心……等会儿洗澡的时候小心点,别泡水里太久。"

提到迟曜,林荷又多问一嘴:"迟曜假期有没有什么安排?要是没安排的话,你和他一块儿写作业,我和你魏叔叔出去以后也更放心些。"

"他假期要去参加物理竞赛。"

林折夏补充:"你们放心吧,我又不是三岁小孩,自己在家几天没问题的。"

"这样啊,"林荷说,"我记得他以前就很喜欢物理,小时候好像还说过,想当物理学家来着。"

林折夏也记得。

那是他们刚认识第二年的事情了。

那时候周末布置了一篇作文,作文的题目叫《我的梦想》。

林折夏抓耳挠腮,那时候她还太小,并不清楚梦想是什么。

她抓了半天头发,最后在作文纸上很勉强地写:我的梦想是保护环境。

她会选这个角度并不是因为多有理想,只不过是因为这个角度更好发挥,她谴责了一通大马路上乱扔垃圾的现象。

迟曜的作文写得比她快,她原本想借鉴,偷偷抢来扫了一眼,看到两个字:物理。

"你的梦想好奇怪,你为什么会喜欢这个?"

那时候的迟曜说:"因为有意思。"

林折夏想不明白哪里有意思。

但她不太满意自己刚写了个开头的作文,想重写,于是趴在桌上开始发呆。

她捏着笔在草稿纸上涂涂画画,忽然脑子里有一个念头亮了下:如果我暂时还没有梦想的话,守护别人的梦想算不算梦想?

……

林折夏晚上躺在床上,刷手机的时候刷到他们班老徐的朋友圈。

老徐转发了一则学校公众号里的文章,文章标题就是《我校派出竞赛

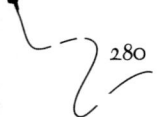

队参加涟云市第三届高中物理竞赛》。

　　林折夏点进去，文章图文并茂。

　　她在里面看到了很多重点学校的名字，其中还有涟云一中。

　　看完她发现这次竞赛的规模比她想象中的大很多，上一届拿到第一名的竞赛队甚至还上了报纸，比赛当天有很多媒体拍摄报道，场面非常正式。

　　她看完那篇文章，退出去，给迟曜发了条消息。

　　——你什么时候走啊？

　　迟狗：后天。

　　林折夏：后天几点？

　　迟曜似乎是发现她话里有话。

　　——？

　　——有事说事。

　　林折夏打字回复：作为你敬爱的老父亲，我当然是要目送你。

　　对面回得很快。

　　——不需要瘸腿老父亲拄拐杖目送。

　　林折夏：……

　　说不过，她决定略过这个问题：你外套在我这儿，忘记还你了。

　　对面回了个"。"表示知道了。

　　林折夏想到下午他一副使唤她拿衣服的样子，低着头打字：在我这儿寄存衣服是要寄存费的，请问寄存费怎么支付？

　　发完，她准备好迟曜会回她一些讨厌人的回复。

　　然而这回迟曜却难得说了一句人话。

　　——口袋里，自己拿。

　　林折夏：？

　　林折夏：什么？

　　——寄存费。

林折夏把手机放下,去捏外套口袋。

隔着一层薄薄的防晒衣布料,她摸到一条硬硬的东西。

林折夏有点犹疑地把手探进去,然后从里面掏出来了……一条没拆过的糖。

——哪来的糖?
——你口袋里怎么会有糖。

迟曜暂时没回复。
林折夏在等待回复的间隙拆了一颗糖,发现是柠檬味的。
她咬了下嘴里的糖,尝到满嘴柠檬独有的酸涩和掩盖不住的甜味。
没来由地,她忽然联想到了去年夏天的那罐汽水。
——那罐冰冰凉凉,"滋滋"冒着凉气的柠檬汽水。

过了会儿,手机微振,收到两条新消息。
——小卖部买的。
——没想到某个人半天都没发现。

她和迟曜的关系,似乎是从那罐汽水开始,从那声"咔嗒"后,有了极其微妙的化学反应。

3

隔天,林荷和魏平订好了机票,两个人小长假出去旅游。

不愿出门的林折夏送他们到门口:"我知道,记得带钥匙,记得好好吃饭。"

林荷走之前还放心不下她:"你膝盖今天感觉怎么样?"

林折夏:"我就是破个皮,而且伤口不深,结痂结得快,休息了一天,今天已经不疼了,走路也没什么太大问题。"

林荷:"你一个人在家千万注意安全——"

"知道了。"

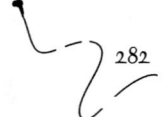

林荷和魏平走后,林折夏又回床上躺了会儿。

陈琳打来一通电话:"我和唐书萱打算出去玩,你今天状态怎么样了呀?要不要跟我们一起去。"

"去哪儿?"

"还不知道呢,你有什么想法吗?"

林折夏想了想:"去寺庙吧。"

陈琳:"啊?"

林折夏开始查地图:"附近就有,过去只要二十分钟车程。"

陈琳:"让你说想法,没让你那么有创意。我以为大家会比较想去甜品店之类的地方,你怎么会想到要去寺庙啊?"

林折夏:"因为迟曜要去参加物理竞赛。"

陈琳:"所以?"

林折夏:"所以我想去寺庙里拜拜,听说那家寺庙里的幸运符很灵。"

陈琳:"……"

半晌,陈琳说:"那好吧,我问问唐书萱,如果她也想去我们就去,但我觉得大概率她应该不——"

陈琳说到这儿,顿住了。

陈琳:"她回我了,说非常愿意,她要过去求个姻缘。"

林折夏也沉默两秒:"这确实像她会说的话。"

陈琳叹了一声:"那我去求个高考顺利吧。"

迟曜下午两点出发,所以去寺庙的行程非常赶,林折夏怕等她拿着东西回来,还没来得及给他,他就已经走了。

所以她在出发前,给迟曜发了一串消息。

——你上车之前记得跟我说一声。

——我要来目送你。

——我就是拄着拐杖也要来目送你。[微笑]

但出乎她意料的是假期寺庙里的人格外多,求符的地方排了很长的队。

283

离开学校，大家都难得不用穿校服，唐书萱今天穿了条连衣裙，看起来格外淑女。

唐书萱安慰道："别着急，应该赶得上的。"

林折夏有点自责："早知道我就昨天来了。"

唐书萱："……昨天你的腿都还没好全，你怎么过来？"

林折夏："租个轮椅？"

"……"

三个人排队的时候聊了会儿天。

陈琳活跃气氛，打趣道："书萱，你求什么姻缘，求你和那位学长的吗？"

唐书萱没有否认："我希望我们毕业能去同一所学校，希望他将来想谈恋爱的时候，第一个考虑的是我。"

她继续说："其实我最开始去要联系方式的时候，也就是随口一要，没有想到后面会发生那么多故事，虽然都是我单方面的故事。"她说到这里，顿了顿，"我是真的很喜欢很喜欢他。"

林折夏在边上听着，她望了下前面仿佛没有尽头似的长队，还有周围缭绕的香烟，以及在佛像面前虔诚叩拜的信徒。

寺庙已经有些老旧了，院子里有棵百年古树，枝繁叶茂。

她收回眼，忽然问唐书萱："什么是喜欢？"

她又继续追问："怎么样才算是喜欢一个人呢？"

唐书萱被这两句话问愣住了。

她想了很久，最后说："我也不知道要怎么解释，但是如果你喜欢一个人，你一定会发现的。"

这天队伍排了很长。

林折夏排到的时候，虔诚地捏着福袋朝佛像叩了几下。

她俯下身的时候在心里默念：

希望迟曜比赛顺利。

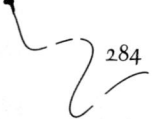

不对，不只是比赛，希望他以后事事都顺。

还有平安健康也很重要……这样会不会许太多心愿了。

网上流传说很灵的"幸运符"其实就是一个红色的小福袋，用红绳串着，像个小挂件一样。

然而林折夏刚拎着幸运符站起来，就收到了迟曜的消息。

——上车了。

……

林折夏：不是说下午走吗？现在才中午。

迟狗：老刘特意开车过来接我。

"怎么了？"陈琳问她。

"迟曜提前出发了，"林折夏放下手机，有点失落，"我还是没赶上。"

不用赶回去给迟曜送东西，几人从寺庙出来后，挑了一家环境比较好的餐馆一起吃饭。

点完菜，陈琳见林折夏还在盯着那个福袋看。

她放下菜单后说："没事的，他成绩那么好，参加个比赛对他来说只是小意思。"

唐书萱也说："是呀。你想想他那个分数，就算遇到涟云一中的对手也不怕。

"而且你就算不想他的分数，也要想想这个人的性格——"

唐书萱摇摇头："就这种百毒不侵的性格，只有他去毒害别人的份。"

站在唐书萱的角度，她根本想象不到迟曜参加竞赛居然需要被人担心。

她甚至觉得，应该多担心担心迟曜的对手才对吧。

林折夏捏着福袋说："不是的，他……"

他有时候就是死要面子。

他也会紧张。他甚至,有时候会睡不着觉。
但这些只有她一个人知道的话在嘴边转了一圈,最后没有说出口。

与此同时,林折夏的记忆被拉回到多年以前。
那时候迟曜身体已经好了一些,正常回到学校上课,只不过在学校里不怎么招人喜欢。
在其他同学眼里,迟曜这个人很难相处。
不怎么搭理人,总是一副"离我远一点"的态度。
只有她放学跟在他身后叽叽喳喳:
"迟曜,今天食堂的饭好难吃。
"迟曜,我劳技课作业不会做,我知道像你这么乐于助人的人一定会帮我的。
"今天我们老师上课把我名字念错了,他居然叫我'林拆夏'。
"结果我同学现在都开始叫我'拆夏'——"
"……"
从小学回南巷街那条路很短,绿树环绕,那时候的林折夏背着魏平送的粉色书包和迟曜一块儿走。
她话题换了好几个,最后想起来件事,又喊:"对啦,听说你下周要去参加奥数比赛。"
林折夏继续说:"你不要紧张。"
那时候的迟曜停下脚步,他双手插在衣服口袋里,说话时一副冷淡又居高临下的模样:"我会紧张?"
她那时不懂迟曜说这话的意思,只说:"人都会紧张啊。"
迟曜堵住了她的话:"我不会。
"那种小比赛,我根本不当回事。"

不过即使再懵懂,她也隐约感觉到迟曜那点不寻常的坚持。
好像被人看轻,被人觉得不够强大,对他来说是一件无法接受的事情。

这点怀疑在奥数比赛前一天,意外得到了验证。
那天很巧合地,迟曜家钥匙丢了。

开锁的工人已经下班，要明天上午才能过来，所以迟曜只能暂时住在她家。

林荷和魏平原本想把卧室让给他，但迟曜说什么也不想那么麻烦他们，最后拗不过，在沙发上给他铺了床被子。

林折夏披着头发看林荷铺被子："他也可以和我一起睡。"

迟曜直接拒绝："谁要和你一起睡？"

"……"

林折夏："我允许你跟我一起睡已经是你的荣幸了，你不要不识好歹。"

林荷扭头看她一眼："你少说话。"

林折夏闭了嘴。

然后她晚上起夜，经过客厅的时候发现林荷铺的那床被子还是完完整整的，没有被人使用过的痕迹，整个客厅只开着一盏很微弱的灯。透过微弱灯光，她看到坐在客厅地毯上的那个人。

回房间后，她特意留意了一下墙上的时钟，时针指向的数字是"2"。

……为什么这个人半夜两点还不睡？

林折夏想到这里，服务员正好上菜："您好，菜都上齐了，请慢用。"

她回过神，说了句："谢谢。"

这时陈琳和唐书萱的注意力已经被新上的菜吸引。

正好她也没有想要继续说下去，于是趁机略过这个话题说："吃饭吧。"

吃饭之前，她把餐桌上的菜拍下来，给迟曜发了过去，并配文。

——别太羡慕爹。

迟曜估计还在路上，回得很快。

——能下地了？

林折夏回复：不疼了，能走路。

她继续打字：而且你不要说得我好像真的残疾了一样。

迟曜去邻市之后,两个人的联系就只能依靠网络。

但隔着网络她也能基本了解迟曜的动向,知道学校给他们租了酒店,知道他们要集训,所以待三天。

迟曜发来酒店照片后,林折夏在微信上和他聊天:你们这酒店好大,好羡慕,我这辈子还没住过这么大的酒店。

迟狗:过了,收一下。

林折夏:噢,我就是想给你一点面子。

迟狗:不需要。

……

过了会儿,她又去"戳戳"他:你在干吗?

"迟狗"发来一张照片。

迟狗:写题。

以前迟曜也会跟她说这些,但当时她只顾着和他斗嘴,并不是很注重内容。

不像现在。

很奇怪的,她居然对着迟曜发来的照片看了很久。

照片角落里,拍到了迟曜搭在试卷上的手。

她不得不承认,时刻知道他所有动态这件事,让她觉得很高兴。

酒店内。

"本来借了间教室的,"带队老师在房间里一边指导他们集训一边说,"但是中间沟通有问题,我们就先在酒店里凑合下,咱们一个队六个人,两张桌子也够用了。"

迟曜和徐庭坐在一块儿。

他一只手捏着笔,面前摊着张试卷。

试卷边上明目张胆地放着一部手机。

徐庭:"我佩服你,还能回消息。"

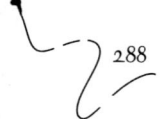

迟曜回完消息："你没手机吗？"

徐庭："没人给我发消息啊。"

迟曜没理他。

徐庭随口开玩笑："你们真是哥俩好——能不能让夏哥也给我发点消息，我手机没动静容易'生锈'。"

这回迟曜有反应了，他单手把徐庭的试卷从手里连卷子带笔抽走，然后拍了拍对面。

"换个位子，"迟曜说，"你坐对面去。"

徐庭："……"

一整天的集训很快过去。

入夜后，集训成员各自回房间休息。

带队老师叮嘱："都早点睡啊，别熬夜，养精蓄锐。"

回房间后，迟曜洗了澡，只不过他洗完澡之后没有上床。

单人套间里很安静，窗户外已经是漆黑一片，他屈着腿坐在靠窗的那把椅子上，手里仍捏着支笔，偶尔会把纸垫在膝盖上写写画画。

但更多时候，他只是单纯拎着笔对着窗外发呆。

黑色水笔在指尖随意转着，时间流逝，墙上时针也随之转动。

时针很快转过三点。

凌晨三点。

林折夏被特意定的闹钟吵醒。

她还半梦半醒着，就拿过床边的手机，意识不清地找到那个熟悉的猫猫头。

——你睡了吗？

她发完之后很想努力睁开眼睛，在一片短暂的迷蒙里，看到聊天框顶上那行"对方正在输入中"闪了一下。

真的是闪、了、一、下。

对面看上去像是下意识不小心点进来想回复她。
但是立刻反应过来，然后就开始装不在。

一直到早上八点，对方才像是掐着时间似的回了她一句：刚醒。
林折夏对着这句"刚醒"看了很久。
她有点生气，但更多的，还是一种名叫"在意"的情绪。

在意他晚上又不睡觉这件事。
在意他怕她担心所以还故意装睡不回消息。
在意他……会不会影响后天的竞赛。
而且还是物理，是对他来说很重要的一场比赛。

林折夏忽然之间浑身上下像是被灌满了两种名叫"勇气"和"冲动"的东西，她打开出行软件看去邻市的车票。

这里去海城市一千五百多公里。
高铁六个多小时。
最近的班次是下午三点的。

下午。"夏夏，"林荷放心不下，每天都要给她打电话，"你在家里怎么样？"
林折夏说："妈，我挺好的。"
林荷："那边怎么那么吵，你在哪儿呢？"

林折夏只身站在人潮拥挤的火车站，周围人来人往，显示车次的屏幕不停闪动："我……我和同学在外面玩呢。"
林荷："同学？"

林折夏担心火车站的播报会暴露她的位置,不敢和林荷多说:"对的,我这儿太吵了,不方便接电话,等会儿我给你发微信吧。就这样,我先挂了。"

林折夏手忙脚乱地挂断电话。

然后她拿着手里那张从涟云市去海城市的车票,对着闪动的车次屏幕寻找入站口的位置。

林荷平时对她的管束很严,所以这是她第一次一个人出远门。

一个人去一千多公里外的地方。

海城市是北方沿海城市,一个和涟云市完全不同的地方。

但她只要想到一千多公里外的那个人是迟曜,就一点都不觉得害怕。

事后回忆起来,那天在车上的时间似乎很短暂,又好像很漫长,车窗外的景色不停变换,离开江南水乡,路经大片农地和山脉,辗转在数个不同的城市之间停靠。

最后她从火车站人流里挤出来,站在海城市火车站出站口,看着这个陌生的城市,才后知后觉感到有点不知所措。

迟曜之前给她发过酒店照片,但她并不清楚具体位置。

这会儿已经是晚上九点多。

天空一片昏暗,周围人说话的口音也让人感到陌生。

有人看她在出站口站着,出声和她搭话,但说的话是地方方言,她没听懂。

林折夏谁都没理。

在出站口找了个角落蹲着,给迟曜打过去一通电话。

"迟曜。"

电话接通后,她问:"你睡了吗?"

电话另一端。

迟曜坐在靠窗的椅子上，看了眼根本没有使用痕迹的床，说："正要睡。"
林折夏心说信你个鬼。
她没有坚持这个话题，忽然说："你相信世界上有魔法吗？"

电话对面沉默了一下。
他似乎是在这短暂的几秒间，听见了一些嘈杂的声音。
"这么晚不回家，你现在在哪儿？"
林折夏没回答他这句话，自顾自接着说："我会魔法。你给我发个位置共享，我就能到你身边。"

电话对面，少年的声调变了。
迟曜说话时音调下压，重复问了一遍："你在哪儿？"
林折夏一秒反应过来迟曜有点生气。
或者说是着急。
林折夏不敢再继续开玩笑，老老实实说："我现在在海城市。
"海城市火车站二号出站口，边上的，柱子旁边。"

4

林折夏在火车站等了大约半小时。
她找了家面馆坐着，虽然现在已经有点晚了，但是火车站这种人流量多的地方安全性还算高。
她吃完面，正捧着玻璃杯喝水的时候，面馆那扇玻璃门被人推开。

北方和南方天气不同，昼夜温差大，开门的瞬间有股凉气从门口卷进来。
进来的人个子很高，身上穿了件单薄的卫衣，手里还拎着件黑色外套，眉眼像是被人用画笔描绘过，站在人群里异常显眼。
他在门口没站多久，一眼就扫到了他要找的人。

林折夏放下水杯，看着走到她面前的迟曜，在迟曜坐下之前抢先说："不好意思，这位子有人了。"

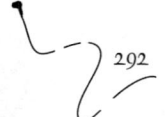

迟曜的手搭在椅背上,扫了她一眼。

"?"

毕竟她今天谁都没通知,就自己一个人跑过来。林折夏怕他生气,临时演起小剧场缓和气氛:"这个位子,我要留给一个姓'迟'名'曜'的大帅哥。"

"是吗,"迟曜语调没什么起伏地问,"他有多帅?"

林折夏:"他是我见过最帅的人,我从出生到现在,就没有再见过比他更帅的人了。"

迟曜眉眼有些松动。

林折夏乘胜追击:"他不光帅,而且还很聪明,很有才华,除了人品有点问题,可以说得上是完美。"

迟曜把椅子拽出来,直接坐下:"忘了说,我人品也不怎么好,就喜欢抢别人位子坐。"

"……"

"你长得挺面生,"迟曜接着她的剧本演,"不像本地人,哪儿的?"

林折夏也很配合:"我涟云人。"

"来这儿干什么。"

"来旅游。"

迟曜语气有点凉:"一个人来旅游。"

"是的,锻炼自己,"林折夏一本正经地说,"人总要自己学着长大。"

迟曜冷笑:"那你自己在这儿待着吧,我不阻碍你长大,先走了。"

说完,迟曜作势要走。

林折夏怕他真走了,起身去拽他的衣服:"不是,就在我出来的这几个小时里,生活已经狠狠磨去了我的棱角——我现在醒悟了。"

迟曜以一种勉强给点面子的姿态坐回来:"讲讲。"

林折夏临场发挥:"第一,我不该一个人过来,这样很不安全;第二,我应该提前通知你;第三……我想不到了,差不多得了吧。"

迟曜:"手机拿出来。"

林折夏把手机递过去。

迟曜下巴微扬，林折夏秒懂，给手机解了锁。

迟曜点开通信录，找到林荷的电话号码，然后把手机递还给她。

"第三，给荷姨打个电话。"

林折夏给林荷打了通电话，告知她自己现在在海城市。

林荷差点以为自己在梦里："你在海城市？你去那儿干什么？迟曜在你边上吗？你让他听电话。"

人都已经去了。

再让她马上回去也不现实，而且现在太晚了。

林折夏像个离家出走被抓包的小孩，跟在迟曜身后等出租车。

她听见迟曜对着电话"嗯"了几声，然后出租车来了，迟曜拉开车门示意她上车。

上车后，她忍不住问："我妈刚才跟你说什么？"

迟曜："让你注意安全，跟着我，别乱跑。"

林折夏抓住重点："所以她没让我明天一早立刻回去？"

迟曜"嗯"了一声。

"那我可以在这儿待一天，"她盘算着，"然后跟你一块儿走。"

说完她觉得这话听起来好像是她很想跟着他。

甚至，可能会让人怀疑她就是为了他过来的。

于是林折夏又飞快地补了句："本来我是想明天就回去的，没打算出来那么久，我就是突然想过来看看海。"

迟曜说："你也知道突然。"

林折夏："毕竟我没见识，这辈子还没见过海，你体谅一下。"

"……"

这座城市的夜晚很安静，车停下时，偶尔能听见海水拍打海岸的声音。

林折夏在车里偷偷打量迟曜的状态。

他腿长，坐在车里都感觉挤得有些勉强。

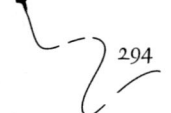

身上那件黑色卫衣很宽大，衬得他肤色更白了，眼睛底下有很不明显的阴影，平时眼皮半耷着，透露出些许旁人很难察觉的疲惫。这会儿正在低着头回消息。

回去的车程好像总是更快些，差不多二十分钟他们就到达目的地了。

那家昨天还只是出现在她和迟曜聊天记录里的酒店，今天却出现在了她面前。

林折夏在酒店大堂等待迟曜给她办理入住的时候，这才觉得有种不真实感。

"还有间空房，"迟曜说，"这是房卡，我送你上去。"
林折夏接过房卡，问："你住哪间啊？"
迟曜按下电梯："802，你斜对面。"
林折夏在心里默念了一遍"802"这串数字。

两人坐电梯上去，迟曜又问："你带衣服了吗？"
他问完，又扫了她一眼："算了，当我没问。"

林折夏完全凭着冲动买的票，她背了一个很小的挎包，挎包用来装手机和身份证。

这个小挎包，怎么看也不像能装衣服的样子。

她问："附近有商场什么的吗？我可以自己过去买。"
迟曜："这个点商场关门了。"
"……"
"那……"
林折夏"那"了半天，直到电梯到达指定楼层，都还没"那"出后半句。
迟曜出电梯后，站在电梯口垂着眼看她："那你只能，穿我的了。"
…………

穿、谁、的？？？
林折夏舌头都开始瞬间打结："我觉得，那个、好像、不太……"

不太好。

贴身的衣服跟外套不一样。
虽然小时候她抢过他裤子穿,但现在他俩都高二了。
而且如果是之前,她没准还会觉得没什么。
可偏偏是现在,她开始对迟曜产生很多莫名情绪的现在。

"新的,"迟曜说,"买来没穿过,就洗过一次。你先穿,明天等衣服干了再换回来。"
末了,他又说:"林折夏,你在想什么?"
林折夏有点尴尬,她低下头,刷房卡进门:"我什么都没想,就是有点……嫌弃你。"
她又补上一句:"是新的就好,不然我真的会很嫌弃。"

酒店房间是单人间,设施齐全,甚至还有电脑桌。
她洗过澡,吹完头发,换上了迟曜给她的那件 T 恤。
她忽略那点不自在,不断告诉自己:是新的,是新的,是新的。
他没穿过。
所以这件衣服没什么特别的。

折腾到现在,居然已经快晚上十二点了。
林折夏趴在床上给林荷发消息,跟对方汇报自己已经安全到酒店,然后她手指顿了顿,又回到和迟曜的聊天框里。
她和迟曜的聊天记录停留在火车站那通语音通话上。
再往上滑,是那句"刚醒"。

十分钟后,她按下 802 房间的门铃。
迟曜开门的时候,门才刚开了一道缝,就听到门外传来熟悉的声音,女孩子声音清脆又带着点软:"突击检查。
"林少过来巡视,看看哪个不听话的人没睡觉。"

门外的女孩子披着头发，可能因为发质细软，发色天生偏浅一些。眼睛清凌凌的，眼尾略微有些上挑，五官长开后退去稚嫩，显出几分明媚的少女感。

只是个子还是不算高。他的衣服对她来说太大了，穿在她身上长度几乎快到膝盖，完全可以当连衣裙穿。

迟曜别开眼，不再看她："你这么巡视，睡着了都被你吵醒。"

林折夏进屋看了眼他的床："你被子真整齐，一看就根本没睡过，我应该没吵醒你。"

迟曜："正要睡。"

"那你睡，"林折夏在边上的椅子上盘腿坐下，眼睛盯着他，"你睡着了我再走。"

"……"

迟曜抬起眼皮，觉得她这个话听着着实离谱："你又哪根筋不对。"

林折夏："我吧，刚刚在面馆吃太饱，撑的。"

"……"

迟曜难得有说不过她的一天。

他不想她在这儿继续跟他耗下去，于是随口说："你走了我就睡。"

或许是因为现在时间已经太晚了，奔波一天，林折夏也有点头昏脑涨的，所以她下意识把心里想的话说了出来："你骗人。等我走了，你不会睡觉的。"

……

空气在刹那间变得更安静了。

类似某样东西被说破后，突然陷入无声的状态。

迟曜喉结动了动，看着她，声音有些缓慢："你怎么知道，我不会睡觉。"

话都已经说到这里了。

林折夏坦白："你以前有次，来我家睡觉的时候。我发现你比赛前好像会失眠。

"还有昨天,凌晨三点我给你发消息也是故意的,想看你睡没睡,你差点回我。虽然你只输入了一秒,我还是看到了。"

林折夏把想说的话说出来之后,有点不安地改了个坐姿,她蜷起腿,双手环绕住膝盖:"不过你不要想太多,我会过来主要还是因为一个人在家里太无聊了,而且是真的想来看海。"
——不是为了你。
起码,不能让他知道是为了他。
虽然她自己也不知道为什么不能表露,但心底的那个声音是这样告诉她的。

"顺便,来监督一下你。"
她强调:"非常顺便,极其顺便的那种。"
她不太会安慰人,而且自己毕竟不处在迟曜的位置上,并不懂那些无法消化的压力,但她想了想,又说:"而且比赛嘛,也不是非要拿名次的。"
女孩子说话时眼睛亮亮的:"就算没有拿到名次,你在我心里也还是最厉害的那个。"
迟曜看着她,一时间没有说话。

昨天一晚上没睡,他直到出门前都不觉得困。
他只是觉得很累。
某根不能松下来的弦一直绷着。
耳边会有很多声音不断环绕。
——"你肯定没问题,我一点都不担心。这次队伍里六个人,老师对你最有信心。"
——"哦,竞赛啊,你应该没什么问题吧。我跟你爸还有点事,先挂了啊。"
——"第一名嘛,给你预定了。我徐庭就拿个第二就行。"
……

甚至再往前,更早的时候。

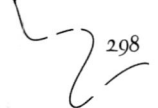

——"你一个人在医院,没什么事吧?"
——"你身体不好,肯定不行,我们不想带你。"
——"他整天生病。"
……

以前总是被人觉得"不行",所以他格外要强,把整个人包裹起来,不肯低头不肯示弱,一副刀枪不入的样子,直到后来所有人都开始默认"你肯定行"。

他一直到十七岁,似乎没有人对他说过"不行也可以"。

以及,就算不行,你也是最厉害的。

但是在火车站,在林折夏意外出现的那一刻,那根弦似乎开始松动。
然后再到现在,那根弦仿佛被人很轻地碰了一下。
很轻很轻的一下,却彻底松了下来。

迟曛感觉自己喉咙有点干。
一些艰难的、从来没有说出口的话渐渐控制不住从心底涌上来。
但他和林折夏之间,不需要说那么多,一些话仿佛能在无声中传递给对方。
所以他最终还是把那些话压了下去。

他在床边坐下,手撑着酒店柔软的纯白色被子,所有先前强压下的困倦泛上来,他尾音拖长了点,说话时又看向她:"所以,你打算怎么哄我睡觉?"

5

怎么、哄?
……
林折夏坐在靠窗的椅子上,在听到这句话的瞬间,大脑暂时停止了运转。

好半天,她才找回自己的声音:"你自己不会睡觉吗?长这么大连睡觉都不会?"

"怎么办。"迟曜说,"今天睡不着,所以不太会。"

林折夏觉得现在的氛围比刚才还要奇怪。

北方的夏天应该比较凉快才对,她现在却觉得有点热。

"你要不躺下,自己努努力。"

她顿了顿又说:"或者这样吧,我给你放首助眠 BGM,这样你躺在床上,闭上眼,房间里还有尊贵的配乐服务,对你应该会有帮助。"

"……"

迟曜被她这两个馊主意弄笑了。

少年极不明显地微扯嘴角笑了下:"你就这么哄?"

林折夏沉默了一下:"那……我给你数鸭子?"

迟曜没有再对她的提议做任何评价,他难得表现出听话的一面,伸手按了下床头柜边上的开关,房间里的灯灭了,只剩下微弱的从窗外照进来的光线。

然后林折夏听见一阵窸窸窣窣的动静。

是迟曜掀开被子上了床。

黑暗很好地隐匿了彼此之间的情绪。

就在林折夏清清嗓子准备念"一只鸭子"的时候,床上那人出声道:"不想听鸭子,数点别的。"

"那你想听什么?"

林折夏想了想:"数羊?数……"

她的例子还没举下去,被人打断:"数兔子。"

"……"

"为什么要数兔子,"林折夏挣扎,"数羊不好吗?"

然而对面的态度斩钉截铁:"你说呢。"

"数羊哪里不好了?"

这回对面"啧"了一声:"这就是你哄睡的态度?"

不是她不想念,只是提到兔子,她就想到小兔子夏夏。

还有抓娃娃那天,她和他一起抓到的幸运娃娃。

"兔子"这个词,因为这些两人之间的共同经历而变得特别起来。

特别到,她念出来心跳都会下意识漏一拍:"好吧,数兔子就数兔子。一只兔子。

"两只兔子。

"三只兔子。"

女孩子声音刻意放低,怕惊扰他睡觉,轻软地往下念着。

"十九只兔子。

"二十只兔子……"

迟曜侧躺着,半张脸陷进棉花似的枕头里,头发凌乱地散着。

透过微弱光线,只能窥见一点削瘦的下巴,往下是线条流畅的脖颈。

他听着这个声音,睡意渐渐袭来。

他明明没睡着,却好像陷进了梦里。

他仿佛听见另一个和现在极相似的声音,穿越漫长的时空忽然再度在耳边响起。

——"如果我暂时还没有梦想的话,守护别人的梦想算不算梦想?"

那时候的林折夏,声线还很稚嫩。

她为了作文而犯愁,趴在桌上,在草稿纸上画了一堆奇形怪状的人,还给它们排了编号。

那时候的他正要不屑地说"这算什么梦想"。

但这句话还没说出口,趴着的人忽然坐起身,扭头看向他:"那我的梦想,就写守护你的梦想吧。"

午后阳光很耀眼。

也点亮了她的眼睛:"反正我现在也没有梦想,希望你能完成你的梦想,这就是我的梦想啦。"

……

林折夏念了大概十分钟，听见迟曜放缓的呼吸声，猜测他估计是睡了，于是停下来试探性地叫了一声他的名字："迟曜？"

叫完，她等了一会儿，又开口："迟曜是狗。"

"不对，迟曜狗都不如。"

……

这两句话说完，呼吸声依旧平缓。

"真睡着了啊，"林折夏小声说，"明明就很累，还撑着不睡。"

她点了下手机屏幕，看到上面显示的时间已经是"00：30"。

确认迟曜睡着后，她蹑手蹑脚地从椅子上起来，走到门口，尽可能放慢动作拧开门，站在门口，她又小声补了一句："希望你明天比赛顺利。"

林折夏关注过老徐转发的文章，里面有比赛日程表。

睡前她确认了一遍比赛入场时间，然后往前推算，定了一个比较稳妥的闹钟。

她怕迟曜明天万一起不来，得早点过去叫他。

迟曜这一觉睡得很沉。

林折夏打第三通电话的时候他才醒。

"叫醒服务，"第二天早上八点多，林折夏在电话里喊，"你该起床了。"

迟曜那边的声音很杂乱。

她听到一阵窸窸窣窣且很柔软的声音，听起来像是少年不想起来，把脸又埋进枕头更深处的声音。

果然，下一秒迟曜的声音又哑又闷："几点了？"

"早上八点十五。"

"挂了，八点二十再叫我。"

"……"

林折夏觉得好笑："你怎么还赖床呢。"

"那你再睡五分钟，"她最后说，"五分钟后我来敲门。"

五分钟后，迟曜顶着凌乱的头发给她开门，整个人懒倦的、没睡醒的

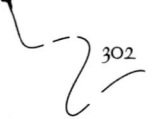

感觉，林折夏平时周末去他家的时候也经常见他这副样子，但是现在独处一室，或许是因为地点太陌生，她难得有种拘束感。

她移开眼："你们早餐一般是在酒店里吃，还是叫外卖啊？"

迟曜看起来像个有起床气的人，但还是对她的问题有问必答，拉开洗手间的门说："外卖。"

林折夏"哦"了一声："那我打开外卖软件看看。"

她逛了一圈后，直接下了个订单。

和迟曜知道她的口味一样，迟曜这个人吃什么不吃什么，她也不需要问。

哪怕这个人的口味其实很挑剔。

下完订单，洗手间的水声也停了。

迟曜洗漱完拉开门走出来，头发被水打湿了些，蹲下身翻行李箱，又对她说了两个字："出去。"

"？"

"我刚订完，你就赶人。"林折夏控诉，"你这人怎么过河拆桥。"

迟曜手里拎着套校服，不冷不热地说："我要换衣服。"

过了会儿，他又补上一句："你非要在这儿看，也行。"

……

谁要看啊。

林折夏从椅子上站起来："我出去了。"

林折夏出去之后回了房间，顺便等外卖送到再拎着外卖过去，只不过这回她推开门进去的时候，听见房里似乎多了个人，那个人上来就是一句"我去"。

徐庭惊讶地看着她："林少？"

"……"

林折夏把外卖放下："看到我，惊讶吗？"

徐庭："很惊讶，你怎么在这儿？"

在除了迟曜的人面前，林折夏基本上都可以保持淡定："哦，我最近

303

学习压力太大,有点想不开,特意来海城市准备跳海。"

徐庭:"???"

林折夏:"但是在最后一刻,想活下去的念头战胜了跳海的念头,我觉得人生还是很美好的,应该继续坚强地活下去。"

这番话冲击力太大,徐庭小心翼翼地说:"看不出来你……压力这么大。"

林折夏扫他一眼:"信了?你这个智商,参加今天的竞赛真的没问题吗……"

徐庭:"……"

林少这个人。
有时候怎么和迟曜如出一辙地气人?

徐庭转移话题:"你们都点好外卖了?我也想吃。"

迟曜也扫他一眼,和林折夏扫他时候的眼神几乎一样:"你没手机吗?"

"……"

"我走了,"徐庭起身,"告辞,你们俩不愧是青梅竹马,一致对外的时候杀伤力翻倍。这个房间我是一刻也待不下去了。"

吃完饭,等到集合的时间,竞赛队要在楼下大堂集合。
参加队伍得提前一小时坐车去竞赛场地。

从买车票到现在,林折夏都觉得这一天过得很魔幻。
她回到房间,把落在桌上的身份证装进挎包里,摸到包里还有个被她遗忘了的东西。
红绳,福袋。
林折夏愣了会儿,才想起来自己忘了把求来的幸运符给他。

她看了眼时间,离集合只剩不到两分钟,她把福袋攥在手掌心里,想也不想就往外跑。
穿过酒店长长的回廊。
穿过回廊上三三两两的路人。
不知道自己能不能赶上,但此刻她没有任何其他念头,满脑子想的都

是：赶在集合前，找到他。

她没有时间等电梯，直接推开安全通道的门，从八楼往下跑。

一路跑到一楼，站在安全通道口，刚好看到城安的竞赛队伍从电梯走出来。

老刘带队，他一边带着身后的队员往前走，一边叮嘱说："等会儿不要紧张啊，正常发挥就行——咱们这次主要的对手，还是涟云一中。"

一队六个人，穿的都是城安的校服。

迟曜走在最后。

少年校服外面披了件衣服，黑色防风衣衣摆垂到手腕位置，可能是昨晚睡觉的原因，头发还是略显凌乱，徐庭走在他前面时不时和他说话，他爱答不理地偶尔赏给他几个字。

林折夏现在的位置离大堂更近，竞赛队伍穿过长廊需要经过她所在的安全通道，她后背贴着墙，把自己隐藏起来，并不想在这么多人面前把迟曜拦下来。

脚步声和老刘的声音越来越近了——

"不过只要准备充分，涟云一中也不足为惧。"

人一个接一个地经过。

林折夏躲在门后，在那个穿着黑色防风衣的身影出现的那一秒，果断伸出手，去拽迟曜的手腕。

迟曜感觉到有股力量在扯着他，他脚步微顿，侧了侧头，看到从安全通道门后伸出来的纤细白净的手。

知道是谁后，他没有挣扎，近乎顺从地任由她把自己拽进去。

老刘还在慷慨激昂地说着话，没有人发现队伍末尾少了一个人："我相信你们，你们也要相信自己！"

门后隐蔽又狭小的角落里。

林折夏和迟曜四目相对。

她这才发现两个人的距离很近。

"那个，"林折夏想后退，可后背已经是墙，于是她只能抬起手，把手里的福袋举起来，也借此隔开两人之间的距离，"我有东西忘记给你了。"

福袋很小的一个，连同女孩子拎着福袋的手一起撞进他眼底。

"你来的那天我和陈琳她们出去玩，顺道给你求的，听说很灵验，能带给人好运。"

林折夏知道以迟曜的性格可能会嘲笑她迷信，于是又说："虽然以你的实力，估计也不需要，但是宁可信其有，不可信其无嘛。你要不，带着看看有没有用。"

然而迟曜没说什么，从她手里把福袋接了过去。

那个红彤彤的福袋在他手里显得更小了。

"知道了。"

他接过时说："给你个面子，勉强带着试试。"

林折夏无语："我谢谢你。"

迟曜还是那副欠揍的语气："不客气。"

说完，空气又安静下来。

由于距离过近和逼仄狭小空间带来的异样感又再次向她席卷。

很快她发现这种异样感，可能还源于自己面前的这个人。

这人太高，周遭气息像是会把人裹住似的，垂着眼看她的时候有股无形的压迫感。

明明是她把人拉过来的，此刻却有种，她被人拽进来的感觉。

在林折夏承受不住想逃离之前，迟曜抬起手，拍了下她的脑袋。

"托某个胆小鬼的福，昨晚睡了个好觉，"那只手轻轻搭在她头顶的时候他说，"今天拿个第一应该没什么问题。"

6

"迟曜呢？"

酒店大堂里，临出发前，老刘清点人数，这才发现少一个。

正要嚷嚷，迟曜从后面走了出来。

他站到队伍里，随口说："刚刚接了通电话。"

老刘："啊，接电话啊，那没事，我还以为你不见了，吓我一跳。"

倒是徐庭站在他边上，觉得他有点不对："谁的电话？"

迟曜："一个朋友。"

徐庭又说："怎么感觉你接完回来，心情都变好了点。"

迟曜看他一眼，不置可否："有吗？"

徐庭跟他相处这一年多，对他还算了解："有啊，一般正常情况下，我刚刚问你'谁的电话'，你不会回我'一个朋友'，什么时候对我这么有问必答过。"

徐庭作为长期受害者，熟练得令人心疼："正常情况下，你一般会回'跟你有关系吗'。

"或者'不关你事'，再或者，'少废话'。"

"……"

徐庭："虽然你语气还是那么冷淡，但刚才居然回答我了，你说'一个朋友'——"

迟曜烦不胜烦，从根源上堵住他的话："那我重新回答一次。"

徐庭："？"

迟曜："不关你事。"

徐庭："……"

林折夏回到酒店房间。

她躺在床上补了个觉，等睡醒，发现昨晚晒出去的衣服也差不多干了。

简单收拾完后，她给林荷发了条消息：迟曜比赛去了，我现在一个人在酒店，不用担心我。

林荷收到后给她转了一笔钱,并附言:在外面千万注意安全。
她回复林荷:谢谢妈妈。

她觉得挺不好意思的。
偷偷跑出来,给那么多人添了麻烦。

做完这些之后,她就开始调新闻台,想从电视上找找有没有关于今天物理竞赛的节目。
她调了几个台,还真有一个地方台在播竞赛相关内容。
是一个叫《本地新鲜事》的节目,主持人拿着话筒站在场馆外:"今天来自各大城市的学校竞赛团在这里齐聚一堂……我们可以看到,现场非常热闹。那么比赛已经开始了,为了给学生们一个更好的竞赛环境,我们就不进去拍摄了,希望他们今天都能够有出色的发挥。"
简洁的播报到这里就结束了。

林折夏对着电视机,出神地想:她大概是想太多了。
竞赛怎么可能会有电视播实况啊。
那种跟考试一样的环境,需要安静,肯定不会公然放媒体进去。

林折夏刚关掉电视,陈琳给她打来一通电话:"同桌,那套英语试卷你写了吗?我那张试卷印刷有问题,你拍下你的给我看看。"
林折夏:"啊,我现在不在家。等我明天回去给你拍吧?
"或者你要是着急的话,再问问书萱。"
陈琳有点惊讶:"你不在家吗?"
反正迟曜不在,林折夏把锅甩给了他:"迟曜他比赛太紧张,半夜给我打电话哭着求我过来给他加油助威,我正好想看海,就来海城市了。"
陈琳:"迟曜……半夜……哭着……"
陈琳想想那个画面都觉得很惊悚:"算了,略过他。"
但提都提到了,怎么也略不过去。
林折夏:"不知道他现在比赛怎么样了。"
陈琳:"已经开始了吧,再等等,过几个小时就结束了,成绩很快就

会出来。你留意一下朋友圈呗,这种比赛,咱们学校那群老师一定第一时间转发。"

林折夏"嗯"了一声。

陈琳又说:"对了他们一个竞赛队五是六个人吧?我之前听人说过,里面有个女孩子,可厉害了。"

林折夏:"女孩子?"

陈琳:"叫什么……沈珊珊?"

"对,我去翻了下老徐朋友圈,是叫这个名字。咱年级的分班制度你也是知道的,参加竞赛的全是一班那群人,但是只有她一个是二班的,听说她物理特别好,所以很出名。"

陈琳也忍不住感慨:"这得是多努力啊,才能从二班挤进去。一班那群人全是魔鬼,成绩好得吓人,尤其是那个一中不去非要来二中的那个,半夜哭泣的迟某。"

"……"

林折夏和陈琳聊了几句,陈琳她妈在门外喊她。她于是匆匆挂了电话。

林折夏一个人在酒店没事干,刷了会儿视频就又睡着了。

等她一觉睡醒,已经是下午四点多。

这个时间……比赛应该差不多结束了吧。

她正要去微信上"戳"迟曜,对面先发过来一句:比完了。

她刚想回复,对面直接打过来一通电话。

林折夏接起电话:"虽然你走的时候说话很嚣张,但如果不是第一,我也不会嘲笑你的,所以你们第几?"

迟曜那边的声音有点嘈杂,他走了一段路,似乎是上了返程的大巴,离那片嘈杂声远了些。

半晌,他说:"第一。"

对面又说:"你的幸运符,还算有点用处。"

明明不是她去比赛,却通过这通电话,也间接感受到了比赛的喜悦。

林折夏心里那块石头跟着放了下来,她语调轻快地说:"那也不看是谁亲自去求的符,是城安二中第十届演讲比赛第一名。"

"……"

对面沉默了下。

然后熟悉的嘲讽意味通过听筒传了过来:"这个称号,你是打算带进坟墓吗?"

"我难得获个奖,"林折夏坦荡承认,"起码得吹十年。等我以后大学毕业求职,还要往简历里写。"

迟曜那边又开始吵闹起来。

上车的人多了,加上拿下团体第一,所有人情绪都异常激动。

林折夏甚至听到徐庭在尖叫:"——我真牛!做到了!我就知道我徐庭是宇宙最强的!噢耶!"

"……"

然后还有人在聊庆功宴。

"老刘晚上安排聚餐,问你们都想吃点什么?"

迟曜随口问她:"你想吃什么?"

林折夏连连拒绝:"又不是你们队伍里的,我来不合适,千万别说我也在这儿,你们去吧,我就不……"

她话刚说到这儿,就听见过度亢奋的徐庭喊了一句:"你在给谁打电话,林少吗?叫她一块儿来吃饭啊!大家都是同学,晚上一块儿吃点呗!"

老刘在徐庭旁边,问了一嘴:"什么林少?"

徐庭兴奋地和老刘分享:"就是林折夏,七班的,她和迟曜从小一块儿长大,也来海城市了。"

林折夏:"……"

徐庭。

我跟你有仇吗?

老刘身为年级组长,对整个年级里都有哪些人还是很了解的,他整个人精神状况也不比徐庭好到哪儿去,像是喝醉酒一样:"哦,林折夏啊,

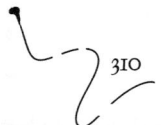

她演讲比赛发挥得不错,叫上她一块儿来,大家都是城安二中一分子,今天我请客,都别跟我客气。"

这发言,颇有些"今天全场消费由刘公子买单"那味儿了。

徐庭鼓掌:"老刘大气!就这么说定了啊,林少,速来,大家伙一起等你。"

林折夏很窒息:"我……谢谢你,徐庭,我真的很谢谢你。"

聚餐的餐厅就在酒店附近。

林折夏去之前找了无数借口:我突然有点肚子疼。

迟狗:打120。

林折夏:好像不疼了,但我刚发现我鞋破了个洞,可能走不了路了。

迟狗:是吗,拍张照片看看?

林折夏:……

她要怎么拍。

她现在把鞋子戳破吗。

最后林折夏无奈地收拾了下东西,换上已经晒干的衣服,硬着头皮过去蹭老刘的饭。

她进门前就已经提前尴尬到头皮发麻了,进云二话不说,还没等老刘招待她,先给老刘鞠了一躬:"刘老师好!各位同学好!"

老刘手端着茶杯,手僵了一下。

林折夏完全贯彻"打不过就加入"这个行为准则,她维持着鞠躬的姿势闷头继续说:"恭喜你们拿下第一,城安二中做到了,恭喜城安荣获佳绩,再创辉煌!"

"……谢谢,不愧是演讲比赛第一名,"老刘放下茶杯,"坐吧,林同学。"

林折夏这才直起身子,她扫过一圈陌生的脸,看到努力憋笑的徐庭和坐在那儿看着她的迟曜。

最丢脸的情况已经发生了。

面对后面的事情时就显得从容淡定起来。

她坐到迟曜边上的空位上，正打算用热水烫下碗筷，边上的人淡淡地说："烫过了。"
　　林折夏放下热水壶："喔。"
　　迟曜说完，又说："你鞋质量不错。"
　　林折夏："？"
　　迟曜："破了还能自动复原，哪家店买的，给个链接。"
　　林折夏："……"
　　她懒得理这人，全程闷头吃饭，尽量不参与话题讨论，降低存在感。

　　坐在她边上的是个女生，那女生倒是挺想和她聊天的，尤其在徐庭硬拉着迟曜出去陪他买东西之后，边上两个位子空了，女生主动问她："你还要饮料吗？我顺便帮你倒一杯吧。"
　　林折夏留意到自己杯子见了底，说："啊，谢谢。"
　　说完，她抬头看了一眼那女生。
　　长头发，五官清秀，挺温婉的。

　　全场就她们两个女生，林折夏一下就把她和白天陈琳说的那个人对上号了。
　　倒完饮料，那女生自我介绍："我叫沈珊珊，是二班的。"
　　林折夏心说果然是她。"我叫……"
　　她话还没说完，沈珊珊笑着打断她："我知道，你叫林折夏，是迟曜很好的朋友。"

　　迟曜很好的朋友。
　　林折夏张了张嘴，又发现这句话没说错。
　　"对，"她喝了口饮料，重复了一遍，"很好的朋友。"
　　沈珊珊撑着下巴，有点羡慕地说："我刚才听见你们聊天了，还是第一次知道，迟曜也会开玩笑，也会说这样的话。平时在班里，很少见他这样，有时候和他搭话他都不理人。"

　　林折夏心说这个人嘴可毒了。

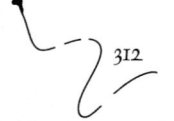

你没感受过是一种幸运。

她正想着，又忽然抓到某个重点："班里？你不是二班的吗？"
沈珊珊说："我初中和他一个学校，一直都是一个班。"

初中，这是她不太熟悉的时期了。

林折夏没说话，沈珊珊继续说："本来我以为以他的成绩肯定会去一中，而一中的分数线，是当时的我怎么够也够不到的。当初我中考的第一志愿填的是一中，被我妈臭骂了一顿，这才改的二中。"
听到这里，林折夏隐约猜到她后面想说的话了。
果然，沈珊珊看着她，微微抿起嘴角，高兴地说："没想到他也报了二中，开学那天，我开心了好久。
"虽然因为成绩差别，不能和他在一个班，但我知道他很喜欢物理，一定会参加物理竞赛的。"

林折夏耳边浮现陈琳说过的那几句话。
——"参加竞赛的全是一班那群人，但是只有她一个是二班的，听说她物理特别好……"
——"这得是多努力啊，才能从二班挤进去。"
她可能知道，为什么沈珊珊能从二班挤进去了。

仿佛为了印证她的预感。
在老刘"啪"地一下把茶杯放下的同时，沈珊珊的声音在包间里悄悄响起，用只有她们两个能听见的音量说："我喜欢他，非常非常喜欢，而且喜欢他很久了。"
沈珊珊靠近的时候，林折夏隐约闻到一点很淡的酒味。

"你喝酒了吗？"她问。
沈珊珊用手比画了下："一点点。"
"我偷偷喝的，"沈珊珊笑了下，"因为今天太开心了。"

难怪。

不然和一个刚见面的陌生同学说自己心底的秘密,是一件对双方来说都有点冒犯的事情。

林折夏问:"那你现在感觉怎么样,头晕吗,等会儿还能站起来走路吗?"

沈珊珊:"不晕,我能的。"

林折夏指指天花板上的灯:"这里有几个灯泡?"

沈珊珊抬头,数了半天:"五个。"

林折夏:"三个。"

"……"

第七章
下次不会再哭了

1

沈珊珊抬起头看灯泡后,被照得更晕了:"你知道我为什么喜欢他吗?"
林折夏问:"为什么?"
沈珊珊:"初中那会儿我跟着我爸来这里,我爸妈离异了,故意没告诉我,但其实我都知道,开学那天下雨,我摔了一跤,把新校服裙弄脏了。
"明明知道他们离婚我也没有哭过,但是那天只是因为那一跤,突然间没绷住,我像个傻子一样站在校门口大哭。"
沈珊珊说到这里,话音微顿:"那天,是迟曜给我递了一件衣服。
"很奇怪吧,后来我知道他是个性格很不好的人,可是那天他给我递了一件衣服。"

不奇怪。
林折夏在心里想。

迟曜是这样的人,虽然平时有人想靠近,总是会被拒绝。
可如果真的碰上这种事,他也不会不管。

沈珊珊说到这里,又开始难过起来:"我好像真的是喝多了。"
她声音低下去:"不然为什么想到他,觉得又开心又难过。"

林折夏说不上来自己现在的感觉。
她一直都知道迟曜很出名,很多人都曾想要联系方式。
但因为这个人做事太绝,大部分女生都会态度大变——长得帅又怎么

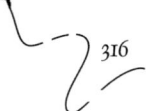

了,狗都不想靠近。

她还是第一次……第一次遇到这种默默喜欢了迟曜很多年的女生。

而且这个女孩子,长得很温柔。

学习成绩很好,甚至为了迟曜挤进物理竞赛,只是因为知道他一定会参加。

而且还默默陪在他身边,和他一起拿下第一。

……

这些种种加在一起,让她感受到了沈珊珊对迟曜这份喜欢的分量。

不是论坛里轻飘飘的一句"他好帅",也不是拿着手机靠近说句"能加个好友吗",甚至和那些偷偷张望的眼神都不一样。

这是一种能够让人为之动容的喜欢。

林折夏给她倒了杯水:"你要不,喝点热水吧。"

沈珊珊接过:"谢谢。"

她接过后,又问:"可能我说这话会有点唐突,但你知道……迟曜喜欢什么样的女生吗?"

林折夏:"……"

林折夏想了很久。

记忆里没有和这个问题相关的内容,但有一次,她和迟曜吵架,似乎提到过这个。

具体是为什么吵架她已经记不得了。

她只记得自己在迟曜面前跳脚:"我以后要是找男朋友,就找那种小麦色,有肌肉的,人还温柔的男生。反正哪儿哪儿都要比你强。"

那时候的迟曜"嗤"了一声,似乎是嗤笑她在白日做梦。

林折夏被嘲笑之后更生气了:"你什么意思,是觉得我以后找不到男朋友吗?"

317

……

她最后对沈珊珊说:"这个我也不清楚。"

沈珊珊:"他没谈过恋爱吗?"

林折夏摇头。

沈珊珊:"也没有喜欢过的女生?"

林折夏继续摇头。

沈珊珊继续问:"那……或许……他喜欢的……男生呢?"

林折夏哑然一瞬:"……他应该不会藏那么深吧。"

沈珊珊也沉默了。

沉默过后,她又像鼓起了莫大的勇气,说:"我再告诉你一个秘密吧。

"我可能要转学了,我爸工作变动,我要跟着他去其他城市参加高考。所以这次物理竞赛,应该是我和他之间最后的交集。"

林折夏知道那句"又开心又难过"的意思了。

沈珊珊捧着水杯,又说出一句:"所以,我打算明天和他表白。"

与此同时,包间门被拉开——

徐庭搭着迟曜的肩膀笑嘻嘻走进来。

少年身上像是沾着北方夜色里的略微寒意似的,他一只手里拎着个便利店塑料袋,另一只手抬起,把徐庭搭在他肩膀上的手毫不留情地扫下去。

徐庭:"不就让你陪我出去一趟吗,你能不能笑一笑,不知道的还以为我拽着你出去打架。"

迟曜还是那副"你最好给我滚远点"的样子:"你想挨揍就直说。"

徐庭:"……那我倒也没那个意思。"

过了会儿,迟曜又在她身边坐下了。

林折夏被"表白"这个词镇住,连迟曜回来都没发现。

直到一只手从桌子下面伸过来,映入她眼帘。

少年骨感细长的手里捏着根棒棒糖。

"凑单,"迟曜说,"送的。"

林折夏接过,看到棒棒糖裹着淡黄色的外衣,还是柠檬味儿的。
林折夏:"谢谢你,把凑单送的东西施舍给我。"
迟曜:"不客气。"

徐庭和迟曜回来之后老刘结账,一行人沿着海走回酒店。
林折夏担心沈珊珊走路会摔,在她边上跟了会儿,不过很快发现她除了走得慢了点,没有其他不适。
林折夏走在队伍后面,缓缓拆开刚刚迟曜给她的那根棒棒糖。

海风迎面吹过来。
林折夏咬着糖。
明明是糖,她却没尝到甜味,只感觉糖酸到发苦。

"行了,大家回房间,累一天了,早点睡。"
解散前,老刘大手一挥,说:"明天也不用急着起床,咱们晚上回去,难得来一趟海城市,白天你们可以在这边四下逛逛,来都来了,看看海再走。"
徐庭精神持续亢奋,鼓掌说:"好哎——"
徐庭鼓完掌,看到叼着棒棒糖的林折夏:"林少,怎么了,看起来不太开心?"
林折夏叼着糖,情绪没理由地低落,半晌,她说:"不知道,可能太累了吧。"

说完,她先送沈珊珊回房间,然后才从挎包里掏出房卡。
一路默不作声地低着头往前走,走到房间门口拿房卡开门的时候,刚"嘀"了一声,门被打开,从身后伸出来一只手。那只手按着门把手,又把门给关上了。

"等会儿。"
迟曜的声音从身后响起。

319

"？"

"转过来。"那声音又说。

林折夏慢吞吞转过身。

她嘴里的糖已经化了，只剩下根白色的细棍，说话的时候那根棍一抖一抖的："干吗关我门。"

迟曜弯了点腰，伸手摸了下她的额头。

然后又扫了眼她已经彻底结痂的膝盖。

"体温正常，"迟曜收回手，"进去吧。"

林折夏反应过来因为刚才她说"太累"，迟曜担心她在外面被海风吹了一路，穿太少可能会感冒。

"我很强壮的，"林折夏叼着细棍强调，"和某个人小时候，被风吹一下就进医院可不一样。"

迟曜这下没刚才试探她体温时候的好脾气了。

他直接伸手去拿她手里的房卡，然后再把门刷开："三秒钟，从我眼前消失。"

"……"

回房后，林折夏洗了澡，然后给林荷打了通电话。

"迟曜拿了第一呀，替妈妈恭喜他，"林荷在电话那头说，"你多向人家学学，别整天冒冒失失的，心思都不在学习上。"

林折夏："你夸他就夸他，不要顺带损我。"

林荷聊了两句，转移话题："我和你魏叔叔在大草原，这边景色真好，我给你发的照片你看到了吗，下次带你来逛逛……"

林折夏听着，"嗯"了好几下。

挂断电话后，她发现自己躺在床上睡不着了。

女生有点羞怯但又鼓起莫大勇气说出口的那句话还在她耳边盘旋：

——"我打算明天和他表白。"

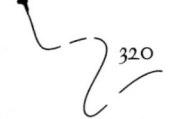

在沈珊珊对她说这些话之前，她从来没想过，有一天迟曜会和别人在一起这件事。

她把这句话挑出来，又在心里念了一遍：

迟曜。

有一天……

会和……别人在一起。

这个认知像一头从来没有闯进过她世界的无名怪兽，狠狠地在她心上敲了一下。

她和迟曜在一起的时间太长了。

而且这么漫长的时间里，从来都没有其他人。

这是她第一次觉得，他们之间可能要有其他人了。

可是她为什么会难过。

为什么会觉得，那么难过。

一种喘不上气，又闷又胀的难过。

林折夏这天晚上睡得很不好，第二天迟曜给她打电话问她"下午去不去看海"的时候，她脑袋昏沉地应了一声。

"还有谁啊？"她反应慢半拍，才想起来问，"如果有老刘的话我就不去了，有点怕他。"

迟曜："你怕什么？"

林折夏："因为他是教导主任，我这种七班的学生，心理上有压力，你们这种一班的人是不会懂的。"

"……"

迟曜报了串名字。

报到最后，林折夏听见他说了个"沈"字，然后卡了一下，才把人名字念顺："沈珊珊。"

林折夏忍不住问："你跟她很熟吗？"

迟曜："？"

林折夏："……哦，因为我听说你们初中也是同学，就随口问一下。"

说完，她又有点害怕听到回答。

毕竟他们一起参加竞赛的，多多少少会比其他人稍微熟悉点吧。

"算了，你不用回答我了，"林折夏急匆匆地说，"我要起床，先挂了。"

老刘没跟来海边。

从酒店坐车出发去看海的只有他们几个二中学生。

沈珊珊今天穿了一条白色的裙子，长发披着，比昨天穿校服吃饭时的样子吸睛很多。这条裙子很适合她，显得整个人更温柔了。

她站在迟曜身边，鼓起勇气和他说了句什么话。

迟曜也回了她一句。

两个人站在一起，看着很登对。

林折夏从小就被林荷说不像女生。

她也确确实实在男孩子里混了许多年，在这种穿白色裙子的温柔女孩面前，感觉到一些拘谨。

她看了眼自己身上那件男女同款淘宝T恤，还有一条穿起来十分舒适的裤子。

然后猝不及防地，被徐庭从身后顶了一下："林少怎么不走了。"

林折夏脱口而出一句："你管我。"

徐庭倒是愣了下："今天脾气那么冲呢。"

林折夏很快调整过来："我就想放慢脚步，好好感受一下海风。我觉得像现在这种快节奏的生活，让人走得太快了，这样不好。"

"走个路，你感悟还挺多。"

"人就是要善于思考。"

徐庭："说得对，要多感受生活。别像那俩似的。"

徐庭说"那俩"的时候，指了指前面的迟曜和沈珊珊："都来海边了，

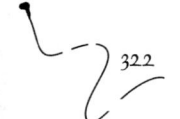

还在聊昨天的物理题。"

　　林折夏小声说："……原来他俩在聊物理题。"

　　徐庭没听清："什么？"

　　"我说，"林折夏提高了声音，"人家确实是比你好学。"

　　"得了吧，那叫自我折磨。"

　　徐庭的宗旨向来是劳逸结合："我才不要在比赛结束之后，继续钻研物理呢，该放松的时候就是要放松点。"

　　"对了，"徐庭又转移话题，"等会儿到了海边，咱俩先离他们远一点。"

　　林折夏："？"

　　徐庭："具体的我也不清楚，但是沈珊珊说她有话想单独和迟曜说，反正她是这样拜托我的。"

　　"会不会是表白啊，"徐庭猜测，"沈珊珊看着挺喜欢迟曜的，而且有话需要单独说，啧，除了表白什么话需要单独说啊——"

　　林折夏知道沈珊珊今天会和迟曜表白。

　　但没想过会选在海边，也没想过会是现在。

　　她以为会是在一个人更少，也更隐秘的地方。

　　她脑子里乱乱的，没有理会徐庭，徐庭倒是把她当可以一起八卦的人，说个不停："说起来我觉得他俩还挺配的，而且都很喜欢物理，有共同语言很重要。

　　"迟曜这个人身边也没几个异性，就他那性格，身边就一个你，不过你应该算哥们，也不能算异性。反正，沈珊珊算是凤毛麟角的异性之一了吧，起码还在同一个竞赛队呢——哎，林少，你怎么突然走那么快，等等我啊。"

　　林折夏："你有点烦，影响我散步了。"

　　她不想听徐庭说话。

　　如果手边有毒药的话，她甚至会毫不犹豫地选择把他毒哑。

323

她走到海边，自己找了个安静的地方坐下后，脑子里还是很乱。

她胡乱地想：沈珊珊去表白了吗？

表白会……成功吗？

沈珊珊昨晚都能打动她。

表白的时候，也会这样打动迟曜吗？

时间一分一秒地过去。

徐庭找了一圈才找到她，刚在她身边坐下，就看到林折夏猛地站了起来，问他："迟曜在哪儿？"

徐庭愣了下，指指对面："应该和沈珊珊在那边……吧。"

他嘴里的"吧"字刚说出口，林折夏已经跑了出去。

这片海滩很长，而且分成好几块区域，现在又是小长假期间，海边挤满了游客。

烈日照在波光粼粼的海面上，折射出过分耀眼的光芒。

林折夏穿过熙攘的人群，艰难地往对面海滩跑去。

她知道自己很冲动。

她甚至不知道自己在做什么。

她知道自己无论如何也不应该去打扰迟曜和沈珊珊。

但直到这一刻，即使再迟钝，再没有经验，她也终于不得不承认自己内心有一个最隐秘的，她一直不敢承认的念头。

挡在她面前的游客还是很多。

她有些焦急和慌乱地，在人群里不断找寻迟曜的身影。

在这个瞬间，全世界仿佛被按下了静音键。

海边的风声、人群的嘈杂声、摊贩的吆喝声——这些都离她很远。

只有那个来自心底的声音变得越发清晰：

她不希望迟曜和别人在一起。

林折夏穿过人流最密集的地方，来到偏僻无人的角落。
她在这里找到迟曜的时候，沈珊珊已经不在他边上了。

海边角落只剩穿黑色防风衣的少年一个人坐在海滩边上，他不适应人群，屈着腿兀自坐着，背影都透着股疏离的感觉。海水被风卷起，在礁石上发出"哗啦"声，远处，刚刚退潮的海水即将又要涨潮。

迟曜听见她的脚步声，侧了侧头，出声问她："你怎么回事？"
林折夏停下脚步，喘着气，模样很狼狈。
迟曜还是那个熟悉的语调："腿好全了吗？就在海边跑马拉松。"
"……"
林折夏没回答他的问题，反问："你一个人在这儿坐着吗？"
迟曜不甚在意地说："刚才还有一个。"
"那……她人呢？"
"我嫌吵，让她换个地方看海。"

林折夏知道迟曜不会把沈珊珊的事情告诉她，毕竟一个女孩子鼓起勇气来表白，不是可以私下拿来和人随意谈论的东西。
但她也立刻反应过来，迟曜没有答应。
她弯着腰，站在距离迟曜不到五米的地方，心跳剧烈得快要喘不上气。
她终于发现那天问过陈琳的问题，自己心中早就有了答案。
确实不像陈琳说的那样，不是因为长大，不是因为察觉到迟曜是个男孩子了。
是因为喜欢。
因为过于熟悉，所以才在漫长岁月里被忽视了的、悄然发生着的、不自知的喜欢。

在礼堂演讲时心跳加速不是因为紧张，曾经戴着围巾时红了耳朵也不是因为呼出的热气太过滚烫，运动会那天的反常更不是因为天气太过闷热。

林折夏相信，还有无数个类似这样的时刻。

无数个曾被她忽略的时刻。

原来她一直都没搞懂。

这就是喜欢。

世界在这一刻天旋地转。

某一瞬间似乎转回到几天前香烟缭绕的寺庙，转回那棵百年古树下，转回到那句旁人无意间提及过的话上。

——"如果你喜欢一个人，你一定会发现的。"

她对迟曜的心动，来得并不大张旗鼓，更像是漫长岁月里一点一滴汇聚起来的海水，直到海水涨潮快要无声将她淹没，这才恍然发现。

2

海浪又拍打过来，将所有无声的话吞没。

半晌，林折夏说："我腿好全了，可以跑步了。"

她又补充："我们这种膝盖受伤，有几天不能剧烈运动的人，养完伤之后就是喜欢跑步。"

迟曜语气很凉："那你别坐我边上，再去跑几圈。"

林折夏不管他说什么，自顾自在他旁边坐下，说："……我休息一下再跑。"

然而即使她想掩饰，迟曜也总是能在第一时间发现她的不对劲。

迟曜："你今天不太对。"

林折夏："哪儿不太对？"

迟曜："不太正常。"

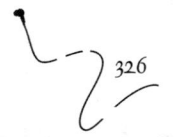

"……"

林折夏："你才不正常。"

末了，她又断断续续地说："我就是：第一次看海，太兴奋了。"

"这好像是我们第一次一起看海。"
迟曜却说："第二次。"
林折夏："上次是哪次？"
"你十二岁那年，闹着要看一部深海纪录片。"

林折夏想了会儿，想起来确实是有那么一件事："……这也能算是一起看海吗？而且都过去那么久了，你怎么还记得。"
"因为三个小时，"迟曜冷笑一声，"我如坐针毡。"
"……"

临近傍晚，一行人回酒店收拾东西返程。

林折夏买了和他们同一班次的车票，收拾好东西退房的时候碰到了沈珊珊。

林折夏第一反应是尴尬，她在想要不要装作不知道对方昨天晚上说过的那些话。

沈珊珊倒是笑着和她打了声招呼："嗨。"

目前大堂里只有她们两个人下楼，于是两人聊了起来。
沈珊珊："谢谢你。"
林折夏莫名："谢我什么？"
沈珊珊："谢谢你帮我保守秘密。"
"我昨天其实不该说那些的，"沈珊珊又说，"后来我回到房里，也有点后悔。"

林折夏想了想，认真地说："没什么的，你昨天也没说什么，而且我这个人忘性大，睡一觉起来就不太记得了。"

沈珊珊知道对方是在安慰自己，两人站在一块儿安静了会儿，她主动提及："我去表白了。"

林折夏没想到她会主动说这件事:"啊。"

沈珊珊耸了耸肩,快速地说:"不过被拒绝了。

"他说他高考前不考虑谈恋爱,也希望我能专心学习——很官方的话吧。"

林折夏:"是挺官方的。"

说完,她又不知道该说什么了,半天憋出一句:"你那个,别难过。"

沈珊珊看着她说:"我不难过,很奇怪,我还觉得有点轻松呢。"

"轻松?"

"嗯,"沈珊珊思索了一下,说,"可能是,本来也没有想过能够在一起吧,所以能在走之前把想说的话告诉他,就是这个故事最好的结局了。"

林折夏发现了迟曜当狗的好处。

那就是在拒绝别人的时候,居然没有一个女生感到伤心。

唐书萱没有,送过水的女生没有,沈珊珊也没有。

……

沈珊珊说到这里,林折夏也对她说了一句"谢谢"。

沈珊珊觉得奇怪:"你谢我什么?"

林折夏:"因为我突然发现了一件事,那件事如果不是因为你的话,我可能很难发现。"

沈珊珊听着还是觉得一头雾水,但林折夏没有多说。

"总之就是谢谢你。"

说话间,其他人收拾好东西下来集合排队了。

沈珊珊也不再执着:"好吧,那我们互相谢对方一次,也算扯平了。"

林折夏问:"你这学期就要转走吗?"

沈珊珊看着从电梯口走出来的人群,"嗯"了一声:"下周就要办转学手续了,估计……最迟下个月我就不在城安了吧。"

沈珊珊说话时看向人群里那个最惹眼的少年。

像是在看他最后一眼一样。

少年拖着行李箱散漫地走在最后,他行李箱上搭了件衣服。今天他很难得地戴上了耳钉,冷淡的银色看起来更让人难以靠近。

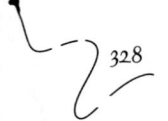

有一瞬间，她似乎又看到了初中开学那天的迟曜。

那个她从初中开始，就一直偷偷喜欢到现在的人。

沈珊珊很快收回那一眼，拖着行李箱跟着他们上车。

在上车前，她忽然想到昨天在海边，和迟曜表白的时候。

她紧张到无法言语，闭着眼说出那句"我喜欢你"。

在海浪声里，迟曜先是说了句"谢谢"。

然后在那一通官方的拒绝话语之后，他又说了三个字："而且我……"

只是这句话很快戛然而止，快得仿佛是她自己听错了一样。

沈珊珊察觉出这是一句藏着很多情绪的话，因为迟曜说的时候语调和平时很不一样，声音也似乎有些发涩。

于是她问："什么？"

然而迟曜没再说下去："没什么。"

"而且我……"

他后面，是想说什么呢。

沈珊珊想了会儿。

一群人坐车到火车站，急急忙忙检票上车，在这匆忙的一路上，她很快把这个念头从脑海里抛了出去。

回去的高铁依旧还是六个多小时的。

林折夏因为是单独买的票，座位离其他人都很远，不在一节车厢。

她正盯着窗外不断移动的景色看，身边突然响起一句："不好意思，打扰一下，可以换个位子吗？"

她扭头，看到迟曜拿着车票站在过道。

他搭话的那个人是那位坐在她旁边的女白领。

女白领脸有点红："你需要换位子吗？"

迟曜一只手拎着衣服，另一只手伸着，两根手指夹着车票，他夹着车票的手指在空气里晃了下，指了指她："我妹妹一个人坐这儿，我不太放心，如果方便的话，跟您换个位子。"

他说"我妹妹"三个字的时候，林折夏瞪了一下眼。

林折夏："谁是你妹妹……"

迟曜眉尾微挑："你说谁是。"

林折夏扭头，对女白领说："姐姐，他骗人，我不认识他。"

迟曜一句话把她堵死，他不冷不热地说："还跟哥哥闹脾气。"

林折夏："……"

这个人果然是狗。

迟曜这张脸摆在那儿，女白领想也没想，起身要跟他换位子："好的呀，我跟你换吧，你离你妹妹近点。"

很快两人换了位子。

林折夏别过头，想装不认识这个人。

但同时，她又有点期待："你换过来干什么。"

迟曜："徐庭太吵，影响我睡觉。"

林折夏又把那点期待压下去："哦。"

高铁上空调开得很足。

过了会儿，迟曜又问："你冷吗？"

林折夏手已经发凉了，手不自觉地抱着胳膊，但还是倔强地说："还好。"

她说完，迟曜把刚才拎着的那件衣服扔给了她。

"……"他合上眼准备睡觉之前说，"还好就拿着。"

林折夏抱着衣服，刚刚压下去的心情，又忽然向上跳跃起来。

林折夏到家的时候，林荷和魏平已经回来了，两人正在客厅整理带回来的大草原特产。

林折夏私自跑去海城市的事，林荷和魏平消化了几天，没有之前那么生气了。

所以见到她的时候，魏平还心平气和地喊她过来拿礼物："夏夏，你

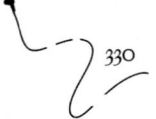

妈妈给你准备了礼物。"

林折夏走过去，看到桌上有个很小的玻璃瓶："是什么？"

魏平："草。"

"……"

林折夏拿着那个翠绿的玻璃瓶，心情很复杂："我很感动，有个去大草原还不忘记摘草带回来给我的妈妈。"

但经过消化，不代表林荷看到她的时候不会生气。

林荷："我一看到你这张脸，又想起你一声不吭跑去海城市的事了。"

林折夏往后退了几步，退到房间门口："那我暂时消失一下吧。你别看我了。"

"叫迟曜晚上来家里吃个饭，"林荷在客厅喊，"你跑过去，多麻烦人家，人一边忙比赛一边还得照看你——听见没？"

林折夏后背抵着门板，扬声回了一句："知道了。"

迟曜来她家吃饭不是什么大事。

所有人都很习以为常。

吃完饭，魏平拉着他在客厅聊天。

林折夏是女孩子，和她相处时不同，魏平有时候和迟曜倒是有很多属于两个人之间的话题。

魏平："你帮我看看这个，这汽车模型，你感觉怎么样，叔叔想组装一个。"

"……"

林折夏饭后去洗了个头。

洗头间隙，她电话响了，她顶着满脑袋泡沫喊"谁帮我接一下电话。"

场面看起来有点混乱，林荷在厨房忙活，魏平戴着眼镜，半天也没找到她手机在哪儿。

最后迟曜从沙发缝里找到她的手机。

魏平："谁的电话啊？"

"何阳。"

"那你帮她接吧,"魏平自觉坐了回去,"你们孩子之间的事儿,我就不插嘴了。"

电话接通。

何阳得意洋洋地:"就知道你会接我电话的,我特意没给迟曜打,他有时候不接电话——我是不是很机智。"

然后何阳听见迟曜的声音从电话那头传过来:"嗯,机智。"

何阳:"……"

何阳:"不是,怎么是你啊?"

迟曜:"有事说事。"

何阳:"我家养猫了,我妈同事家母猫生了好几只,她拿回来一只,想问你们来不来玩。"

南巷街这群发小之间的联系内容很琐碎。

内容经常是谁新买了电脑,谁新买了游戏机,或是一起去扫荡小卖部里卖的刮刮乐。

迟曜想说"对猫没兴趣",但话只是在心里转了一下,说出口的却是:"她在洗头,等会儿。"

"好嘞,"何阳说出了自己的最终目的,"来之前帮我去小卖部里买点猫罐头呗,它来得太突然了,家里没准备东西给它吃。"

"……"

何阳:"你们上门观览,带点小礼物,不算过分吧。"

林折夏洗完头,头发只吹了个半干,迫不及待拉着迟曜出门看猫:"他也太坑了,就是为了忽悠我们去给他买罐头。"

迟曜:"那你还去。"

林折夏:"我那是看在猫的面子上,不然才懒得搭理他。"

林折夏出门前找自己的零钱包,然后又拿着手机和钥匙,手里东西塞得满满当当的,实在拿不下其他的了,于是走之前顺手把桌子上的皮筋递

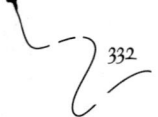

给迟曜:"你先帮我拿一下,我把钥匙塞兜里再拿它。"

迟曜站在门口等她,伸手接过。

林折夏头发没完全干,还半湿着,骘时不能扎头发,所以等她塞完钥匙之后,直接把皮筋的事儿给忘了。

她一路直奔小卖部,找了一圈,在底层的货架上找到了幼猫罐头。

去何阳家时,何阳装作不知道的样子,接过罐头:"哎哟,来就来,还带什么礼物,太客气了。"

林折夏进门前说:"我特意带礼物,你是不是感到很不好意思?"

何阳假客气:"是的,是的。"

林折夏低头捣鼓了一阵,然后在手机上调出二维码:"那你付钱吧,一共四十八,你扫我。"

何阳:"……"

何阳无语,刚想说"这次是我输了",抬眼看到站在他夏哥身后的人。

少年倚着门,眼眸低垂着,很不明显地扯了下嘴角,似乎是被林折夏逗笑了。

林折夏在何阳家玩了会儿猫。

那只猫才两个月大,白色长毛猫,几个人坐在一起商量给它取什么名字。

林折夏:"'颠颠'吧,你看它走路,挺颠的。"

"……"

两个月大的猫,几乎一直在睡觉。

几个人看了会儿,终于有人打破平静。

迟曜:"你们觉得很有意思吗?"

林折夏:"……"

何阳:"……"

迟曜起身:"走了。"

林折夏也起身:"虽然它很可爱,但一直在睡觉,三个人盯着一只猫看它睡觉好像有点傻。"

何阳:"那我就不送了。"

333

林折夏和迟曜出去的时候天已经黑了些。

小长假过后,即将进入夏末,蝉鸣声渐渐变得微弱起来。

林折夏出门的时候逆着风,头发被风吹得扬起来,盖了半张脸。

她这才发现头发干了。

想起来要扎头发,于是在身上找了一圈:"我皮筋……"放哪儿了。

她话还没说完,一只手横着伸了过来。

少年手腕清瘦,凸起的腕骨处,缠着一根极细的黑色发绳。是她出门前递出去的那根。

在微弱的蝉鸣声里,迟曜冷倦的声音响起:"你的东西,拿走。"

3

那根皮筋是她在路边饰品店里随便买的,五块钱一把。

很普通,路上随处可见的那种。

没什么样式。

而且这根发绳她平时一直拿来扎头发。

……

林折夏捏着那根黑色发绳,把它从迟曜手腕上拿下来:"你怎么直接戴着了。"

因为这根简单的发绳,气氛一下变得暧昧起来。

或许是她的错觉,迟曜看向她的眼神带着一些别的情绪,然而那些情绪转瞬即逝,他再开口的时候说:"不然怎么拿,拎着吗?"

林折夏想了想:"拎着确实不太方便。"

她看了眼迟曜的头发,不怕死地说:"你其实可以扎起来。"

她又说:"小时候我给你扎过辫子,你还记得吗?"

迟曜:"然后你被我赶出去了,记得吗?"

林折夏:"……"

她记得。

她偷偷趁他在睡觉的时候给他扎了两羊角辫,因为这俩羊角辫,迟曜一周没理她。

说话间两人已经走到楼栋附近。

林折夏捏着发绳,对迟曜说了一句"我先回去了"。

她一路跑进楼栋内,直到单元门"咔嗒"一声在她身后锁上,她才松了口气。

她抬手摸了摸自己的耳垂,发现和她想象的一样烫。

林折夏低下头,看了眼手里的黑色发绳,发现自己现在的感觉像在高铁上那样。原来喜欢一个人,情绪就会很轻易地随之起伏。

小长假过后,城安二中给竞赛团队颁了个奖。

"好厉害,"升旗仪式上,陈琳连连赞叹,"没想到真拿了第一。"

林折夏看着台上的人,恍惚间又回忆起海城市那短暂的两天。

陈琳:"说起来你去海城市,还被老刘发现了?"

林折夏想起来还是觉得很生气:"都怪徐庭那个神经病。"

陈琳:"不过,听说竞赛队里有八卦,好像是谁跟谁表白了?"

"……"

林折夏没想到这种事也能传出来。

陈琳:"是谁跟谁啊?"

林折夏不能随意跟人透露别人的私事,最后只说:"我也不清楚,没听说,可能是谣言吧。"

在学校的生活和往常一样,海城市的两天好像一场短暂的梦,生活没有发生任何改变,只是"迟曜"这个名字对她来说变得不同了。

放学后,林折夏在家写作业。

遇到不懂的题还是会习惯性地"戳"迟曜问。

——我来虚心求教了。
——请问物理竞赛第一名,这题怎么写。
片刻后,迟曜发过来一张照片。

一班的作业大部分时间和他们七班的不太一样。
林折夏点开那张照片,看到迟曜在写一张陌生的试卷,那张明显难度更高的试卷边上,被人用黑色水笔写了几个简单步骤。
林折夏把那几个简单步骤抄了下来。
抄完后她回复迟曜一个"五体投地地跪拜"动图。
然后她正要从聊天框里退出去,退出去之前,扫到了她之前给迟曜的备注:迟狗。

明明房间里没有人,她还是有点做贼心虚地回头看了眼。
确认门关着,门外也没有其他动静。
她从"好友名片"里点进去,再点击"修改备注"。
她把"迟狗"两个字删了,对着"修改备注"的空白框看了很久,动了动手指,小心翼翼地打下四个字:喜欢的人。

此时,迟曜正好又给她发了条新消息。
喜欢的人:看懂没有。

给一个人的备注有时候代表了对这个人的想法。
换上这个备注后,平平无奇的聊天框都变得特别起来。
但林折夏对着聊天框犹豫了下,又再次修改备注,最后偷偷换上两个字:迟某。

天气转凉的速度总是很快,临近十一月,大家纷纷穿上秋季外套。
城安虽然强制穿校服,但有些学生会动些小心思,里面还穿着夏季校服,外套穿自己的。

林折夏以前从来不会动这种心思，穿个校服而已，她对穿衣服什么的没什么讲究。

但现在不太一样。

"怎么忽然要穿自己的外套？"一大早，林荷问。

林折夏搬出早就想好的理由："学校的外套太薄了，我怕冷。"

林荷："你去年还嫌热，跟我抗争半天，你忘了？"

"……"

那时候她有点叛逆，林荷对她穿衣服指手画脚，她还很倔强地表示自己不冷。

林折夏："我那时候不懂事，现在长大了，我觉得你说得对，早晚温差大，还是应该注重保暖。"

林荷没再追问，她说："我找找你的外套，没记错的话应该被我塞柜子里了。"

林折夏抢在她前面："我知道哪个柜子，自己去找。"

她最后从压箱底的柜子里找出一件白色外套，外套也没什么特别的样式，宽宽松松的板型，只是她潜意识觉得，穿起来应该是比那件全校统一的校服好看一点的。

她和迟曜并肩去上学的时候，迟曜只是扫了她一眼，并没有多说什么。

她自己忍不住，在等车的间隙对着他："喂。"

迟曜言简意赅："说。"

林折夏缓缓地说："你没觉得我今天哪里不一样吗？"

迟曜："哪里？"

林折夏早上忙活了一通，忍不住生气控诉："……你观察能力太差了，有眼无珠说的就是你这样的人。"

迟曜看了她一眼。

女孩子今天难得没穿校服，身上那件外套很大，宽松地垂着，白色很适合她。头发柔顺地扎在脑后。

半晌，迟曜收回眼，难得没有回怼她。

公交车很快来了,在林折夏以为这个话题已经结束的时候,上车前,她听见迟曜说了一句:"外套还行。"
"……"

到校后,陈琳和唐书萱都注意到了她的外套:"今天很漂亮哎。"
林折夏有点开心:"谢谢。"
她又说:"你们刚刚在聊什么呢?我进来听到什么集市。"
陈琳:"书萱在网上刷到一个创意集市,看图片特别漂亮,问我们周末要不要一起去。而且也不远,就在上回咱们去过的寺庙附近。"
林折夏看了眼她递过来的手机,集市灯火通明,有一长排摊位,卖什么的都有。
林折夏:"可以啊,看起来挺有意思的。"
陈琳:"那就这么定了,就我们三个吗,迟曜去不去?感觉这种集市人多应该会比较热闹。"

傍晚,一行人一起从学校门口往车站走。
迟曜还没说话,徐庭在边上举手抢答:"我周末有空!"
林折夏:"好像没人问你。"
徐庭:"……"
徐庭哼了一声:"反正我也要来,既然听见了,就当是你们在邀请我了。"

陈琳和唐书萱也无语了。
陈琳:"这人好像女生。"
唐书萱:"他之前就这么像女生的吗?"
虽然话是这么说,但她们还是默认了徐庭的加入。

至于迟曜……
反正出门的时候,林折夏拽都能把他拽出来。

林折夏确实在出门前把迟曜给拽出来了。
"你不去的话,"林折夏拽人的时候想了想说,"徐庭会很尴尬的。我

们全是女生,就他一个男的。"

迟曜:"他尴尬关我什么事。"

林折夏无言以对:"确实。"

过了会儿,林折夏又说:"我不想一个人坐车,反正你闲着也是闲着。"

迟曜一边被她拉着出门,一边垂着眼说:"你哪只眼睛看到我闲着。"

林折夏:"两只眼睛都看到了。"

"……"

集市晚上才营业,林折夏拉着迟曜下公交车的时候,远远地就看到集市那边乌泱乌泱的人群。每个摊贩摊位前都点着两盏灯,灯火绵延了一路。

这里卖什么的都有,有手工艺品,有吃的,还有很多稀奇古怪的小玩意儿。

几人一路逛过去。

林折夏买了根鱿鱼串,吃完之后买了杯奶茶,喝到半路,看到棉花糖机器,又兴致勃勃地买了一个巨大的棉花糖。

五彩缤纷的颜色,拿在手里大得像个气球。

走路得分外小心些,不然容易蹭到行人。

陈琳和唐书萱看到个有意思的东西,回过头想叫林折夏一块儿来看,结果看到林折夏从店家手里接过那个棉花糖的同时,迟曜很自然地伸手接过了她手里原先拿着的那半杯奶茶。

林折夏和迟曜之间经常会有这种很细微却默契的小举动。

他们可能不容易发觉,但旁人看了,就会意识到自己和他们之间始终隔了堵看不见也摸不着的隐形墙壁。

林折夏拿着棉花糖,听见有人叫她,冲他们喊:"你们刚才叫我了吗?"

陈琳说:"对呀,你过来看,这有个照相馆,书萱想拍照,我们要不一起拍张照?"

339

陈琳和唐书萱他们站的地方是一个叫"创意照相馆"的小摊前。

照相馆门口贴了很多小尺寸的照片，都是以往客人在小摊上拍的。

林折夏没多想，答应下来。

然而唐书萱兴致勃勃问摊主"多少钱一张"时，摊主扫了眼她："就你一个人拍吗？"

唐书萱回头指陈琳和林折夏："还有我的朋友们。"

摊主伸手指指自己的店名，在"创意照相馆"这几个字前面，还有两个容易被人忽视的小字："小姑娘，你可能没看清楚，我们这儿，是'情侣'创意照相馆。"

唐书萱："……"

陈琳："……"

林折夏："……"

您这店名。

如果能把最重点的两个字挑出来，字别放那么小，可能会比较好。

林折夏正要说"算了吧"，就见唐书萱猛地把徐庭拉到自己身边，然后对着所有人展示了她过人的社交技术："老板，我能拍——这我男朋友！"

"……"

"他比较害羞，所以刚才站得离我比较远。"

被突然拉过来的徐庭人都傻了："？？？"

等他回过神，摊主已经对着他和唐书萱"咔嚓"了好几张。

摊主："二十八，扫码吧，还有人要拍吗？"

唐书萱扫完码，用胳膊推了林折夏一下："你拍不拍？"

林折夏："……我怎么拍？"

林折夏又说："当众公开我和陈琳的恋情吗？"

唐书萱指指迟曜："不是啊，这不是还有个人。"

林折夏张了张嘴，话还没说出口。

唐书萱又说："反正又不是真的，难得出来玩一趟，只是拍张照留念而已，又没什么，抓迟曜过来当下工具人呗。"

唐书萱说话声很大，迟曜可能听见了。

林折夏脸一下变得很烫。

在短短几秒间，她想了很多东西。

她不知道现在自己该表现出什么反应才算"正常"。

如果表现得太抗拒，似乎很明显。

就像唐书萱，因为她对徐庭根本没什么意思，所以能这么坦坦荡荡地冲摊主喊话。

但以林折夏的性格，接受的话，也会显得很奇怪。

……

最后林折夏用一种只有自己知道的、不自然的语气说："谁要跟他……"拍啊。

语调越说越低，话还是没说完整。

因为，她其实是想拍的。

她都不知道自己是怎么站到迟曜面前问他能不能陪她拍的："唐书萱那个，就是，想问问你……"

"当然先说好我不是那个意思，"她说半天话都没说明白，"就是你能不能，那个啥，算了。你就当我没来过。"

林折夏正想放弃，却见迟曜捏着那杯奶茶，语调平淡地开口："怎么，不需要工具人了吗？"

他果然听到了！

林折夏脸都快冒烟了。

等她和迟曜走过去的时候，摊主看了他们一眼："你们也是？"

林折夏态度模棱两可："啊。"

摊主指指边上的二维码："先扫吧，价格一样，都是二十八。"

迟曜在她准备扫码之前，用手机扫了码。

林折夏在这瞬间有点后悔。事后回想起这天，她感觉自己当时脑子像死机了一样,死板地捏着一个巨大无比的彩色棉花糖,面部僵硬,摊主在拍照的时候似乎说了句"那女生别站那么远",但她没听见。

于是身边的这个人出声提醒她:"林折夏。"

林折夏顺着声音抬起头。

看到少年说话时上下滚动的喉结,看到他低垂的眼,还有那枚正好对着她的右耳耳钉。

"靠近一点。"

4

林折夏不记得自己有没有挪步过去了。

她低垂着的、略显局促的手似乎在慌乱间碰到了迟曜的手背。

她对拍照最后的印象,是迟曜向她靠近了点,然后他的手在摄影师的指导下抬起来绕到了她身后。

"咔嚓"过后,画面定格。

店主用的相机是拍立得,一共给两人拍了两张。

因为林折夏姿势比较僵硬,没怎么换动作,所以连着两张拍出来效果都是一样的,只有细微的差别。

照片上,漆黑的夜晚被无数灯光点亮,背景里有很多模糊经过的人影,画面中央穿白色外套的女生拿着棉花糖,呆呆地正视镜头。而她边上的人眼神向下,个子比她高出一大截,做了一个微微侧头往斜下方看她的动作,下颌线和脖颈线条过于优越,姿势凹得很有松弛感。

两张照片细微的差别在于,迟曜绕在她身后的手在她脑袋上做了两个相似的动作。

他比了一个"耶"。

这个"耶"因为举在她头上,所以看起来就像两只单独的兔耳朵。

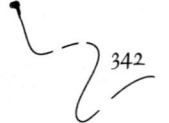

另一张上，他手指微屈，"耶"也跟着弯下来，像兔耳朵垂了下来似的。

林折夏拿到照片之后就拉着迟曜远离那个摊位。

平复心情后，她觉得自己应该是想多了，这可能就是个普通的动作，于是问："你这比画的是什么啊。"

迟曜："不明显吗？"

"？"

"兔耳朵。"

"……"

还真的是兔耳朵。

林折夏略过这个话题，又问："你要照片吗？"

迟曜声音冷冷的："工具人连劳务费都没有吗？"

林折夏："那你先选还是我先选？"

迟曜说："随便。"

林折夏毫不客气："我先选了。"

她拿着两张照片细细比对，两张照片上迟曜都很好看，她都很呆，让她难以抉择。

最后她把两张照片打乱，闭着眼抽了一张。

抽中的是那张垂下来的兔耳朵的，少年微屈的手指显得整个姿势有些可爱。

"……"她忍不住说，"为什么你那么上镜？"

迟曜从她手里抽走另一张，说："我长得好看。"

……

很不要脸。

也很无法反驳。

集市差不多都逛完之后，几个人打算早点回去，毕竟走夜路不太方便。

"晚上十点了，"陈琳说，"再晚我妈得骂我了。"

唐书萱："我也是，我妈刚给我打电话。"

343

徐庭表示:"那我送你们吧,咱仨一块儿打车。"

说话间,唐书萱挨着林折夏等车。

唐书萱发现林折夏还在看那张拍立得,发觉她还介意刚才的事,在她耳边劝道:"没事的,不要放在心上啦,你今天怎么有点紧张兮兮,真的只是拍张合影而已,以你和迟曜的关系,谁都不会多想的。

"你和迟曜是什么关系,那可是从小穿一条裤子长大的关系,你们是最好的兄弟——就算你明天出去拿着照片说这是你和迟曜的情侣照,都没人会当真。放宽心。"

林折夏没说话。

捏着照片的手指微微收紧了些。

唐书萱说完,看向马路:"车来了,我们先走啦,拜拜。"
林折夏放下照片,冲她挥了挥手:"明天见。"

或许是拍照的缘故。
回去的一路上,林折夏和迟曜也没怎么多说话。

"我有点玩累了。"
走到单元楼门口,林折夏把照片揣进兜里,指了指门:"我先上去了。"
她想了想又说:"这张照片我会好好保存的。"

迟曜跟她挥手时晃了下手里的照片:"保存倒不用,直接贴起来吧。"他漫不经心地想了想,"就贴你书桌前面。"

林折夏:"?"

迟曜:"方便你每天抬头瞻仰一遍我的容颜。"

林折夏:"……劝你别得寸进尺。"

她回到家,魏平还在加班,于是她和林荷聊起今天在集市上发生的事。

林荷一边剥瓜子一边说:"你那棉花糖吃完没?"

林折夏:"小荷,我说那么多,你最关心的就是棉花糖?"

她又说:"吃完了,齁死我了。"

林折夏把集市上那些好吃的说完,攥紧衣兜里的照片,自己也不知道哪根筋抽了,忽然说:"妈。"

林荷看着电视,手里剥瓜子的动作没停:"怎么了?"

林折夏:"其实今天集市上还发生了一件事。"

林荷一边看电视一边听着。

"我们本来想拍照,结果没搞清楚,没想到那是家情侣照相馆,"林折夏说这话时,冲动又忐忑地仔细留意林荷的表情,"我就拉着迟曜跟我一起拍了。"

电视上,主人公正在吵架,林荷看得津津有味。

表情丝毫没有因为她说的话而有任何波动。

林折夏重复:"我和迟曜,不小心拍了情、侣、照。"

林荷:"听见了,我又不聋。"

"……"

林荷不解:"那怎么了,不就拍张照吗?"

"你们是情侣吗?"林荷又问。

"不是。"林折夏闷闷地回答。

"那不就完了,"林荷说着,"要我说这摊贩也是奇怪,拍个照还有条件,这不是自己赶客吗——"

林折夏说这事的时候,其实是一种自暴自弃的态度。

她宁愿冒着被猜忌的风险,宁愿林荷骂她一顿。

但是都没有。

林荷和其他人一样,和唐书萱、徐庭他们一样,根本不会怀疑她和迟曜之间的关系。

林荷没把一张普通的合影放在心上,她催促:"你快去洗澡吧,早点休息,对了,你作业是不是还没写完?"

林折夏洗完澡,一道数学题算半天没算出来。

她合上数学练习册,把那张照片摊在桌上,用黑色水笔在照片背面郑重其事地写下了今天的日期。

她看了一会儿后,又把照片夹进那本存放许愿卡的童话书里。

入秋后,高二上学期即将进入期末。

他们高二的课程安排很繁重,一整年不仅要学高二的内容,高三的内容也要学完一半,以便给高三留下充裕的总复习和模拟高考的时间。

林折夏高一的时候成绩还算可以,到了高二,开始有点偏科,尤其是数学,越往后深入,她的考试成绩越不理想。

立体几何、函数,这些都是她的弱项。

有时候迟曜给她讲过的题,换一下条件,她就又容易出错。

期末考考了三天。

她可能和期末考有仇,这次考试和去年冬天那次考试一样,她考前也感冒了。

林折夏考完数学就觉得要糟。

最后大题,她空了两道。

陈琳:"同桌,你脸色不太好。"

林折夏趴在桌上,昏昏沉沉地说:"我可能考砸了。"

陈琳:"这次数学题目很难,估计平均分也不会太高,你别太担心。想想明天开始就要放寒假了,开心一点。"

林折夏没再说话。

到快放学的时候,迟曜给她发了两条消息。

迟某:晚上老刘有事找我。

迟某:等我一会儿。

林折夏看着这个"迟某",回了句:知道了。

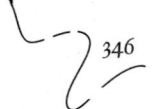

"对了，"陈琳偷偷凑过来，小声说，"你还记得迟曜之前去参加物理竞赛的时候，流传过的八卦吗？"

因为感冒，林折夏脑子转弯的速度都变慢了："什么？"

陈琳："就是说有人表白那个，当初不知道是谁，最近有人说是已经转学走的沈珊珊。"

陈琳不愧是在八卦界走南闯北的人，时刻掌握第一手资讯："沈珊珊和迟曜表白，迟曜没和你说吗？"

林折夏没回答她的问题，她打起精神，反问："你怎么知道的？"

陈琳说："学校论坛。

"不过我没有参与，已经很久不在网上随意发表言论了，就是很多人都在议论，我就上去看了眼。"

陈琳说完，又去忙其他的事情。

很快打铃下课。

所有人揣着假期作业往外跑，迎接假期，没多久教室里的人就走得只剩下两名值日生了。

林折夏一边等迟曜，一边点开学校论坛。

迟曜这个人的热度一直只增不减。

所以根本不需要她往下翻找，一眼就能看到新增的讨论帖。

只不过这次因为内容，帖子名里没有带上两个人的大名。

取而代之的是两人的首字母代号"sss""cy"。

11L：沈珊珊啊，好像二班的人说过，她初中就和迟曜一个学校。

12L：所以是暗恋多年？

13L：还有点好嗑……毕竟竞赛队里，就她一个女生，也就她一个二班的。

14L：确实，挺般配的，两个人成绩也都很好。

……

林折夏往下看。

意外在满屏评论里看到了自己的名字。

52L：迟曜不是和七班林折夏走得很近吗？

在看到自己名字和迟曜共同出现的那刻，林折夏心跳漏了一拍。
她滑动了下屏幕。
切到下一页。
53L：想多了，他俩是发小。

54L：是啊，刚开学就有人讨论过了。这种是最不可能在一起的，都认识那么多年了。
55L："竹马打不过天降"这句话不是没道理的，换过来，青梅也一样。
56L：别说在一起了，要是一个我认识那么多年的发小喜欢我，我尬都能尬死。
……
57L：不过沈珊珊也不是天降吧，看样子表白没成功，而且都已经转学了……

关于她的讨论没几条。
很快又转回到沈珊珊身上。
林折夏想，那天竞赛队里，沈珊珊支走的人不止徐庭一个，应该是其他人猜到情况，不小心传了出去。
等她看完帖子，抬起头，教室里只剩下她一个了。
连值日生都走了。
她看着空荡荡的教室，感冒引起的鼻酸忽然间加剧。

桌上的手机又亮了下。
迟某：我过来了。

林折夏没有回复。
她想到那天给迟曜改备注的时候，最后也只能偷偷改成"迟某"。
因为这个"迟某"，只有她自己知道是什么意思。
就算不小心被人看到，也不容易被发现。

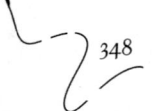

迟曜出现在七班门口的时候,她眼泪在眼眶里打转。

他刚要说"走了",走近后,看到林折夏眨了眨眼睛,眼泪就毫无征兆地从眼眶里落下来。

迟曜愣了下,再开口的时候语调放轻许多:"怎么哭了?"

林折夏说话时带着明显的鼻音:"我没哭,就是感冒太难受。"

喜欢一个人的心情,应该是甜蜜的。

林折夏不否认这点。

但是她的那份甜蜜好像转瞬即逝。

"鼻子酸,"她整个人很不明显地因为抽泣而发抖,"眼睛也酸。"

她真的不想哭的。

可是第一滴眼泪不受控制落下之后,之后就不由她控制了。

她眼泪像止不住似的往外冒:"……而且我数学也考砸了。"

"我空了两道大题。

"两道,一道12分,两道就是24分。

"我可能要不及格了。"

她越说,整个人抖得越明显,眼尾泛着红:"我为什么空了两题,这两题我复习的时候明明复习过了。

"为什么写不出,为什么考试的时候忘了……"

迟曜站在她课桌前,伸手从别人桌上抽了几张纸巾,弯下腰靠近她。

两个人之间的距离很近。

他几乎是凑在她面前,给她擦眼泪。

纸巾像他的动作一样轻。

"别哭了,"他说,"哪两题空了?"

林折夏眼前一片朦胧:"倒数最后一题。"

迟曜"嗯"了一声,问:"还有呢?"

林折夏:"还有倒数第三题。"

林折夏眼泪被擦干,眼前渐渐清晰起来。
她清楚看到迟曜身上那件校服,弯下腰后凑得极近的脸,仿佛被加深勾勒过的眉眼,低垂的眼眸,还有落在她脸上的很深的眼神。

"我回去给你讲。"
他说:"下次就不会再错了,行不行。"
林折夏点了点头。

同时,她无比清晰地认识到。
他们之间认识的时间太过漫长。漫长到,任何人都不会往那方面去想。
他们之间的距离比世界上任何人都近,却是离"喜欢"这个词最远的距离。

迟曜见她不哭了,把纸巾塞到她手里,又问:"东西收拾了吗?"
林折夏摇摇头:"还没有。"

"哭完就坐边上去。"
等她挪到陈琳的位子上之后,迟曜开始帮她收拾书包,一边收一边问她:"这个带不带?这个呢,都拿上了,还有什么?"
林折夏指指桌肚:"还有一套数学卷子。"

落日余晖从教室窗户洒进来,洒在两人身上。
这个画面很熟悉。
林折夏想起来好像很小的时候,也有过这么一次。
她因为上课和同桌聊天被老师叫去办公室骂了一顿,从老师办公室哭着出来的时候,看到迟曜在空无一人的教室等她,一边等,一边给她收文具盒。

年幼时的画面和现在的画面逐渐重叠在一起。

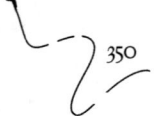

林折夏忽然叫了他一声："迟曜。"

迟曜正蹲着，收笔袋的手顿住，喉结微动："还有什么没拿？"

"没有了，"因为刚哭过，林折夏声音还有点哑，说，"我就随便叫叫你。"

十七岁的林折夏，有了一个喜欢的人。

只是这个年纪的她太过稚嫩，暂时还很难去安放那份喜欢。

并且比起这个年纪，对她来说更困难的是她喜欢上的这个人，是自己从小一起长大的最好的朋友。

是一个她不可以出任何差池，不可以失去，也绝对不可以喜欢上的人。

5

等迟曜收拾好东西，林折夏已经哭完了。

她长这么大，在迟曜面前哭的次数多到数不清。

但这是迟曜第一次，不知道她哭的真正原因。

迟曜帮她拎着书包，两人一路往校外走："胆小鬼，喝不喝奶茶？"

林折夏走在他后面："……不想喝。"

"如果你非要请客的话，"林折夏故意装作没事，又说，"可以折现给我，就当我喝过了，正好我这个月零花钱不够花。"

气氛一下变得松弛下来。

果然，迟曜在等她跟上自己的间隙，低下头看她："你想得美。"

"……"

回去后，林折夏只想快点回家，但刚要走，被迟曜像拎东西似的，拎着她厚重的冬季校服衣领，把她拎进了他家里。

然后她看着迟曜放下书包，随手把外套脱下来扔在沙发上。

他里面就穿了件毛衣，依旧松垮地挂在身上。和规规矩矩穿校服的样子不同，整个人显得随性不羁很多，甚至有种很微妙的私密感。

351

他拿了纸笔,把考过的数学题大致默写下来:"最后一题,函数题。
"倒数第三题,立体几何。"
他钩着笔说:"听完再回去。"
林折夏"哦"了一声,老老实实坐在他边上,听他讲题。

或许是因为她今天哭了。
迟曜讲题的时候比往常讲得更细,明明写在纸上的字很凌厉,林折夏却感觉异常温柔。
"听懂了吗?没听懂我再讲一遍。"

林折夏其实从考场出来之后就翻书看过例题,她还是认真听完,然后说:"听懂了,我下次不会再错了。"

下次不会再哭了。
也不会再……去想这份喜欢。
她会把它小心翼翼地藏起来。

因为下学期过完,他们这届高二生就要升高三,寒假作业留了很多,多到没时间出去玩,"寒假"这两个字,在今年仿佛被抹去了。

这年寒假林折夏唯一一次出去玩,是源于何阳的一通电话:"明天你有空不?叫上曜哥,我请客,请你们去看电影。"
林折夏第一反应就是有鬼:"你怎么会这么好心。"
何阳:"我向来都是这样一个慷慨大方的人。"
"你对自己的认知有问题,而且记忆可能也出现了一定程度的错乱,"林折夏说,"大壮,有空一定要去医院看看。"
何阳:"……"
何阳:"我真请客,就是感觉咱们好久没聚了。"
林折夏很果断地提要求:"我还要爆米花和可乐。"
"……"何阳沉默了一下,"行,那明天下午两点,小区门口见。"

如果她知道明天是个什么日子，再给她一次机会，何阳就算给她买双份的爆米花她都不会去。

但人生没有如果。

次日，她、迟曜、何阳，三个人从小区出发，走到电影院。

刚到电影院门口，就看到门口立着一张巨幅海报。

粉色的，大爱心，上面写着：2·14情人节快乐。

……

电影院里人很多，来来往往的，大部分都是情侣。

林折夏看着那张海报，质问："大壮，你解释一下。"

何阳刚取完票，装傻，"呵呵"笑了两声。

林折夏："我昨天说什么来着，你这么好心肯定有问题。"

何阳还是"呵呵"笑。

林折夏："但我没想到，问题会那么严重。"

她闭了闭眼，克制地说："你怎么想的，说出来听听，虽然我不是医生，可能很难理解你的想法。"

何阳这才出声："哎呀，看电影嘛，还分什么节日不节日的，这种无关紧要的节日很重要吗？"

他说完，发现林折夏和迟曜双双沉默地盯着他看。

尤其是他曜哥。

这人这张脸，又在这种节日出现在这里，经过的人都忍不住张望。

"好吧，那我就实话跟你们说了。"

何阳捏着票难得有些扭捏地说："其实是我在同学面前说，说我今年铁定能过上这节，以哥的魅力，约个女生出来看电影根本不在话下。"

"……"

"然后我就去问我们班一个女生要不要一起看电影，结果被拒了。

"虽然被拒，但这电影肯定得看，不然我这面子往哪儿搁？

"怎么，单身的人就不配过情人节吗？我今天就要和你们两位，我何阳多年的好兄弟一起过这个节，我们仨凑在一起甜蜜一把。"

何阳话音刚落，林折夏和迟曜不约而同做了同样的反应。
林折夏："拜拜。"
迟曜："走了。你自己看去吧。"

何阳急忙上前拉人："不是——我票都买了，三张呢，加上爆米花套餐，花了我不少钱。虽然事出有因，但我想请你们看电影的心是真的啊！你们不能就这样扔下我不管！！！"
林折夏想到她的爆米花，有点犹豫，脚步微顿。
何阳于是又扭头，转向那位冷酷无情的人，喊："曜哥，给个面子。"
迟曜："滚。"
"……"
何阳接着喊："好兄弟，你兄弟我偷偷攒点电影票钱不容易。"
迟曜忍了忍，但脚步慢了些："闭嘴。"
最后，何阳挤出一句："曜曜！"

两分钟后，三人一齐坐在角落的休息区等待。

何阳怕他俩跑了，坐在两人中间，一左一右各一个。
右手边的林折夏捧着爆米花。
左手边的迟曜冷着脸，一只手插在衣兜里，另一只手把外套拉链拉到最上面，衣领立起，遮住了下半张脸，只露出高挺的鼻梁，以及有点傲气的低垂眉眼。

何阳："和我坐在一起，很丢脸吗，不用这样吧？"
迟曜冷冷地说："你知道就好。"
何阳："……"

电影入场时间还有十几分钟。
林折夏吃着爆米花，正想着她怎么会阴差阳错和迟曜一起"过节"。

不可否认的是，在坐下的那一刻。

她其实是有点感谢何阳的。

因为如果不是这样，她找不到理由，也找不到任何立场，能在今天和迟曜一起看电影。

何阳从她手里抢了粒爆米花，塞进嘴里："夏哥，想什么呢。"

林折夏回过神说："在想等会儿回去，揍你的时候，该用什么工具。"

何阳欲言又止，最后还是大着胆子开口："其实……我还有一个不情之请。"

"？"

"能不能跟我拍张照啊，不用露脸，就拿着电影票露出手和票根就行。"

"我那个啥，发个朋友圈。"

何阳继续说："主要我话都放出去了，要和人出去看电影，必须得晒一下票根。"

林折夏感觉嘴里的爆米花吃着有点噎。

她问："你这是打算，一个谎，用无数个谎去圆？"

何阳催促："帮一帮兄弟吧，你要是不愿意露手，缩在袖子里也行啊，快点夏哥，我姿势已经摆好了。"

"……"

林折夏看着何阳一只手高举着手机准备摄像，另一只手捏着票根的样子，左右为难。

何阳这个人。

是得了脑血栓吧。

怎么能想出这么馊的主意给自己圆谎？

这其实是件小事。

虽然她和何阳很熟，但这种事好像也不太合适。

她还没想好要怎么拒绝，忽然有个跟她隔了点距离的、冷淡的声音突兀地响起："我手借你。"

何阳："！"

林折夏："？！"

迟曜把手从衣服口袋里伸出来，又问："票呢？"

迟曜这话说出来，简直魔幻极了。

何阳张着嘴，艰难地说："这不合适吧……"

迟曜嗤笑："你都能想到找她晒票根，还有什么不合适的。"

何阳："主要跟你——不合适。"

迟曜原本垂着的眼睛略微抬起，他像是胜负欲上来了似的，扯着嘴角说："怎么，我手没她好看？"

何阳话都说不利索了："不是，虽然你手指挺细的，手长得也不错，但骨节毕竟还是男生的骨节。

"这一看就是男的，我发出去不是让让、让人笑话吗……"

迟曜一句话让他哑口无言："你可以P图。"

何阳："……"

何阳在心里咆哮。

您还知道P图这玩意儿呢。

林折夏感觉自己像个吃瓜群众，一下就变成了围观路人，还是合不上嘴的那种。

说完，少年伸出来的手不耐烦地在空气里挥了下，催促他："票。"

他们的票都在何阳身上。

何阳表情扭曲又复杂，拿票的手微微颤抖，他最后向林折夏发出最后一声求救："夏哥。"

林折夏往边上挪了一点："别看我，我不跟你拍。"

何阳认命了。

"好吧，你的手也是手，"何阳眼睛一闭，心一横，"我可以P。"

他随手抽了张票给迟曜，又把多的那张递给林折夏。

然而迟曜扫了一眼说："换一张。"

何阳看着这张6排13座的，不太能理解它为什么遭受厌弃："不都是

电影票,有什么差别。"

迟曜随口"哦"了一声:"'13',不吉利。不想要。"

何阳无话可说,和迟曜对调了下票。

然后两个男孩子。

拿着票。

把手凑在了一起。

何阳拍完照后飞速把手放下来。

虽然迟曜的手很上镜,手指很长,每根骨节都长得恰到好处,不怎么需要找角度也能拍得很好看,但这张照片多少还是让人难以直视。

电影开始检票入场。

迟曜起身后,何阳叫住他:"迟曜。"

迟曜连眼神都没分给他:"你还有什么破事要做。"

何阳声音艰涩,人也有些扭捏:"不是,我就是想问,你不会……一直以来都对我抱有那种心思吧?"

"……"

"我虽然长得没你好看,但也算是小有魅力,而且仔细想想哈,你好像也一直都没有喜欢的女生。"

迟曜这回给了他一点眼神,他眉尾微挑,眼尾下压:"你这个症状多久了?"

何阳:"……"

"如果觉得最近生活过得太顺,"迟曜又说,'不用这么迂回,我现在就能让你去医院躺半个月。"

一直缩在边上默默当隐形人的林折夏爆发出一阵剧烈的咳嗽。

"不好意思,刚才太精彩了。"

林折夏一边咳一边解释:"我喝饮料的时候没注意,差点被可乐呛死。"

被林折夏打断后,几人不再聊刚才拍照的事儿,跟在人群后面排队检票。

357

主要是两位当事人也很想当作什么都没发生过。
恨不得把刚才发生的事立刻打包扔进一个名叫"黑历史"的垃圾回收站。

林折夏最后一个检票。
直到把票递给检票员的时候,她才仔细去看被分到的电影票。

她手里这张,是6排11座的。
迟曜跟何阳换了票之后,刚好坐在她旁边。
这明明是一个再普通不过的细节,她的心跳却开始因此而加剧。
只是因为,等会儿他会坐在自己旁边。

检完票,林折夏没心思看路。
她顺着直觉往前走,因为人流太密集,她一不小心跟着前面的人一起左转。
忽然,身后一股凭空而来的力量拽了她一下。

迟曜不知道什么时候来到了她身后。
"走错了,"迟曜的手搭在她头顶,示意她停下来,"二号厅在右边。"

6

林折夏注意力回笼:"哦。"
迟曜把手放下,又说:"拉着我。"

过道上人很多。
林折夏知道他这话大概率没有什么别的意思,只是怕她再跟着人流乱走。
她慢吞吞抓上迟曜的衣袖:"我又不是不会走路。"
迟曜走在前面领着她:"原来你会走路,我还以为你在梦游。"
"……"

周围的情侣都是牵着手入场,她和迟曜被夹在中间。

走进观影厅后,光线一下子暗下来,只剩下前面的大荧幕还亮着光。
林折夏低下头,借着光去看她抓着迟曜衣袖的手。
迟曜穿衣服一向不太考虑保温,今天穿的这件外套也不算厚,所以她甚至能感受到一丝若有若无的体温,以及透过布料也能感受到的骨骼。
她紧张地动了动手指。
虽然她和迟曜没有像周围人那样牵手。但是,这样四舍五入,也算牵着了吧。

林折夏牵着迟曜的衣袖一路穿过侧边台阶,找到他们三个人的位子坐下。
何阳伸展了一下双臂,说:"趁现在在放广告,我先把图P了。"
"我不是迫不及待,"何阳解释,"是想早死早超生,多想这张照片一秒,我就起鸡皮疙瘩。"

林折夏没工夫管何阳在说什么。
她坐在迟曜边上,感到局促。

"你,"林折夏一只手还塞在爆米花桶里,试图靠聊天缓解情绪,"要不要吃爆米花?"
她觉得迟曜多半不会吃。
但出乎她的意料,迟曜往后靠了靠,然后侧过头,不经意地伸了手。

林折夏塞在桶里的手还没来得及抽出来,于是两个人的手在爆米花桶里,极其短暂地接触了一秒。
她手指贴着他的手背。
在迟曜伸进来的时候很轻地蹭了一下。

林折夏猛地把手抽出来,空气里弥漫着爆米花特有的甜味。
她咳了一声问:"是不是很脆?"

"还凑合。"

迟曜手肘撑在座位旁的扶手上,手背抵住下颌,咬着爆米花,半晌,在电影前奏响起之前,又忽然说:"挺甜的。"

幸好电影院光线不好。

不然她怕暴露自己此刻不太正常的反应。

电影正式开场,林折夏红着脸也抓了一颗。

今天的爆米花。

好像是比平时甜。

电影票是何阳买的,电影内容她完全不知道,来之前也没问过何阳选的是什么片。

来电影院之后,看到节日海报,她大概能猜到是情人节爱情片。

林折夏想到这里,去看攥在掌心,已经皱成一团的电影票。

电影票上写的电影名是《好想和你在一起》。

何阳在电影声音增强之前收起手机,感慨:"总算 P 完了,别说,我曜哥这手,还挺好 P 的。随便推一推,就更细了,就是推完感觉手指有点长得过分。"

"不过没关系,无伤大雅。"

他用手肘推了迟曜一下:"谢了。"

迟曜没理他。

电影时长一个多小时,起初因为迟曜在边上,林折夏很难看进去。

大荧幕上播放的画面像是飞速掠过的默片。

明明在一幕幕放着,她也在盯着看,脑子里却什么都没记住,全是空白。

过了会儿,她才渐渐看出内容。

情人节青春片,一对班级同桌在学生时代互相暗恋的故事,最后结局不太好,可能是为了让故事更有戏剧性一点,女生"毫不意外"地被查出癌症,最后两个人擦肩而过。

两人学生时代有过一个稚嫩的约定，约定好要在十年后回来见一面。

影片结尾十年后，那个男生重回教室，没有看到女生，看到的是女生临别前写的一封信：告诉你一个秘密吧，我很喜欢你，如果有平行时空，我好想和你在一起。

林折夏泪点低，影片过半就开始掉眼泪。

她起初还不想被人发现，偷偷吸鼻子。

还没吸几下，边上的人递过来一张纸巾。迟曜没在看电影，反而撑着下巴在看她，给她递纸巾时说："怎么又哭了。"

"你别叫胆小鬼，"他又说，"叫爱哭鬼算了。"

林折夏接过，擦了擦眼泪鼻涕，声音哽咽："我本来就不叫胆小鬼。

"更不叫爱哭鬼。"

"这电影这么感人，"林折夏说，"我只是共情能力比较强，和某个冷血无情的人不一样。"

迟曜靠着椅背，捏着手指骨节，随口说："癌症这种放在十年前都过时的剧情……"

林折夏瞪了他一眼。

迟曜冷冷淡淡改口："是挺感人的。"

林折夏不管他说什么："反正你就是冷血。"

"我冷血，"迟曜冷笑一声，"能看到现在，已经很尊重这部电影了。"

说完，他侧了侧身，给她让出一点视线空间："这还有个更冷血的。"

通过迟曜让出来的间隙，林折夏看到边上睡得东倒西歪的何阳。

"……"

"挺难为他的，"林折夏又擦了下鼻子说，"为了发个朋友圈，还得特意来电影院睡觉。"

或许是半梦半醒间听到有人议论他，何阳一下醒了，他坐直了，问："谁喊我，这部无聊透顶的电影终于要结束了？"

林折夏："……"

电影确实快结束了。

虽然这部片子基调是悲剧，但还是点明了情人节主题。

电影最后，荧幕忽然暗下去，然后一行文字浮现：
希望所有不敢宣言的喜欢，都能开花结果。没有平行世界，我们也会在一起。

林折夏虽然之前因为剧情哭了，但是整场电影下来，最触动她的却是这句话。

所有。
不敢宣言的喜欢。

她盯着这句话，该散场，却忘了起身。
何阳迫不及待："夏哥，愣着干吗呢，走了啊。"
何阳视线偏了下，发现就他一个人站起来了："还有你，曜曜，你怎么也不走！"

林折夏顺着何阳的话，去看边上的人，可能是她的错觉，迟曜似乎也在看那句话。
少年靠着椅背，浅色瞳孔被荧幕灯光染得很深，然后他垂下眼，掩去隐晦不清的眼神，再抬眼时仿佛刚才的神情并不存在似的，他起身，双手插兜，依旧是往日那副模样："走了。"

三人走回大厅。
林折夏："等一下，我也想拍照。"
她说完，其他两个人都看向她。
"我是说我们三个一起拍，纪念一下。"
"毕竟人这一辈子，"她缓慢地说，"很难再有今天这种精彩的遭遇。你们今天做的糗事，我忍不住想拍照留存。"

她说要拍照，他们俩倒是没说什么。

大部分时候这两个人还是很顺着她的。
"快点拍，"何阳拿出票根，"我刚离场差点想扔掉。"

林折夏抬眼去看迟曜。
迟曜没说什么，但也把票根拿了出来。

林折夏打开相机，很快拍完："好了。"

回到家后，她坐在书桌前回看刚才在电影院拍的照片。
她想拍照其实是因为像今天这种阴差阳错的机会，以后可能都不会再有了。
但她肯定不能像何阳那样拍照，所以只能拍三个人的。

其实她这张完全可以发朋友圈。
但她看了一会儿，还是小心翼翼地发了一个仅自己可见的朋友圈。

照片上，迟曜骨节分明的手离她的手很近。
两人的票根紧挨在一起。
何阳因为站得远，加上急着离开这伤心地，所以和他们隔开了一点距离。

哪怕这个仅自己可见的朋友圈发出去根本不会有人看到，林折夏还是在编辑文案的时候写了又删，最后只留下今天的日期。

2·14。

何阳没回家，跟着迟曜一块儿走。
此刻正在迟曜家沙发上瘫着，刷了会儿朋友圈，就开始编辑自己的朋友圈文案。
"你说我文案写什么比较好？"
何阳摸着下巴："'这个2·14不孤单''和她一起'，还是'好看的不是电影'。"

"……"

迟曜倚在厨房门口，手里拎着两瓶水。

他忍了又忍，才没在扔水的时候直接扔何阳头上："现在，立刻，从我家滚出去。"

何阳接过水："别这样，我不想回去听我妈叨叨。"

"我觉得还是最后一个吧，"何阳继续编辑文案，"比较有气氛，而且欲言又止的感觉，很有神秘感。"

何阳快速编辑完，然后勾选好可见分类"同学"之后，就把这条堪比诈骗的虚假朋友圈发了出去。

完成这件心头大事之后，他长舒一口气，倒在沙发上说："今天过得真是不容易。"

何阳爆出一句灵魂质问："情人节电影怎么能那么无聊？我还是特意挑了个能看点的，当时选片的时候还有其他几部，那预告片我都没看下去。"

何阳又说："不过说起来，这部我看到一半睡着，但那另一半也没怎么看明白。"

迟曜："你文盲？"

何阳："……不是，是它这个感情戏确实很难懂啊。"

何阳又爬起来，打算跟他详谈："就为什么不说喜欢对方呢，为什么不说呢，只要一个人捅破窗户纸，这事不就早成了吗，还需要等十年？很奇怪啊，反正我是不懂。"

青春期。

人难免开始偷偷探究起"喜欢"这个词。

何阳虽然整天到处装，但也只是虚荣心在作祟，只是想显现自己长大了而已。

他没正儿八经谈过恋爱，整天只知道打游戏，连个喜欢的女生都没有。

何阳实在百思不得其解。

但他也没指望过迟曜会回应他——毕竟迟曜这种人，对爱情片的忍耐度应该比他还低。

他应该没怎么看吧。
估计随便看看，然后低头玩手机去了。
也只有林折夏那种傻子会为这种电影泪流满面……

何阳想到这里，毫无防备地，听见倚在厨房门口的那个人用一种很低的、几乎是在自言自语的声音说了一句："……因为太重要了。"

因为这个人在生命中的位置太特别，也太重要了。
比喜欢重要，也比爱情更重。
所以才慎之又慎。

所以无法声张，不能透风。

"什么？"何阳没听清。

迟曜到家后脱了外套，说话时，喉结艰难地动着，他垂着手，搭在水瓶上的手指屈起，指节用力绷紧而泛白。
但当何阳从沙发上坐起身去看他时，他松开动了动手指，仿佛刚才的情绪都是一场错觉。

"我说，"迟曜拧开水瓶，指了指门，"你什么时候走？"
何阳虽然没听清，但不至于一个字都没听见："不是，你明明说的是因为什么什么，所以'因为'后面是什么？"
迟曜直接动手赶人："没说过，你耳朵有问题。"
何阳踉跄着被推往门口："我明明、明明听见的……"
回答他的是迟曜毫不留情的关门声。
"……"

何阳站在门口挠头，有点迷惑："难道我真的听错了？"
"算了，"他不再去想，摇摇头，往家走，"……反正只是一部无聊的电影。"

365

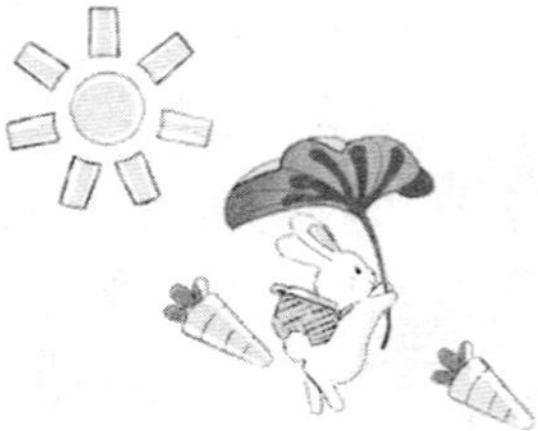

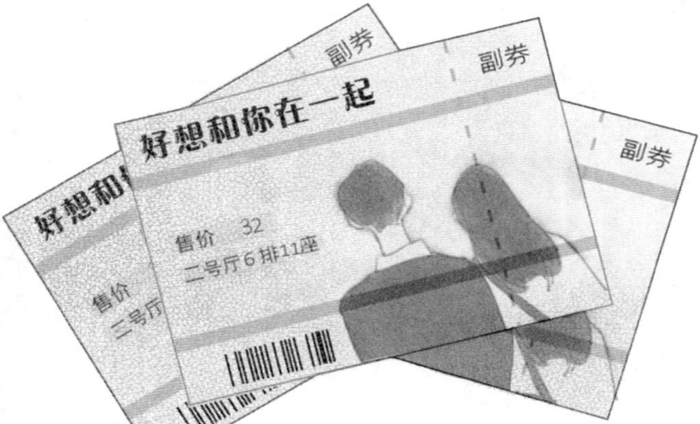
副券
副券
好想和你在一起
副券
售价 32
二号厅6排11座